U0456738

《青芝文学 1》编委会

主办单位：连江县文学艺术界联合会

协办单位：连江县作家协会 连江县浦口中心小学

顾　　问：林思翔 郑东平 郑寿安 阮道明

名誉主任：颜　亮 贺　文 吴安钦

主　　任：颜文新

副 主 任：林兆全 周高隆（特邀）

编　　委：张振英 林辉应 林　进 陈道忠 叶仲健

主　　编：陈道忠

副 主 编：吴秀仲 叶仲健 苏　静

编辑部主任：叶仲健（兼）

责任编辑：叶仲健 张振英 苏　静 毕成龙 陈道先 孙子衿

青芝文学

1

连江县文学艺术界联合会 编

海峡出版发行集团 | 海峡文艺出版社

图书在版编目(CIP)数据

青芝文学.1/连江县文学艺术界联合会编. 一福
州:海峡文艺出版社,2023.9
ISBN 978-7-5550-3459-9

Ⅰ.①青… Ⅱ.①连… Ⅲ.①小说集－中国
－当代②散文集－中国－当代 Ⅳ.①I217.1

中国国家版本馆 CIP 数据核字(2023)第 167541 号

青芝文学 1

连江县文学艺术界联合会 编
出 版 人 林 滨
责任编辑 刘徐霖
出版发行 海峡文艺出版社
经 销 福建新华发行(集团)有限责任公司
社 址 福州市东水路 76 号 14 层
发 行 部 0591－87536797
印 刷 福州华彩印务有限公司
地 址 福州市福兴投资区后屿路 6 号
开 本 787 毫米×1092 毫米 1/16
字 数 240 千字
印 张 18.5
版 次 2023 年 9 月第 1 版
印 次 2023 年 9 月第 1 次印刷
书 号 ISBN 978-7-5550-3459-9
定 价 58.00 元

如发现印装质量问题,请寄承印厂调换

目　录

小说吧

没有什么是火锅解决不了的

叶仲健

　　阿玫对开门的小武说，出来一起吃火锅吧。小武拧紧眉头，你叫错人了吧？阿玫笑着说，没叫错，今晚我请舍友吃火锅，就差你了。小武翕动了下鼻子，果真闻到一股辣而诱人的香味，说，好，我穿件衣服就出去。时间是晚上十时许，秋末，微寒，小武穿着的睡衣比较单薄，他一天到晚几乎窝在床上。

　　八仙桌，两尺六见方，四人，两男两女，一个是刚才敲门的姑娘，一个是年轻小伙子，二三十岁模样，还有一对男女，并排坐一边，女的胖，男的瘦，看上去挺般配，像夫妻，也许只是情侣关系。小武走过去，坐到空着的那一边。锅是鸳鸯锅，"S"形不锈钢片隔开，好似八封图，水还没全开，不过已经开始冒泡了，菜装在一个个外卖餐盒里，荤的有牛肉、羊肉、毛肚、鲜虾、花蛤、青蛾，素得有七八样，不一一罗列，连蘸料都有——缺了蘸料的火锅是没有灵魂的，商家配了五个塑料材质的蘸料碟子，挺大，可以直接拿来当餐盘用。还有酒，一种叫纯生的牌子，每个餐位摆着一听，地上还摞着两提，上面那提拆了封的，火锅配啤酒，好极了。阿玫为小武斟酒，以示欢迎，酒杯也是塑料的。

　　阿玫说，今晚我请大家吃火锅，一来感谢大姐，二来想找人说说话，不瞒你们说，来这好些年了，没几个交心的朋友，感谢诸位赏脸，我先敬大家一杯。她说的大姐，是挨着丈夫也许是男朋友坐着的那个女人，名叫金枝。感谢金枝什么，阿枚没说，小武不知内情，茫茫然跟着举杯。放下杯，阿枚说，我叫李紫枚，叫我阿枚好了，我过两天就要走了，这顿火锅，就当告别吧。她看上去有些忧伤，小武笃定这姑娘发生了什么变故，大抵是那种不太大的变故，多半与感情有关，这岁数的年轻人矫情是难免的。别愣着，边吃边聊，阿枚夹起几叶娃娃菜下锅，对小武说，还没请教你尊姓大名呢。小武说，靳武，左革右斤的靳，武术的武。年轻小伙子往锅里下了三粒花枝丸，说，我叫四喜，四喜丸子的四喜。金枝噗嗤笑了，这名字，真够喜庆的。四喜咧嘴笑，我爹娘不识字，我大哥叫大喜，我二姐叫二喜，我三姐叫三喜，我是四喜。金枝笑出猪叫声，这名字，真够喜庆。她丈夫，也许是她男朋友，用胳膊肘捅捅她的腰，面朝众人道，我叫罗柱，管我叫柱子好了。

阿枚貌似不爱吃辣，荤也不沾，将菜叶一片片往不辣的锅里按下去，片刻捞起，一小口一小口地吃，慢条斯理的样子，不能用优雅形容，让人想到蚕这种生物——蚕正啃噬桑叶。她果然说她不怎么吃辣，来重庆三年了，还是吃不惯辣。三年了，不知不觉三年了，她碎碎念，貌似有心事要对众人倾诉，却没有下文。金枝和她男人罗柱嗜辣，先往红油锅里下萝卜和豆腐，再用漏勺和公筷对付牛肉卷和羊肉卷。阿枚还在吃菜，蚕啃噬桑叶那样吃。也没啥事，她说，就是感觉如今的人好生奇怪，拿我们来说吧，同住一个屋檐下，却不相往来，连个招呼都没打过，人与人相遇是缘分，十年修得同船渡，百年修得共枕眠，我们也算同船渡吧，十年修来的福分，怎么能不说一声就离开呢，你们说是不是？是呀，就该多聚聚，金枝说，你们随时可以过来蹭饭，自己做也行，厨房里啥都有，能住一起是缘分。

是这样，是这样，叫四喜小伙子连连点头。他好像尤其爱吃丸子，一直在煮丸子吃，没见他吃别的，吃得还特别快，捞起一粒丸子，蘸料里滚一滚，一口塞进嘴里，要赶去办啥事似的，烫得直扑棱嘴。是这样，是这样，他反复附和。你做啥的？阿枚问他。我呀，四喜口腔嚼动，外卖小哥。一个送外卖的爱吃丸子，合乎人体学或生物学道理，丸子是肉糜和淀粉的混合物，扛饿，当然兴许还添加了其他比较复杂的物质，不管怎么说，肉糜和淀粉还是主要材料，换句话说，光吃蔬菜和水果是没有战斗力的，好比说，早上起不来的人是欠缺执行力的。蛮辛苦的，望向四喜那头软趴趴的鬓发，阿枚料想那是长时间戴帽子的缘故，送外卖的一天到晚都会戴那种帽子，已然成为街头巷尾的一道风景线。习惯了就好，四喜说不然能怎样呢，命苦不能怪政府，只怪自己当年没好好读书，如今只能干这个，少壮不努力，老大徒伤悲，真是后悔死了，不过听说如今不少大学生也干这个，心里又平衡了。

你呢？阿枚望向小武问。无业，小武专注地往锅里打捞香菇，头也不抬地回应，是那种不想深入交流的语气，在找，没有合适的。这样啊——阿枚尾音拖曳，觉得这岁数的男人没工作好生奇怪，不说养活妻儿老小，总该养活自己吧，难不成还单身，抑或，实现了财务自由？

我们夫妻俩都在华联超市上班，不待阿枚问及，金枝率先给出了答案，反过来问，你呢？阿枚说我在一家电子公司当会计。会计好呀，金枝咂嘴，舌头弹得像敲快板，风吹不着雨打不着，你不晓得我们超市那几个会计多神气，都不爱搭理我们这些穿红马褂的。金枝忆当年，说要不是家里穷，她考上中专绰绰有余，那年头中专录取分数线比普通高中要高，毕业还包分配，奈何家里太穷，没能力供她继续读，初中还没上完就跟一帮姐妹去工厂站流水线。她们县城有个灯管厂，生产日光灯电子管，她手心易出汗，天生的，验灯老窜电，噼啪作响，闪火花，吓得惊叫连连，拉长不无刻薄地骂她太矫情。阿枚说，哪有那么好，就是表面好看，工资好低的，乏善可陈，再说我已经辞职了，要回老家咯。老家哪的？金枝问。福建，阿枚答。福建呀，没去过，金枝说，我重庆的，我家柱子也是重庆的，农村，很偏很偏的农村，我跟你讲，你去过一回，保管这辈子不想去第二回。

我也是重庆的，四喜说，家离这不远，翻过两座山就是，不偏，村里老小一门心思等着拆迁，十几年了，没等到，我们重庆真他妈操蛋，不是山就是坡，城市的饼摊不过去，"拆二代"这种好事，只能想想了。他又消灭了一粒丸子，一盒花枝丸，一盒牛肉丸，量本来就不多，快被他吃光了，餐盒里仅剩下三粒牛肉丸，福建，我去过，旅游，厦门鼓浪屿，日光岩，阿枚福建哪的？福州的，阿枚说，不是厦门的。噢，四喜说，福州好，省会城市，有福之州，福州鱼丸，好吃。

四喜跟阿枚碰了半杯，然后留半杯敬小武，靳大哥你呢？广东的，小武说，广东广州的。咋跑我们这来了？广州机会更多吧？四喜说，听说你们广州一个区到另一个区，坐车都得个把钟头，跟北京上海一样，换我受不了。想来就来了，小武说，当散心呗，觉得这地方不错，就停下来了，也许走累了吧，可能待很久，可能很快离开，看情况吧，想走就走。四喜比了个你真牛的手势，活到你这分上，不要太安逸哟，可惜我没法子，没钱！小武说，自由跟钱没有直接关系，没钱也可以自由。四喜当即反驳，没钱不能想上哪就上哪，想住哪就住哪，想吃啥就吃啥，哪来的自由可言？小武说，我说的自由是心理上的自由，不是肉体上的自由，肉体上的自由可能需要花很多钱，心理上的自由不见得要花太多钱，鸟在天上飞，鱼在水里游，它们身上又带着多少东西呢？四喜说，你讲话好有哲理，一看就是读过书的人。

锅里的水少了，金枝支她男人去添水，都烧干啦！罗柱二话不说去了，他是个寡言少语的男人，给人感觉不怎么爱讲话，坐下来到现在，合共就讲了两三句，也挺高的，不下一米七五，刚才坐着没看出来。唯一的厨房说是共用的，但阿枚、四喜和小武平时不做饭，连厨房带餐厅事实上都成了罗柱两口子的地盘。出来时，他拿着个电水壶，两升装的那种，往火锅里倒水，这边锅倒一些，那边锅倒一些，水看着是凉的，不清楚是刚刚装的自来水，还是烧开后冷却下来的自来水。味道够不够？罗柱问，要不要加点盐？加啥盐，金枝说，越煮越咸。

好端端的，为啥要走？等待水开的时间里，四喜问阿枚。

跟对象分手了呗。阿枚云淡风轻地说。

噢，四喜宽慰她，我有个朋友，跟我是同行，也被他对象甩了，前些天刚甩的，他说他是第八次被甩，没啥的，吃一顿火锅就好了，我们重庆人，没啥是火锅解决不了的，一顿不行就两顿，火锅配啤酒，不要太安逸哟。

我跟了他四年，阿枚说，是五年，来这四年，之前在老家，异地一年，每月见一次，要么我来重庆找他，要么他到厦门找我。认识他时，阿枚大学刚毕业，在一家公司当出纳，他跟阿枚所供职的公司有业务来往，到财务室结算货款，俩人就认识了，不久就好上了。他是个相当机灵的男人，每次都挑傍晚快下班的时候来财务室，核对数据磨磨蹭蹭的，然后借错过下班时间之由请阿枚和阿枚的同事吃晚餐，顺便奉上小礼品，显得一点都不刻意，他就是那阵子向阿枚抛出橄榄枝的。糖衣炮弹，阿枚嗔怪地说，你可真处心积虑呀，那会儿他们已经确立关系。是呀，先糖衣，后炮弹，他表情坏坏地说。阿枚懂他这种笑，扬起小拳拳要捶他。

恋爱不能谈太久的，金枝以过来人的口吻说教，我跟我家柱子，相亲认识的，年头相亲，不到半月就定亲了，当年腊月就领证了，生米煮成熟饭，反悔都不行了。她瞟了眼她男人，当时也不晓得怎么回事，搁如今，我不会嫁给他的，太闷了，像块木头，哈戳戳的，又没能耐。总之一句话，恋爱不能谈太久的，谈太久就很难结婚了，不是我乱讲哟，我好些个姐妹就是这样。

罗柱勾着头，闷声不响，身子一前一后地晃，看不到他面部表情，除非你钻桌底下去，餐桌上方看过去，只能看到他略微谢顶的脑袋，头发白了有四分之一。

他有家室的。阿枚轻描淡写地说，仿佛讲述别人的事。

啥？四喜问。

他有老婆孩子的。阿枚说。

啊！四喜张大了嘴巴，塞得进两粒丸子。

没啥的，罗柱和金枝几乎异口同声，啥年代了，这种事，没啥稀罕的。

四喜也觉得自己的反应过了，抱歉地笑了笑，举杯向阿枚致歉，尽管我也是男人，但不得不说，男人有钱就渣。

不是他渣，阿枚说，他人挺好的，挺实在的一个人。他结过婚，我一开始就知道，他没有骗我，是我在骗自己，到现在我也不明白自己为什么会那么傻。

四喜装作一副习以为常的样子，唉，感情的事就是这样。

阿枚说，我以为他会离婚，现在看来不可能离了。

杀上门来的是他婆娘吧？金枝义愤填膺，仿佛还身处事发现场，那婆娘太过分了，怎么能扇你耳光呢。

阿枚不想谈这个话题，不怪她，是我咎由自取，插足她的家庭。

不该打你耳光的，金枝说，下手还那么重，真不是个东西，要不是我拦着……

过去的事就不说了，阿枚说，反正我要走了。

太可恶了，金枝说，哪有一个女人的模样，跟母猪没啥两样。

阿枚说，反正我要走了。

你甘心这样走？金枝问。

还能怎样？阿枚说，他不会离的。

她们这么一说，小武算是弄明白了，插了一嘴，代价太大了，他老婆不知道，还有可能离，他老婆知道了，反而不好离了，代价太大了，离婚会是他一生的滑铁卢。

让他补偿你，金枝说，四年，四年的青春，喂狗了吗？哦，不，是五年，五年不短呀，我们女人，没几个五年的。

是我自己要跟他的。阿枚说，兀自喝了半杯。

你太天真了，过些年你就会明白，金枝说，咱女人就得现实些，我要是嫁个条件好的，就不用抛下孩子出来遭罪，可怜我家两个娃。

罗柱再次钩下头去，身子一前一后地晃动。

菜所剩无几了，小武拿手机点外卖，鸭血、猪脑花、鸭肠、山药、莲藕、菌菇拼盘……七八十元，差不多了，临下单，又加了提罐装啤酒，刚好一百二十元，他不想欠别人的，还是个小姑娘。发自内心的，他同情阿枚，不过对金枝的说辞，不赞同，恋爱这种事，你情我愿，一个巴掌拍不响，何来吃不吃亏的道理？他最看不惯有些女人口口声声把男女平等挂嘴边，又惯以弱者身份索求利益倾斜。手机显示商家已接单，预计三十分钟送达，小武目光离开屏幕，挑向金枝，假如阿枚是男人，对方是有夫之妇，阿枚要不要找人家要补偿？

哪有男人向女人要补偿的？金枝觉得小武的问题好好笑，这种事女人吃亏的。小武说，男女不应该平等吗？金枝说，这种事女人吃亏的。所以，小武说，你们女人是想平等时就要平等，不想平等时就不要平等，是这意思吧？金枝不悦地看着他，除了疑惑，目光里还有愤怒，像翻滚不止的红油火锅。这样子走，太亏了，她故意将小武晾在一边，转而对阿枚说，得不到精神补偿，总该有物质补偿吧？一走了之，太便宜他了。男女平等的，小武再次祭出这句话。这种事咋能讲平等！金枝忍无可忍，拔高声调，将枪口掉回去，你这人有脑壳没脑花儿吧？罗柱捅捅他女人的胳膊，咳了两嗓子。怎么啦！金枝叫嚷起来，你们男人就是这德性，一有钱就养小三，有能耐勾搭，没能耐负责？罗柱不吭声了，不再捅他女人胳膊，捏起酒杯，一口干了。

手机乍响，外卖到了，来得真是时候，小武去开门，走廊空无一人，灌进来一阵风。外卖还没到，不过转眼到了，两个大容量白色塑料袋，一个装菜，一个装酒，小武双手接过，用肩胛顶上门，回到餐桌旁，解开塑料袋。怎么买这么多？阿枚埋怨，吃不完的。小武问，你明天上班吧？我辞职了，阿枚道。我忘了，小武问罗柱两口子，你们呢？明天周日，我们休息，罗柱回道。我可上可不上，四喜说，不接单就不用上，我也想好好歇一天。别想太多，小武拉开一罐啤酒，给罗柱满上，话却是阿枚说的。嗯，阿枚应道，略带泣音。回去啥打算？四喜问她。找份工作，找个对象，嫁了呗，阿枚说得轻松，玩世不恭的腔调，却难掩苦涩，愈发显得伤感。待这里也是可以的，四喜说，我们重庆还是挺好的。待这干啥子？金枝似笑非笑地问四喜。

猪脑花这东西，腥气，得用红油锅煮，漏勺兜着，没入锅中，五分钟左右捞起，吸纳蘸料，鲜香磅礴，味儿能蹿到脏腑里去，似嫩豆腐又胜嫩豆腐，简直不要太完美。干掉最后一份猪脑花，再喝光杯里那点酒，罗柱道时候不早了，我先回房睡了，说罢回了屋去。这是一套四居室的老公房，建于20世纪80年代，很旧了，装修也陈旧，面积倒不小，得有一百三十平方米，南边两个房间，北边两个房间。罗柱两口子住南屋，主卧，带卫生间的，隔壁是阿枚的房间；四喜和小武的房间在北，有个共用的阳台，底下是消防通道，消防部门安全检查后才责令开辟的，原先那里被用来堆放生活垃圾。

目送罗柱离开，小武说你老公人挺实在的。金枝冷哼，说实在顶个屁用，一个大男人跟一堆婆娘干一样的活儿，赚一样的工资，要不是我让他出来他还不愿出来呢，就想种一辈子庄稼。小武说凭啥男人就要赚得比女人多？男女应当平等的，赚不赚得来钱都是命。金枝不服，说合着我跟他受苦也是命。小武说可以这么理解。金枝说那我没话讲了。阿枚吸溜了下鼻子，说我也没话讲了，遇到他也是我的命。

四喜的目光在阿枚脸上焊着，挂满小星星。金枝捉弄四喜，说再看就化啦，四喜兄弟还没处对象吧？要不阿枚你跟四喜处呗。四喜挠头，咧嘴嘿嘿笑。阿枚瞟了四喜一眼，被酒精醺红的脸，更红了。金枝说四喜收入蛮高的吧？听说送外卖收入蛮高的。四喜说一个月万把块，一天得跑少说十二个钟头，下了班沾床就睡。金枝叫起来，如烧开的长嘴壶，说我们两口子加起来还不到一万呢，我前些日子还叫我家柱子也学着去送外卖，他倒好，路痴，逛趟街，回小区都能迷路，只能窝超市里，跟一堆婆娘干一样的活儿，赚一样的工资，你们说，这算哪门子事？小武说哪个女人不想嫁有钱人？问题在于不是每个男人都有钱，也不是每个女人都能嫁给有钱人。金枝给了小武一个大眼白，不想再跟他说话。小武这回识趣了，说我回房睡了，你们继续。

金枝注视小武的背影，说这人好生古怪，神神叨叨的，简直莫名其妙。四喜说是有些不对劲，除了上卫生间，没见他出过门，一天吃两顿，有时吃一顿，都叫外卖。阿枚说他不是说在找工作？四喜说找工作也得出门吧？阿枚说有可能在网上找，如今都这样，网上投简历，有意向了才去面试，要不就是搞直播，据说这行当挺赚钱的。金枝说我咋觉得他老跟我较劲呢，你们说是不是？我说啥他都挤兑，我没得罪他吧？算了算了，又不是我啥人，管他呢。心照不宣地看了眼四喜和阿枚，打了口特大号的哈欠，手掌往撑得不能再大的嘴巴拍打几下，金枝哇呜哇呜说我也回房睡了，你们继续，哈。临进屋，又回过头来，说桌上东西放着，我明早起来收拾。

餐桌杯盘狼藉，易拉罐东倒西歪，颇具曲终人散的况味，食物残渣如枯枝败叶，一堆堆的，还有些菜没吃完，还有几听酒没喝完，俩人已经没有胃口了，眼下本是睡觉的辰光。阿枚坐着，将空餐盒逐一重叠着装进塑料袋，默默地，慢条斯理地，跟吃火锅时一样，好像只是不让自己闲着。四喜说明天金枝姐收拾吧。阿枚说你回屋吧，我再坐一会儿，反正睡不着。四喜说想开些，没啥的，你只是知道了一个原本存在的事实而已，换个角度想问题，及时抽身未必不是件好事。将塑料袋打结，阿枚说谢谢。吸顶灯的光，像蛋黄，果冻般柔软，给人带来几分温馨。其实，四喜说，我早留意你了。啊？阿枚不傻，知道四喜这话什么意思。四喜说你常去小区边上那家书店看书，吃饭常去孙记细粉店，购物去华联超市，散步去彩云湖公园，对吧？阿枚问你咋知道？四喜说我留意你不是一天两天了。阿枚明知故问，留意我干啥？四喜看着阿枚说我挺喜欢你的。喝多了吧？阿枚当然知道四喜没喝多，也希望他是清醒的，女人都乐意听到男人发自内心的赞美，被喜欢应该是最高级的赞美。这点酒算啥，四喜吹嘘青岛倒了他不倒，雪花飘了他不飘，这酒量是他老娘遗传给他的，他老娘病前一日三餐都要两三盅烈酒热身，后来查出肝癌，滴酒不沾了。我有啥好的，还是小三，阿枚自嘲，她想想都觉得自己无耻。四喜说你跟他分了不是？阿枚说可是我要离开这了。四喜说你可以留下。阿枚说留下干吗，工作都辞了。工作可以再找嘛，四喜说，找不到，我养你。你……喝多了吧？阿枚实在不知道该说啥了。我没有，四喜右手抓住阿枚的左胳膊，左手扳过阿枚的右肩膀，嘴巴凑过去。嗅到四喜口腔里的丸子味，阿枚使劲挣开，起身要回屋，被四喜一把拽住。我真的喜欢你，四喜说，我们可以合租一间。阿枚再次挣开他，说你真的喝多了。

火说不清具体什么时间起的，可以确定是在吃完火锅后，像一桩突如其来的噩梦，尽管吃火锅引发火灾的概率比睡觉来噩梦要低得多，但它到底是发生了。应该在凌晨两点多，事后阿枚这么说。率先察觉的是她，回屋后她怎么也睡不着，迷迷糊糊中，一会儿浮现那个人的面孔，一会儿浮现四喜的面孔，门外传来动静，像放炮仗，又不太像，是那种木头在大火里炸裂的声响。她起床，稍做披挂，开门，怀疑在做梦。这当下，小武也出来了，男性临大事有静气的优势得以彰显，对正愣神的她喊，干吗，跑呀！

火势不是很凶猛，还来得及回屋带上能带上的，出来时凶猛了好几分，好像就一瞬间的事，他们下意识往大门外跑。经过四喜的房间，阿枚拍打房门，着火了，着火了！经过罗柱两口子的房间，小武拍打房门，着火了，着火了！

罗柱先开门了，接着四喜也开门了。火势已经很大了，真够吓人的，扑灭的可能性不大，保命要紧，几人相继往楼下跑，他们住的是三楼。着火了，着火了……他们在楼道里呐喊，夜就被声音撕醒了。

不大片刻，楼前空地云集了不少居民。不知谁报了119，消防车很快来了，呜哇呜哇，三下五去二，火灾宣告落幕，前后持续不到二十分钟。虚惊一场，虚惊一场，其他居民说。那是他们站在自己角度说的，实际情况是这火窝里横，虽未殃及上下楼层，内部烧得还挺严重的，至少没法再住人了，居委会安顿他们去附近宾馆暂住。没有物业，是那种很老的小区，无电梯，楼梯扶手锈迹斑斑，只要想想就知道这个小区有多老，这样的小区没有物业很正常。

时间凌晨2点40分左右，小区附近的君临如家，办好入住手续，罗柱说，烧都烧了，先睡吧，有事明天再说。

醒来已经晌午光景，下楼吃了碗重庆小面，小武前往租处，罗柱和金枝已经在里面了。电路烧毁，四下焦黑，房间本就暗，现在更暗，湿漉漉的，黏糊糊的，像雨后形成的泥淖，地板散落大大小小的墙皮和吊顶残骸，还有不少碎玻璃碴。厨房与餐厅是重灾区，小武没过去看，那是罗柱两口子的地盘，卧室烧得不算太严重，柜里的衣服幸免于难，洗洗还能穿。

这房子没法住人了。金枝说。

怎么会着火呢？小武问。

得重新装修。

怎么会着火呢？

没法再住人了。

怎么会着火呢？

昨晚谁最后一个走的？金枝反问他。

不是我。小武答。

我晓得不是你，金枝说，先收拾收拾吧，看看有没有还能用的。

小武离开时，金枝和罗柱还在收拾，他们家当比较多，主要是金枝，觉得这个还能用，那个扔了又可惜，西瓜芝麻都不想丢，够她忙上一阵的。更操蛋的是，这里不能住人了，得搬到新住处去，新住处在哪，还是未知数，这年头，称心又便宜的房子不好找。

今晚我请你们吃火锅，金枝的声音追上走到门口的小武，答谢你昨晚叫醒我们。

看你说的，小武停下脚步，换谁都会叫的。

都要吃饭嘛。金枝说。

也行。小武说。

你负责通知他们俩。金枝说。

好。

这是座山城，也是火锅之城，火锅简直是当地人的一种信仰。火锅这种烹饪方式可真神奇，可以说连烹饪都称不上，天上飞的，地上爬的，土里长的，水里游的，一网打尽，铁打的营盘流水的兵，锅底是关键，锅底好，涮石头也活色生香。李胖子火锅店，罗柱两口子安排吃饭的地方，依然是鸳鸯锅，半江瑟瑟半江红，用的锅很考究，黄铜材质，镶了边的，盘龙飞凤，连食客都觉得贵气了。折腾了一宿，纵然下午补了觉，众人还是睡眠不足的样子。为我们死里逃生干一杯，金枝举杯提议，然后单独敬小武，谢他昨晚叫门之恩。四喜也不失礼数，双手擎杯敬阿枝，一番发自肺腑的感谢后，一仰头，几乎连酒带杯都吞进嘴里。

偌大的火锅店，望不到边际，目力所及，乌泱泱都是人，太多人了，一簇簇的，从高处俯瞰，餐桌就是一朵朵盛开的花，锅是花蕊，吃客是花瓣，有的是两花瓣，有的是三花瓣，更多的是五六花瓣，欣欣向荣，那么壮观，叫人不敢相信，怎么会有这么多吃火锅的人。经过一番铺垫，金枝这瓣花说，感恩的酒喝了，感谢的话也说了，接下来该谈谈正题了。也不知道四喜是不是有傻，居然问金枝啥正题。金枝说，昨晚那火怎么起的？你可别跟我说不知道。四喜说，难道是我们吃火锅引起的？金枝环顾了下，你才晓得呀。阿枚问，消防部门的认定结果出来了吗？金枝摇头，房东还没联系我们，不过我想很快会联系我们的，十有八九会叫我们赔钱的。四喜说，要赔钱？金枝说，当然要赔钱咯，房子烧成那样，肯定要赔钱咯。四喜问，赔多少？那就不晓得了，得看房东的心肠了，不会是小数目。

　　阿枚知道金枝这话是对她说的，因为金枝说这话时瞟了她一眼。事情已经摆那儿，不面对是不行了，得拿出一个态度来，阿枚说，真要赔偿，平摊吧，分四份，你和柱子哥算一份，我们仨一人一份。金枝没接受，也没否定，埋着头，双手抱着玻璃杯把玩不止，好片刻，抬头对阿枚说，我这人心直口快，说错了妹子莫见怪。阿枚领会金枝对她这个方案不满意，对方的沉默表明了一切。果然——金枝说，要不是你请我们吃火锅，也不会生出这档事是吧？所以，我觉得，平均分摊，不合理。阿枚双手紧箍杯身，骨节狰狞，出于礼貌，面上不动声色，那你觉得怎么分摊合理？金枝说，你出百分之五十。双手抓起酒杯，阿枚啜了口，说百分之三十吧，没办法再多了，我觉得我请客不是起火的根源，好比今晚，你请我们吃饭，假如发生了火灾，你觉得是你的责任，还是店家的责任？

　　金枝被这问题噎住，拿目光求助她男人。罗柱目光游离，一声不吭。夹起一粒肉丸子，金枝放嘴里气鼓鼓地嚼，板着张糙红的脸，腮帮子一鼓一鼓的，恶狠狠的样子，像要咬死什么。四喜看了眼阿枚，继而看向金枝，我支持阿枚的观点，昨晚为啥发生火灾呢？当然是吃火锅引起的，确切说，是锅引起的，更确切说，是电磁炉引起的。关电磁炉啥事！金枝被冒犯般惊叫起来，昨晚最后走的是谁，你还是阿枚？四喜说，是我。金枝说，莫不是你忘了关电磁炉？四喜说，怎么可能没关，你回屋那会儿就已经关了。金枝冷笑，你昨晚喝得找不着北了吧？怎么可能记这么清楚？四喜说，总之我关了，信不信由你，总之我同意阿枚的意见。金枝意味深长笑了笑，你当然同意她的意见。罗柱手伸桌底下扯扯她衣襟。

　　四喜问阿枚能不能出去一趟。阿枚问他干吗。四喜说有话跟她讲。阿枚跟四喜来到店门口，问四喜到底啥事。四喜说，如果他们非要你出百分之五十，怎么办？阿枚说，我不知道。四喜说，我可以帮你承担一部分。阿枚问，多少？四喜说，你出百分之三四十，我出百分之二三十吧。阿枚问，为啥帮我？四喜坦白，我想让你当我女朋友。阿枚说，这算什么，爱情买卖？四喜说，我是真心的。阿枚说，你的真心来得太快了吧？四喜说，假冒的也行，月底跟我回趟老家，我娘肝癌，没多少时日了，她为我终身大事操碎了心，最大心愿是我能娶上媳妇。阿枚问，为什么是我？四喜说，我相信你会帮我。四喜坦言他谈过对象，已经进展到谈婚论嫁的阶段，女方要求他在城里买套房，再买辆车，全款，产权证必须加她的名字。车容易，代步的，七八万，或者，十三五万，房子太贵，百来万，四喜买不起，还没算彩礼酒席这些名堂的费用，爹娘长期生病，医疗费都指望他。男女应当平等的，阿枚莫名想起小武的话，几乎脱口而出。我不想让我娘留下遗憾，此时的四喜深沉得不像话，仿佛站在这里说话的四喜是另一个四喜，之前那个四喜还在里面吃火锅。这样啊，阿枚说，那我答应你吧，不是因为钱，就算你不帮我，我也会帮你，你进去别急着表态，先听听他们怎么讲。

　　金枝他们好奇究竟什么话四喜需要拉阿枚去外面说，也断定四喜和阿枚不会透露，不然也就没必要避开她们私聊。见人到齐，罗柱问，小武兄弟你意见呢？一直没有出声的小武阴郁如故，我觉得不光要考虑比例因素，更要考虑数额因素，四分之一是多少，五万还是十万？姑且我答应承担四分之一，到时兑现不了怎么办？说出来不怕你们笑话，我现在只能拿出一万，再多无能为力了。四喜吃惊地打量他，老兄，你不是吧？都像你这样，今晚就谈不出结果了，话说昨晚要不是你又买了一提酒，我们可能就不会吃那么晚。小武说你啥意思？四喜说自个儿琢磨吧。小武说你少来祸水东引这套，没准是谁乱扔烟头造成的。四喜说你别看我，我不抽烟。一码归一码，这事不能怪小武，罗柱出声化解四喜和小武的口舌之争。四喜冲小武举杯，仰头喝尽，表示他知错了，知错能改，善莫大焉。罗柱说如果只赔四五万，你出一万倒也凑合，万一人家要十万八万的，那就说不过去了。四喜说是呀，咱们现在是一根绳子上的蚂蚱。金枝说啥叫一根绳子上的蚂蚱，讲得那么难听。四喜说那怎么讲，一条藤上的瓜？还是一口锅里的菜？小武说那叫同休戚共进退。四喜说还是老兄有文化。小武说有文化又怎样，我刚离婚，净身出户，存款加起来就两三万，要有半句谎言，天打雷劈。金枝说你也找小三啦？小武说不是所有离婚都是因为找小三的。金枝问那你为啥要离？小武说为了自由吧。金枝还要刨根问底，被罗柱的话打断，小武兄弟，我信你。小武说谢谢。四喜说我也没钱，我一个月是有万把块，可都汇给我爹娘看病了，我爹尿毒症，我娘肝癌，要不是这，我也不至于三十朗当还是单身狗，唉，说句不好听的，有时我真想他们早点走，对他们对我都是解脱。阿枚紧随其后，我一个月也就四千出头，扣掉五险一金，到手不到四千，重庆工资太低了，租房，吃饭，这么多年下来，我也就三四万积蓄。金枝呛道，合着这是诉苦大会来着，就你们穷，我和柱子不穷？要不是穷，哪个当爹娘的愿意抛下孩子出来打工？我昨晚就说了，我和柱子两个人的工资，还顶不上你四喜一个人的。

　　服务员又过来续水了，他们一会儿走过来，一会儿走过去，绝不会让你的锅见底，服务可真周到。他们穿着牛油火锅一样颜色的唐装，嘴里喊着小心烫小心烫，将水壶置于火锅上方，另一只手作势挡在壶嘴前，浓白色的汤从壶嘴泻下去。小武忽然想到了什么，问，电磁炉是不是都有防干烧功能？金枝一拍脑壳，哎呀，咋没想到！我用的还是大牌子，我们超市做活动买的，啥牌子来着？转脸问她男人。好像是英文，记不清了，美的，三星，还是海尔？罗柱也记起来一件事，对了，我们那房子老断电，一开空调就断电，一开空调就断电，会不会是线路老化引起？我还叫房东找人来修呢，一直没来，天凉下来就忘了。真的假的？金枝于黑暗中看到了光明，你跟房东联系过？罗柱刷手机查看通话记录，你看，7月19日打的，他答应会找人来修，夏天都翻过去了，影子都没见到。赶紧截图，赶紧截图，这是证据，金枝放下心来，做祈祷状，上帝保佑，菩萨保佑，佛祖保佑，那就是房东的责任，没准他还得赔我们钱哩。可不敢指望这个，罗柱说，不用我们赔就谢天谢地了。

事情并没有想象的那么糟糕，就像是，即将来袭的台风，突然变了路线，往别处搞破坏去了，先前那些担心是多余的。气氛一下子缓和下来，他们才意识到，坐下来这么久，菜都没怎么吃，酒都没怎么喝，吃火锅应该是很愉快的一件事，专心吃饭是对食物的尊重。四喜举杯说我再自罚一杯，我这人口无遮拦，不会讲话，你们莫怪，那句话咋说来着？贫贱夫妻百事哀，不光夫妻，兄弟姐妹也是，朋友也是，谁叫我们不是有钱人呢，要有钱，我一个人出都行，不带吭声的。小武说那是，这一路下来，吃住通行，我选的都是最省钱的方式，有钱谁不想活得从容呢？谁不想活得体面呢？早住酒店去了。金枝说好啦好啦，大家都不容易，也别自罚了，一起干杯吧！四喜附和，对对对，干杯吧，同志们！

恐怕还是我们的责任，小武话锋一转，又说回比例和数额问题，他是个悲观主义者，习惯把事情往坏处想，习惯做最坏的打算，客观情况也容不得他过于乐观。得看消防那边的认定结论，他接着说，该是我们的责任，该怎样还怎样，凡事预则立，不预则废，还是得敲定个方案出来。就这么一句话，让众人停止相互敬酒的动作，好像是，刚刚飘走的乌云，又他妈飘回来了，或者说，它压根没有飘走，一直盘踞上空，只不过被瞬间闪现的阳光边缘化，沦为配角，毕竟黑暗中的光，总是更引人瞩目。场面又安静下来，当然是小范围安静，周围还是嘈杂的，可他们没心情顾及，周围的人和声都是流来流去的潮水。

小武进一步说，真要是我们的责任，我倒有个大胆的想法，不知道当不当说。

啥想法？除非房东大发慈悲网开一面，四喜想不出还能有什么办法。

小武说，这也是没办法的办法。

四喜说，别卖关子，赶紧说呀。

小武看着阿枚说，找阿枚前男友，让他承担一部分。

哎呀，金枝再次冷不丁叫起来，我怎么就没想到！

阿枚眼帘一挑，嘴皮子动了动，又闭合，随后眼观鼻，鼻观心，不置一词。

阿枚做不来这事。四喜称得上善解人意，很替阿枚着想。

金枝扫视过坐在对面的四喜和小武，目光在阿枚脸上锁定，我觉得小武讲得有道理，你跟他这么多年，落到啥了？

阿枚嘟哝，我跟他又不是为了钱。

金枝说，我知道你跟他不是为了钱，现在情况特殊不是？说到底，要不是他，你就不会请我们吃火锅，不请我们吃火锅，就不会起火，不起火，就不会有这档子破事，凡事讲因果，他才是罪魁祸首，你觉得我的分析对不对？金枝像个知心大姐姐，我晓得妹子你心善，不屑做这种事，那就让我出面吧，我去跟他谈，我就说是你姐。

阿枚还能说什么呢，坏人由金枝去做，她躲得远远的，还有什么理由反对呢？除非她扛下所有。事实是，她嘴上说不怪他，心里还是埋怨他的，在她最需要他的时候，他选择了回避，让孤立无援的她，多少冷了心。她心下更是明了，与其说自己是主动离开，毋宁说是被他抛弃，既而又被他爱人驱逐，诚如金枝所言，按照因果说法，他的确是这副多米诺骨牌的始作俑者，没准还是幕后推手。

那该让他出多少？四喜这孩子可真会提问，当年没好好读书可惜了，这确实也是亟待落实的问题。小武说我们尽力，力所不及的，找他补上。四喜说具体多少呢？小武说我们各出一万，剩下的找他拿，阿枚你觉得呢？阿枚没表态。小武说一餐一万，这应该是我这辈子吃的最贵的一顿火锅了。阿枚面带讥诮，不是讲男女平等吗？小武说这不关平不平等的事，这是他运气不好的问题，好比我们，吃顿火锅，有错吗？没有错，但我们运气不好，运气不好的人就得为自己的霉运埋单，这看起来是意外，更有可能是天意。阿枚若有所思。小武问，你还有更好的办法吗？阿枚没应答，转问四喜，你觉得这样好吗？四喜说，不好，不过也只能这样了。金枝接着他们的话说，妹子你不要有心理负担，小武兄弟说得对，这也许就是天意。阿枚深深叹口气，盯着沸腾的火锅，仿佛等着火锅帮她下决定，锅里的鱼骨架正在瓦解。罗柱说，好了好了，先吃菜吧，这么多菜，别浪费了。用漏勺兜起两粒牛肉丸，放入红通通热腾腾的牛油锅里，四喜说，是呀，赶紧吃，这次罗柱哥和金枝姐请，下次我请，去巴将军，陈家湾那家，没啥是火锅解决不了的。

"川妹子"老板娘

张振英

刚想催醒儿子，楼下的店里就传来了吵闹声。

水淋滢虽是老板娘，可打点店生意的，却是她的丈夫。男主外，女主内，她同丈夫的分工，早已约法三章。她当过店伙计，虽略懂点生意之道，可店里的事务，里里外外，全是她丈夫掌管，她很少过问。但店里一旦撞上磕磕碰碰的事，却都是她披挂上阵，说也怪，只要她一出马，什么事都可以摆平。这方面，丈夫很器重她。

见下面的吵闹越来越凶，水淋滢只好搁下孩子，下楼来了。

"发生了什么事？有根。"

有根姓花。他正跟人吵架。对方有俩人，是母女。那女孩才七八岁。双方吵得面红耳赤，水淋滢只这么一问，虽对着她的丈夫，但几个人全转向了她。

"妹子，"不等花有根开口，那个母亲抢先说，"你家有根他，少找了我闺女的钱。"

"你胡说，"花有根说，"昨晚，买味精，她给一百，味精一包十二元，我找八十八，少在哪里？"

"可她拿回去，我一数，才六十八，"那个母亲说，"不是你少了，自己飞走了不成？"

"那就是回家路上，她弄丢了。"花有根说。

"我没有！"站在一旁的女孩，连忙申辩道。

她的母亲接着说："我想不会，她拿回的钱，是卷成一圈的。要掉也是一块掉，怎么唯独掉了二十元？"

"这我就不懂了。"花有根说，"反正钱已离柜。当时，她就该当面点好钱。"

"什么，她当面点好？"那个母亲说，悻悻的，"她一个小女孩，懂得什么？她咋知道，堂堂的店老板，会这样坑小孩子？"

"喂！喂！"花有根说，"说话可得留点口德。你说少找了钱，无凭无据的，村里的人，都像你这样，没一点根据，上我这来吵，要回少找的钱，那我这店还得开吗？"

"好了！好了！"水淋滢想，双方这么吵下去，公说公有理，婆说婆有理，没完没了的，吵不出结果来，于是说，"有根，你上楼去照看一下孩子，这里交给我。"

花有根一走，水淋滢转身，走到那个女孩面前，抚了抚她的脸后，笑吟吟地对她母亲说："大婶，以后撞上这事，找我就行，甭跟有根吵。"说着，水淋滢从裤兜里，掏出二十元钱，塞给她的小女孩。"小妹妹，以后当心点喽！"

打发走了母女俩，水淋滢径直上楼来。花有根说：

"淋滢，你给她们钱了？"

"给什么？没有！"水淋滢这么说，只想早点将这事了了。可花有根却说：

"怎么没有，刚才，我站在窗台上，亲眼见到的。"

"怎么？"水淋滢说，"你上来，是让你照看孩子。你怎么站在窗台，监视起我来？"

"不！不！不！"花有根慌了，连连摇手，一连说出了三个"不"，"我这是瞎猜的。我一上来，就去哄孩子。不信，你可以去问问孩子。"

"好了！好了!"水淋滢笑了，"孩子还没醒呢。你走吧，做你的生意去。"

水淋滢的话，在花有根面前就是圣旨，这在村里，是家喻户晓的。人们都说，这两个走在一起，确是姻缘天合。

这水淋滢，四川山区来的。她十九岁就跟几个姐妹，结伴南下，在闽粤一带，打工扛活，挣钱养自己。有剩余的，就寄回家里，接济弟妹读书。

几年下来，同她一起的姐妹，一个个腰缠万贯，大多成了"富妹"。她又羡慕，又惊讶。

这年中秋，几个姐妹重聚。水淋滢说：

"好厉害呀，你们！怎么一个比一个富？这门路，咋走的，我们是姐妹，能支几招吗?"

几个姐妹听了，嘻嘻哈哈，全笑起来。其中一个说：

"在我们姐妹中，论身材，论模样，数你最好。只要你放得下，你发的，绝对比我们快。"

"现在，你还是黄花闺女吧!"又一个姐妹说，"淋滢姐，光这初夜，就有你赚的，没五千，也有三千，怎么样，包我身上。"

水淋滢摇摇头，笑着说："算了吧，我这人穷惯了。等我想阔时，会找你们的。"

"算了吧，淋滢，"有个姐妹说，"等花落瓜熟，就赚不到大钱了。"

离开了姐妹，水淋滢还干她的老本行，打工干活。她觉得，站着干活，流汗赚钱，比躺着赚钱，累得光彩。

过了不久，水淋滢应聘，进了一家私营公司，是经营品牌服装批发的，待遇不错，底薪三千，要是个人业绩好，还有额外的奖金。掌管公司大权的老大，是个剃光头的中年男人，有四十多岁。他的手下，还有四五个小伙子，都是二十来岁。公司员工中，还有五六个姑娘，很年轻，全是刚聘来的，都有几分姿色。慢慢地，水淋滢发现，这批男人，在社会上，游手好闲，全是亡命之徒。他们搞服装批发，赚正道的钱，但也利用色相，引诱敲诈，大发不义之财。他们诈的，多是打货的小老板，自己公司的老客户，从来不动。诈财时，公司里的男男女女，配合默契，女的勾引，男的敲诈。在公司，那些男的，虽个个五大三粗，如狼似虎，对公司的女伙计，却丝毫不敢碰。这是规矩。用他们老大的话说，这些女人，是公司赚钱的工具，没了工具，还赚啥钱？兔子不吃窝边草，只要有钱赚，有钱分，可以到外面去，寻花问柳，温香宿色，反正外头有的是女人。

尽管这样，水淋滢还是觉得，干这勾当不地道，迟早会发事。曾有几次，她想离开这里，撒手不干，但很快，她发现，自己让这伙人控制了。没有万全之策，贸然行动，一旦走不成，反而打草惊蛇。只能耐着性子，等待时机。

曾有几次，水淋滢出手行动过，公司收获不小。被诈的，都是十足的臭男人，见有姿色的姑娘，就心动，嘴边就开始滴口水，水淋滢逗他们，几个暗示，他们就动手动脚，垂涎三尺。这样的人倒霉，这是活该的。

不久，老大亲自点将，要水淋滢出马，说有个老板，来省城打货，几经公司门前经过，几个姐妹，三番五次，出列上阵，可这个人，十足的铁公鸡，一毛不拔，怎么说，怎么逗，都攻不破，打不进，只好一个个败下阵。水淋滢听了，十分诧异，这种男人，她也想会一会。便欣然答应。

经一番打探观察，水淋滢弄清了。这个老板，在一个乡村开小百货，进货品种多，最多的，是日耗食杂品。水淋滢知道，跟这种人打交道，用的手段，明的挑逗引诱，是不会上套，得用点心计。

于是，到食品批发总店，水淋滢要了三箱味精，名牌的。放进自己的仓库，从中抽出几包，提在手里。

"喂，花老板，是你呀。"水淋滢连他的姓都查过，一见到花老板，便迎上前去，故作惊讶地说道。

"你是——"花老板正吃惊，水淋滢又说：

"我是味精批发店的，怎么，就一阵子没见，你就忘了？真是贵人多忘事。"

望着水淋滢，花老板呆若木鸡。

水淋滢说："花老板，最近，哪里发财？你来拿货，怎么不到我店上来？喏！这是新货，刚上市的。你瞧瞧，很便宜的。要拿点吗？"

让水淋滢折腾了一阵子，花老板正糊涂着，一听到生意，眼睛一亮，打起了精神，从水淋滢手上，接过味精，放在手里，颠来倒去，反复审视一会，又高高举上头顶，在强光下透视后，便开口道："好！好货！什么价。"

"花老板果然是行家。人家十八，我十五。要是批发，再降点。"水淋滢说，"你是老顾客，就八块吧。"

"不！太贵了。"花老板说，"六块。"

"不行！"水淋滢说，"划不来，亏太大。八块是最低价。"

"卖不动。"花老板说，"你也不用说，一句话，七块！一言为定！"

"真的划不来。"水淋滢摇摇头，沉吟一阵说，"你是老顾客，我们要做的，是长久生意。你花老板开口了，就是亏，我也得认。走！提货去。"

花老板好高兴。

水淋滢推来一辆电动车，载着花老板，拐了几道弯，到一间仓库前。水淋滢掏出钥匙，打开了大门。但两个人刚一进去，"哐"一声，门就被关上了。花老板一愣，四周瞄了一眼，这里上上下下，一包包，一叠叠，全是服装，他说：

"不对呀，这是服装仓库。"

水淋滢说："味精仓库，是在里头。"

花老板说："怎么，连门都关上了？"

水淋滢说："大门开启，太费劲，后面有小门，我们往那头走。你在这等等，我进去拿货。"

过了片刻，水淋滢出来了。花老板一瞧，心更慌了。水淋滢披着件睡衣，走到他眼前……他吓得转身就跑。

"你不用跑，太迟了。外头的门锁了。现在就是出得去，没几千元，你就甭想走人。"

水淋滢一说，花老板吓得魂不附体。他匆忙转过身，说："姑娘，我跟你无冤无仇，你为什么坑我？求求你，放了我吧！"

水淋滢笑了："怎么，我入不了你的眼？我很便宜的。三五百就行。"

"不不！"花老板急忙说，"你很漂亮，别说三五百钱，就是几块钱，我也不敢呀！姑娘，放了我吧！求你了！"

花老板哭丧着脸，苦苦哀求着。看着他那惊慌失措的样子，水淋滢觉得，他的话是真的，心是诚的，不觉动了恻隐之心。

"其实，大哥，"水淋滢说，"我也不想加害于你。我也是身不由己。我要放了你，今晚，我也不知道，会发生什么事。在这座城市里，我没亲没戚，就是想逃，也无处藏身。"

"那你放我走，"花老板说，"你躲到我家去。我带着你。"

"大哥，瞧你也是个老实人，怎么也会诓人。这青天白日的，你将一个姑娘家的往家里带，大嫂这一关，你怎么过？"

花老板听了，笑着说："你放心，我还没娶老婆哩！"

"那就好，我们一起逃。你等等。"水淋滢说着，拿起手机，对外头的同伙说，"你们在前门等。这个人真的很难得手。但给我点时间，我有把握。没有我的暗号，你们千万别进来。"

水淋滢稳住了外头的同伙，便从身边抓了几件衣服，包成一团，带着花老板，从边门出来了。

他们两个人先上了一部"摩的"，在小巷里，绕了几圈后，改乘"的士"出了城区，又拦下一辆班车，逃回花老板的家里。

这花老板，就是花有根。他带女人回家的事，第二天，在花家村传开了……

花有根是个生意人。他善于经营，精通生意经。他的父亲，是供销社职员，上的班，就是在花家村供销点当售货员。花有根十七岁时，父亲退休，他"补员"，也在父亲原先的店上班。两年后，上头政策变了，他就将这间公家的店承包了下来，没几年，发了财。后来，不仅这店的招牌，就连整个店铺，都让他买了下来。不久，又办成了小超市。

他年纪虽轻，但他的家财，在这花家村，也是排得上名次的。美中不足的是，他三十好几了，连个老婆也没娶成。

论人品，论家道，花有根是无可挑剔的。当年，上门谈亲的人络绎不绝。他二十四时，倒是相中了一门亲，那个女人，小他五岁，初中毕业，长得十分美，但她外出打工，刚过两年，就跟一个包工头走了。花有根的娘，村里人都叫花婶子，急了，匆匆忙忙找媒人，想给儿子，再说一门亲，可不上眼的，花有根瞧不上，看中的，到外头打一年半载的工，就不想再回花家村了。

这事这么一耽搁，就是几年。今天，花有根忽然带回一个女人，让乡人意外万分。

乡亲们一个接一个，到花有根的家。有人说："花婶子，有你的，媳妇都到家了，也不告诉我们一声。"

"哪里是媳妇。"花婶子乐哈哈的，向乡亲们打揖。"是有根，见我们老了，从外地带回个伙计，帮他打点生意。"

"花婶子，要是说伙计，我们这村里，男的女的，有的是人。干吗要大老远的，到外地找一个？"

这个人一说完，花婶子就笑着说："说真的，是伙计，还是媳妇，我也说不清。这是他们年轻人的事。"

但是，不管花家人怎么说，人们认定，这个姑娘，就是花家媳妇。

第二天，水淋滢就走马上任，干起伙计的活来。她说："我在这避难，有吃的就行。"但一个月后，花有根还是给了她薪水。上省城打货时，还常为她买一些行头，全是女人用的。

就这样，水淋滢成了花家的人。白天店里忙活，晚上便同花婶子睡。

一段时间后，俩人的事，不见有一点进展，花婶子急了。有个晚上，她对水淋滢说：

"水妹子，你说，我家有根他怎么样？"

"不错呀，挺好的。"水淋滢说，"勤劳能干，人也实在，是个好男人。"

"可是，他十七岁当伙计，"花婶子说，"知道赚钱不容易。在钱财上，可能精了点，你要理解他。"

水淋滢说："男人家，懂得赚钱，还得会用钱。有根哥他，没有错呀！"

花婶子一高兴，便说道："水妹子，那你愿意，当我花家媳妇吗？"

水淋滢一愣，她没想到，突然间会冒出这么个问题。她没一点准备，一下子，也不懂该怎么回答。

"水妹子，"见水淋滢沉默不语，花婶子说，"婚姻是件大事，我理解你。你跟父母商量一下，再考虑考虑，要是同意，花婶子我下次问你，你就点个头。"

过了不久，花有根上省里打货，一回来，就对水淋滢说：

"淋滢，你公司那伙人，让警察全部抓了，听说都要判刑。"

水淋滢一听，高兴得跳起来。"太好了。什么叫报应？这就是报应！"

但是，花家的人，个个却愁眉苦脸。

"淋滢，"过了一天，趁店里没别的人，花有根说，"这伙人完了。你有什么打算？"

水淋滢低头不语。

花有根说："你能不能不走？"

"让我考虑考虑！"水淋滢低着头说。

这天晚上，水淋滢一上床，花婶子就说："水妹子，我花家没有女儿，你在这里，我当你是我的亲生女儿。你别走，我这把年纪了，你就让我多疼爱几年吧！"

花婶子说着，竟流下泪来。水淋滢想，在花家这些日子，花婶子真的，对自己疼爱有加，剩菜剩饭，从来不让自己吃，晚上睡觉，被子老往自己这边挪，生怕自己冻着了。偶遇风寒，她就日夜守着，送水端饭，熬药煎汤，没半句怨言。就是自己的亲父母，也没这么厚待过自己。现在真的，要一走了之，自己的心也是会疼的。她见花婶子含泪苦求，心一酸，也流下泪来。她哽咽着说："婶子，你这么康健，人又这么好，你千万别这么说。"

见水淋滢没答应，花婶子在床前，扑通一声，跪下来，说："妹子，我求你了。"

水淋滢猝不及防，一骨碌，从床上翻滚起来，抱着花婶子说："婶子，你别这样，我答应你。但做花家媳妇的事，我一个巴掌拍不响。"

这桩事，水淋滢也考虑过。这花有根，家底厚，人实在，长得也帅气，会做生意。他虽重利，但不轻情，对她，对家人，从不吝啬。人无完人，这是小毛病，对他的人，水淋滢没意见。这花家村虽是农村，离城里远了点，但背靠青山，面对一望无际的肥沃水田，村前又有条小河，很美丽。再说，现在户籍放开了，只要自己夫妇俩，勤劳肯干，赚够了钱，到城里一购房，摇身一变，就成了省城的人。因此，她心里的谱早定了：只要花有根开口，自己就点头答应。

第二天一早，水淋滢下楼，正要打开店门。花有根也跟着下楼，拉着水淋滢的手说：

"淋滢，你别走，我会疼你爱你的。今后，你不用当伙计了。我赚钱。你在家里，我赚的钱，全交给你打点。淋滢，你留下来吧！"

这时，外头有人拍门，水淋滢笑着点点头，推开了花有根的手。

果然，俩人结婚后，对水淋滢，花有根疼爱有加，言听计从。水淋滢成了名副其实的老板娘。她上店少了，但忙完家务事，或者花有根外出打货，还是会亲自出马，打点店里的生意。水淋滢很会做人，只要她在店里，见着小孩子，糖果呀，枣子呀，常分给他们，要是上了年纪的人，买货过秤时，常当着面，给他们添点称，耗的不多，却赢得了人们的口碑。她结婚时，在背后，人们都叫她"川婆娘"，可刚过半年，人们便改了口，叫她"川妹子"。但不管人们怎么称，她都高兴，一年到头，见着人总是笑眯眯的。

有一天，水淋滢从外头回来，见村里的吴婆婆双眼含泪，悻悻的，从店里走出来。水淋滢一惊，便到店里，问花有根。他说：

"她来要农药，田里需要杀虫。"

水淋滢说："我们店里有吗？"

"有！"花有根说。

"那你给她了吗？"水淋滢说。

"她没带钱，是来赊账的。我们这店，是小本经营。要大家都来赊，我们这店撑得住吗？"

"有根，"水淋滢说，"吴婆婆老伴生病，儿子在外打工，挣不了钱。她家里困难，我们先赊她，收成后再还钱。田上了虫，不及时杀，可能会绝收，那就是雪上加霜哩！我们不能这么缺德。"

"那你拿主意吧！"

花有根一说完，水淋滢连忙说："你把农药给我。吴婆婆要多少，我送去。"

这事不久，就在村里传开了。那"川妹子"的"川"字，也不知什么时候没了，在她面前，人们叫她时，都亲切地喊她"妹子"。

过了一年，水淋滢养了一个胖小子，第一个来瞧她母女俩的，就是吴婆婆。她抱着孩子，对水淋滢说："妹子呀，这太好了。你做人好，真是上天有眼。"

花婶子更是乐，整天合不拢嘴。孙子刚呱呱落地，她就一手抱孙子，一手拉媳妇的手说："孩子，我花家有你这样的媳妇，是上辈子烧的好香。孩子，你爱吃什么，想吃什么，尽管开口，娘我就是下油锅，也要捞出来给你吃。"

"娘，你别这么说，"水淋滢体力还没恢复，但还是撑起身子，兴奋地说，"我当妈了，以后要抚养教育孩子，还要帮有根哥，你可别宠坏了我。"

打儿子出世后，除了带孩子，别的什么事，花有根都不让妻子干。水淋滢读过一年高中，花有根觉得，自己只初中毕业，妻子的水平比自己高，让她教孩子，再好不过，店里一切事务，里里外外，他就一个人扛。盘点时，他常一个人忙到凌晨两三点。

但是有一次，天快亮了，店里的灯还亮着，水淋滢觉得怪，昨天刚盘点的货，晚上怎么又搞了一整夜？出于好奇，水淋滢蹑手蹑脚，从楼上下来，到楼口一看，愣住了。

原来，花有根桌前，正放着几叠标签，边上放着号码机，号码机上，还沾着油墨，蓝色的。看样子，号码机是用来盖日期的，桌上放的标签，就是刚盖的。水淋滢当过伙计，花有根在干什么，她一想便知。

花有根背对着楼梯，水淋滢走上前去，偷偷一瞧，果然，花有根正拿着标签，聚精会神地，往食品包装盒子上，一包包地张贴，将原来的商标，一一盖住。

"有根，"水淋滢轻轻地一叫，花有根吓了一跳，转身一看，见是水淋滢，便呆住了。水淋滢说："这样的事，我们怎么能干？"

花有根急忙解释说："现在，工商局正在打击伪劣食品，常常乔装打扮，明查暗访，我们得防着点。我们这食品，刚过期两周，里头包装很好，不会变质的，人吃了绝对没问题，要是这样报废扔了，得亏百来块钱，很可惜。"

水淋滢摇摇头，笑着说："要是批给你的人，也像我们这样，在日期上，做了手脚，那这糕点，过期的，就不止两周了。人家要真的吃坏了肚子，他们找的，是我们，到时候，我们怎么面对乡邻？"

"那你说——我听你的，该怎么处置？"花有根说。

"扔了，全扔掉！"水淋滢和颜悦色地说，"有根，我们差不了这几百块钱。你听我的，准没错。"

"那好吧！"望着那堆食品，花有根恋恋不舍，说，"我清理清理。"

但是，在清理时，趁着水淋滢弯腰扫地，他蓦地，抓了三五盒，塞进货堆里后，才将那些标签，投进垃圾桶，又把那些食品，一一清到垃圾桶边，想待天明再行处理。

第二天，花有根刚开门，水淋滢就下楼了。她见那两箱食品，依然在边上搁着，便说：

"有根，这几箱扔了可惜。人肯定不能用了，你看看，那猫呀鸡呀，能不能喂？"

到底是生意人，水淋滢只这么一提，花有根立即省悟，他高兴地说：

"妹子，你甭讲，我知道了。"

花有根这店，地处村中心，人们忙完事，常上这，店里店外站着聊。特别是晚饭后，男的女的全有，里外五六张板凳，常座无虚席。花有根觉得，自己毁掉过期的食品，见证的人越多就越好。

"喂，各位乡亲，"这天晚上，人一到齐，花有根就将食品，扛了出来，摆在大伙面前，大声说，"这几箱都是吃的，刚过期几天，要继续卖给大家，怕坏了大家的肚子。可就这样毁了，又可惜，这到底是粮食，所以我拿出来，分发给大家，一人一包，发完为止，不要钱的。但记住，东西只能喂鸡喂狗，人千万别沾。里头有细菌，人吃会生病，鸡狗不会，这是医生说的。"

花有根是生意人，要不说后面两句，人们拿了东西，都留着给人用，自己的生意，不受影响了？这样处置，做了顺水人情，抬高了个人信誉，又不妨碍生意，对妻子也有个交代，可谓是一举数得。

但是，花有根平时为人，乡里的人心知肚明，他能发这慈悲，大伙一致认为，全是因为他的妻子。

花有根"毁货"事件，村里村外，一经传开。有些人，早先对花有根抱有成见，每次上镇里，总要采购一大批货，从他的店前招摇而过，自这件事后，人们就不再舍近求远了。

有一天，店里来了两个陌生人，一男一女，在店里，徘徊一阵，又先后走开了。

过一会儿，他们又双双回来了。

"我是市工商局的，"那个女的，走到花有根前，亮出证件说，"我们来这，是来抽查的。"

两个人突如其来，让花有根手脚忙乱。他看着两个人，在货架上，在货仓里，里里外外，一件件地检。这哪是抽查，分明是鸡蛋里挑针头，花有根的心怦怦直跳。

"怎么会有这？"不久，那个男的，抽出几包食品，拿到花有根跟前，"这商标是假的，而且是刚贴上不久。"

花有根一看，那几包食品，正是那晚，自己瞒着妻子偷偷藏起来的。

"这——这——这是我打货时，批——批发商——掺进来的。"

"对！"这时，水淋滢从楼上下来，瞧了花有根一眼说，"前几天，我们已挑过，有好几箱，我们给毁了，全送给乡邻喂鸡鸭了。就是没想到，还漏了这么几包。真的，我们不是故意的。我们几箱都甩了，怎么会在乎这几包？不信，你们可以问问我们村里人。"

"对！"

"对！"

"对！"

……

店里店外，围观的人不少，水淋滢这么一问，他们几乎不约而同地说。

两个工商局的人，只说了一句："我们暗访过，我们心中有数。"便带着那几包食品走了。

过了一个月，花有根让工商局的人叫走，回来时，却扛着一面匾，上头写着"消费者信得过商店"。

花有根回到家里，将牌匾扛进卧室，说："妹子，你干什么事，都做得对。你看——今后什么事，我都得听你的。"

水淋滢说："你只要记住，做人得堂堂正正，头可断，伤天害理的事不能干！"

"行！"花有根搂住妻子说，"我全听你的。"

黄木头

林朝晖

在三坊七巷，总有些被敬重的匠人，他们社会地位虽然卑微，手艺却令人敬重，如补锅、修伞、弹棉花、裁缝等。他们在这块风水宝地施展才华，虽默默无闻，创作出的作品闪烁出的智慧之光却令人叹为观止。比方说宫巷一个花厅水井有个盖子，盖上有个柄，此柄状似一只憨态可掬的癞蛤蟆，它仰头望天，一副想吃天鹅肉的表情栩栩如生。柄既可握，也可以让人浮想联翩，这样的细微之处竟然如此用心在意，让人惊叹之余，不禁会问宫巷百姓，这个独具匠心的盖子出自谁之手？他们一听，便会迅捷地竖起大拇指，无不自豪地说：黄木头！

黄木头是个木匠，原名黄山和，他的手艺如

三坊七巷牌坊

何，可从百姓给他取的"黄木头"绰号里看出一些门道。

黄木头给人的第一感觉是干净，体面。他平日不爱说话，十根指头代替语言，木匠使用的锛、凿、斧、锯、刨，只要到了他的手里，就会生出灵性。黄木头锯木料，木屑细碎、均匀，像飘落的雪粒，锯口端直，像利剑竖劈；黄木头刨板材，刨花奔突汹涌，如焰火，刨出的木板光洁、平滑，苍蝇落上去，都能来个倒栽葱。

黄木头还有一项更奇特的本领，经他过眼的树木，像是用手摸索过的肉猪，能剔下多少根骨头，能剥出多少斤肉，他闭着眼睛都了然于胸。与东家谈妥价格之后，他会不厌其烦地告诉东家，这根可以做啥，那根可以做啥。枣木、椿木、槺木、洋槐木比较瓷实，宜做面板、门框、桌子腿和窗户框，杨木、柿木、梧桐木和柳木宜做门板、桌子面和窗棂，让你心知肚明的同时，他还会耐下性帮你分门别类，把最先要用的木头挑出来，放在空闲的地方，让东家觉得黄木头这人特本分和实诚。

黄木头开工干活的时候，三坊七巷的年轻后生都喜欢来瞧，说是学手艺，其实是欣赏他干活的姿态。黄木头如同戏台上的演员，马步张开，拉开锯子，攥紧凿子，抡起斧头，有节奏地敲打着木头。少顷，那劈劈啪啪的声响回荡在三坊七巷上空，有时还能将巷子里的争吵和鸡鸣狗吠的叫声压下去。他完全沉浸在制作家具的快乐之中，一把雪亮的锯子在他手中飞舞，乐声四起，霏霏不绝，仿佛小提琴手在持弓拉弦。他平推刨子的姿势更绝，好比美女在表演时装秀，一时间，锯末飞洒，刨花舞动，精彩纷呈。锯子、刨、凿以及墨斗一类简单的工具，在他手中无不发挥到极致。小半天工夫，外表丑陋委琐的木头，经他斧劈锯断，变得玉体横陈，光彩照人，淡淡的木质香弥漫开来。

黄木头做工细，手也快捷，一张做工精细的雕花木床，从下料到成型，别人半月，他一个礼拜就拿下。他偶尔也做棺材，都是慕名而来的熟人，死活推脱不掉。黄木头说，也好，这两样东西，一个迎接新生，一个安放亡灵，做床是行善，做棺材也是积德。

黄木头名声在外，三坊七巷嫁姑娘娶媳妇，能有一张黄木头做的雕花木床，就会觉得有面子。黄木头做的雕花木床典雅古朴，颇有明清风韵，多由新人买走，喜庆、祥和。

黄木头三十岁那年，被三坊七巷财主刘一山请去为女儿制作雕花木床。刘一山的女儿刘桃花是三坊七巷小伙子们眼馋心颤的对象，门槛都被媒婆踢破了，仍不见女儿点头，气得刘一山山羊胡直抖，指着女儿的鼻子骂："丫头，你不要眼光太高，福州有句俗语叫'其拣拣，拣礼无尾犬'（福州方言，劝世人在娶妻、嫁人时，对未来的配偶不要过分挑拣），以后年龄大了，真的嫁给了无尾犬，可不能埋怨我们。"刘桃花不羞不恼道："皇亲国戚我不稀罕，我就想嫁个可心的，即便他是无尾犬，我也认命了。"说罢，目光眺望远方，一脸的憧憬。

黄木头做工的时候，刘桃花像一片云飘来，看黄木头怎样使一堆木料变成耐看的家具。

被刘桃花这么盯着看，黄木头便觉得浑身不自在，说："小姐，你能不能不看我？"

刘桃花笑："唉哟喂，我哪是在看你呀，我是在看木头呀。"

黄木头"嗯"了一声后，又开始干活，但已失去往日的从容与自信，变得手忙脚乱。

"慌什么，我又不是老虎。"刘桃花笑呵呵地说。

黄木头的脸顿时红到耳根，定了定神，拿起铅笔，低头在木头上画花鸟虫鱼，心定之后，拿起锉刀开始精雕细琢。花鸟虫鱼很快便跃然纸上，只见喜鹊在梅枝上嬉闹，牛羊正低头吃草，溢动着纯朴而古典的光辉。

刘桃花禁不住发出啧啧的赞叹。

半个月之后，黄木头的雕花木床完工。上层扇柜门雕着花鸟虫鱼，下层两扇是"麒麟送子"：麒麟仰起头，阔口咧腮，金鞍玉镫；娃娃笑容可掬，紫袍蓝裤。黄木头的刀法明快犀利，形神兼备，栩栩如生。刘桃花完全被黄木头精心制作的雕花木床镇住，没想到人世间居然有这般巧手，忍不住伸出纤纤玉手去握黄木头的手。

　　黄木头想抽回手，却已经被刘桃花握住了。

　　刘桃花说："木头，我想看看你手里藏着什么秘密。"

　　黄木头说："刘桃花，我这么个下里巴人的手有什么好看，既粗又糙，没藏什么秘密。"

　　刘桃花说："我不信。"说罢，掰开黄木头的手左瞧右看，仿佛要从那只糙手纹络中寻到智慧的来源。

　　黄木头说："小姐，我的手没藏什么秘密吧。"

　　刘桃花笑嘻嘻地说："有！"

　　黄木头红着脸搔了搔头。

　　刘桃花说："我发现你手上爱情线特别鲜明，看来你要走桃花运了。"

　　"我这么个笨拙的匠人，哪有什么桃花运呀。"

　　刘桃花指了指远方的桃树，说："黄木头，桃花已经盛开了。"

　　黄木头掉过头，发现远处桃树上的桃花正绽放出夺目的光彩。他嘴角一翘，心里暗生遐想。

　　黄木头给雕花木床上完油漆，完成了最后一道工序。刘一山在给黄木头发工钱时，戏言道："你的手艺那么好，我把小姐许配给你，如何？"

　　黄木头憨憨地笑了笑，头发像一丛白菊怒放，目光如一根直直的木头伸向刘桃花。

　　刘桃花的脸羞得通红。

　　有了财主这一句话，黄木头便经常上门找刘桃花。每次看到黄木头，刘桃花脸上都会绽放出一朵鲜艳的桃花。

财主刘一山是个"鼻屎当盐吃"（福州方言，嘲讽吝啬或过于节俭）的势利人，没想到黄木头居然把自己的一句戏言当真，气急败坏的他对黄木头说："木头，你知道福州有句俗语'鸭姆领（混在）凤礼飞'（福州方言，意思是鸭子混在凤里面飞翔，指不自量力、无自知之明的人）吗？"

黄木头说："听过，但我还听过这么一句福州街道上流行的俗话，'小空（小穴窍）出大螃蟹'（福州方言，意指小地方也能出杰出人才）。"

刘一山冷笑："傻小子，你把自己比成大螃蟹，是不是有点儿不自量力？"

黄木头从容应答："人不可貌相，海水不可斗量。"

刘一山瞪起双眼："黄木头，你可不要异想天开，我的女儿是不会爱上你的。"

黄木头充满自信地笑了笑："话可不能说得这么绝，男大当婚，女大当嫁，我相信桃花会爱上我！"

"凭什么？"

黄木头硬倔倔地应："木头！"

刘一山与黄木头争吵后，一跺脚，狠下心欲把刘桃花嫁给门当户对的财主儿子黄成和。

黄成和早已对刘桃花垂涎三尺，听说刘财主要将刘桃花许配给他，兴奋地拉上父亲上门提亲。

对于父亲的决定，刘桃花并没提什么反对意见。她只有一个要求，让黄成和与她一起看一看雕花木床。

指着雕花木床上麒麟张大的嘴，刘桃花问："黄成和，你能看出麒麟的嘴里有什么东西吗？"

黄成和定睛一看，从麒麟张大的嘴里影影绰绰可以看到黄木头的影子。黄成和揉了揉眼睛，再瞧时，黄木头的影子没了，再仔细一瞧，黄木头的身影又冒了出来……

刘桃花说："你再看看花鸟虫鱼。"

黄成和抬头一瞧，栩栩如生的花鸟虫鱼中，一朵盛开的桃花尤其夺目。

刘桃花说："人家都说木匠黄木头是根不知情为何物的木头，其实他特有心眼，把对我的爱都刻在雕花木床上，晚上睡觉时，只要我躺在这张床上，就能听到黄木头对我说悄悄话，黄公子，你说我该嫁给谁呢？"

黄公子自觉无趣，灰溜溜退出。

一年之后，刘一山终于拗不过倔强的女儿，一顶花轿把刘桃花送到了黄木头的家门口。刘桃花的陪嫁品里，雕花木床无疑是最醒目的。三坊七巷的百姓都说，别看黄木头平日傻里吧唧，其实是个人精儿，居然能让木头说话，用雕花木床当媒婆打动刘桃花，什么叫匠心独运，这就叫匠心独运啊！

文论坊

新时代，小说写作的新领地

石华鹏

诗人、评论家波德莱尔提出了艺术之美的两重性特点，他说："构成美的一种成分是永恒的、不变的，其多少极难加以确定；另一种成分是相对的、暂时的，可以说它是时代、风尚、道德、情欲，或是其中一种，或是兼容并蓄。"如果拿人作比拟，波德莱尔认为，永恒存在的那部分是艺术的灵魂，可变的那部分是艺术的躯体。

照此来理解小说，小说的灵魂——即小说的精神世界——永恒不变，一直在漂移变化的是小说的躯体，它是通往小说灵魂的物质载体，它是变化中的时代风尚、经历经验、故事模式、题材人物等等。由此看来，小说家的创作永远摆脱不了在可变的艺术躯体和永恒的艺术灵魂之间艰难跋涉、失衡摇摆抑或是完美抵达的境地。这二者之间，看似隔着一段距离，看似彼此割裂，其实不然，它们是依存融合在一起的，因为无论常变的故事载体还是永恒的精神根基，本质上它们都是在寻找时空上的永恒存在。如果一个故事（艺术的躯体）不去抵达人类心灵深处亘古不变的真情实感（艺术的灵魂），那么这个故事将昙花一现，不会久存；如果艺术的灵魂不附着在时刻变化的故事和现实之上，失去故事和现实这一载体，小说的灵魂也将无所依存而空洞化，如波德莱尔所说的"不能为人性所接受和吸收"。

尽管波德莱尔的艺术之美的两重性告诉我们，小说中变动不居的物质世界与永恒的精神世界同等重要，但从现代小说四五百年的历史来看，各个历史时期变换多端的故事形态和丰富多彩的现实样式，让小说变得五彩缤纷和多姿多彩，而艺术灵魂则一直端坐于故事和现实顶端俯瞰这一切，它自身倒是永恒如一，未曾有翻天覆地改变。是否可以说，小说中一直处于变化中的时代风尚倒显得格外重要了。所以，小说家有了一个重要任务，就是不停地去寻找自己时代的新的故事和新的现实，开掘艺术灵魂所依附的全新领地。这既是小说活力的体现，也是现代作家艺术风格的形成方式。

无论永恒的还是可变的，波德莱尔认为，真正的小说家"善于从现实的生活攫取其史诗的一面"，用故事或人物"让我们看见并理解系领带穿漆皮靴的我们是多么伟大、多么有诗意。"

何为"现实的生活"？是我们此刻生命正在流逝时我们的肉体和精神正沐浴其中的日常或传奇的生活，是与我们的过往百分之九十相似而百分之十不同的那种生活。无论我们对过往存有多么美好的记忆和怀想，抑或是多么感伤或痛苦，纵然记忆永远翻不过那一页，但在现实面前，前行的脚步终将跨过那些岁月沟壑。如今，我们已经跨过了那个纯粹的农耕文明时代和工业文明时代，与我们携手同行的是信息互联的数字时代。我们的写作当然可以回到农耕、工业时代的经验和记忆中，但可能冒着远离今日读者的风险而被忽略，因为已经有汗牛充栋的小说已经完整地记录和塑造了农耕和工业时代。我们的写作终将无法回避我们自己的前所未有的时代，必须去面对波德莱尔所说的"可变的时代风尚"，去面对那种与过往百分之十不同的"现实的生活"。这片陌生的生活、未知的领地正是小说值得去掘进的地方。

如果有人提出这个问题：信息互联的数字时代与过去时代相比，对写作最大的改变是什么？我想应该是写作认识和写作意图的改变。在信息不够发达或者信息对人的影响没有今日这般强大时，写作对很多作家来说都是异常神圣和强大的，写作意味着一种改变现实的可能，比如改变某项政策、改变某类人的人生轨迹等等。但时至今日，写作再也难以从根本上改变现实，或者说写作的社会功用已经被时代的其他媒介征用，而写作"继续朝内转"（乔治·斯坦纳语），写作意味着认识自我、拯救自我的可能，如安妮·埃尔诺在一个访谈中所说："一本书有助于改变个人生活，有助于打破忍受和压抑的孤独经历，使人们能够重新想象自己。"写作意图由过去的"改变现实的可能"到现在的"重新想象自己"，是时代留给小说艺术的新的责任和新的领地。

　　每个时代的人们都面临新的时代带给自己的美好、困顿、迷茫和无赖，对这些未曾有过的感受、复杂的精神问题发言，构成了某个时代小说写作的全部可能。我们不禁会问：信息互联的数字时代，给人们带来了哪些全新的、复杂的精神问题呢？给小说写作提供了哪些有待掘进之地呢？

新的领地之一：人类与技术之间的关系，人工智能、基因编辑、克隆仿生等带来的技术焦虑和伦理难题

　　我们从未像今天这般强烈感受到被许多张技术之网网罗捆绑着。互联网普及之前，汽车火车飞机，收音机电视机游戏机，让我们感觉到技术的强大和便捷，而当今日无处不在的数字技术和高度发达的人工智能，深度参与了我们的吃喝拉撒、爱恨情仇、生老病死等所有的生活领域时，我们便感受到了技术的贪婪和恐惧——被技术主宰的生活还有多少掌握在我们自己手中？

　　不必去感慨了，一个铁定事实是，我们生活在技术之中，技术正在界定我们对生活世界的绝大多数想象。我们身处的现代社会是"技术时代"中的社会。哲学学者余明锦提出了"技术时代"这一概念，

他将"资本—技术—政治"三位一体的存在界定为19世纪之后现代社会全面展开的动力。技术深深嵌入资本和政治的系统之中，裹挟着每一个人。正因为此，写作在今天无力撼动"资本—技术—政治"三位一体的社会现实，但写作最有可能化解或舒缓这个时代最纠结的矛盾：人类与技术之间的矛盾。

一些探讨人类与技术之间关系的小说已经陆续出现并广受关注。比如被评为《纽约时报》2022年度十佳书籍的小说《糖果屋》，讲述科学巨擘布顿开发了一个无意识平台，它可以让人造访自己拥有过的记忆，还能让人分享记忆换取窥视他人记忆的故事。比如韩国作家赵宝拉的《诅咒兔》，讲述人与人工智能的爱情故事，探讨人与机器之间如何共处的快乐与尴尬。这些小说看似有着科幻的炫目外衣，其实它们不是科幻而是我们正在经历的某种现实。可以预料的是，人类与技术之间的故事将成为这个时代小说写作的新领地之一，这种书写将是长久和时尚的，因为这是人类内心世界最新的迷茫和焦虑之一。

新的领地之二："城乡游民"的两个梦：乡村梦和城市梦

信息生产传播的即时性和交通出行的快捷便利性，这个时代里最显著但也司空见惯的两个变化正在改变我们对时间和空间的感受——空间被压缩了，不再难以跨越；时间被拉长了，不再难以打发。这种改变背后其实蕴藏着更为巨大的变化，即乡村和城市的变化。二元对立的乡村和城市或者必须在二者中选择其一的尴尬局面正在龟裂甚至被打破，人们开始有了多余的选择，既可选择在城市打拼实现自己的城市梦，也可选择回到乡村或者乡村边上的小城实现自己的乡村梦。今后，更多的人将在城市和乡村之间游走成为"城乡游民"，无数的"农民工第二代"早已成为"城乡游民"行走在中国大地上，他们有的在城市立下足，乡村也有自己的房子和亲人，许多城里生活长大的人也去到自己心仪的乡村，不定时居留下来，成为"城乡游民"。

中国城市化进程高速推进将近四十年，人们以为这是一条单向度的、不可逆转的逃离乡村，奔赴城市的"老路"。其实随着时代的发展和城市化进程加剧，人们发现大城市和特大城市并不是想象中的天堂，尽管这里提供高质量生存的一切可能和便利；而曾经被抛弃的乡村也并不全是贫瘠和边远，它还是充满无数秘密和朴素美丽的大自然，人们开始尊崇自我价值观的选择，我既要城市也要乡村。信息时代的技术和高铁时代的路网也支持了这种选择。英国诗人威廉·柯珀说："上帝创造了乡村，人类创造了城市。"人们当然愿意既在上帝那儿生活，也愿在人类那儿生活，成为未来的"城乡游民"。

"城乡游民"的生活和领地，是小说写作的全新的广阔天地。我们已经看到了有些小说在城市和乡村两地舞台上展开，全面表现那种两地"游民"的精彩故事，比如林那北的《每天挖地不止》等。我们也曾经看到太宰治在《再见》中展示的"城乡游民"的故事，也看到简·奥斯汀在《傲慢与偏见》中在小城与乡镇间表现的人物故事等等，总之，这是未来小说大有作为的新领地。

新的领地之三：倦怠社会的个人遭遇与自我拯救

不久前，年仅 15 岁的高一学生小胡从所就读的中学离奇失踪。学校的监控记录下这一幕：小胡离开宿舍门口，在夜色里消失……随着失踪时间延长，小胡的下落牵动无数网友的心。网友们像警察一样推测小胡的踪迹，甚至"编造"案件进展，小胡失踪成为一桩社会事件。随着警察介入后的案情进展和家长透露的信息，小胡可能是厌学离校，小胡母亲还透露小胡失踪前曾打电话给她说自己好想哭，但是忙碌的母亲没有注意这个细节，忽略了孩子的内心痛苦。由此，这个社会事件变成了一个心理事件，也成了一个小说事件。小胡遭遇了什么内心痛苦？他是否无法自我拯救？他的家长是否忽略了他？

哲学家韩炳哲借用"倦怠社会"这一形态来描述我们的时代。他说此社会最大的特点是从福柯的"规训社会"转向"功绩社会"，从"他者剥削"变为"自我剥削"，由规训社会的"你必须"变为自由社会的"你能够"。韩炳哲说："'你能'二字带来的强大压力，通常可以毁灭一个劳动主体。'你能够'甚至比'你应当'更具强迫性，自我强迫比强迫他人能带来更明显的效果，因为自己不可能反抗自己的意志。"——为获得更好的工作而奔命，一系列完善制度，迫使自己优化；一个人在一个时段里扮演各种角色，同时处理多项任务。生存压力盖过了生活的乐趣；加剧了孤立无援感，面临抑郁症、传染病、贫穷等外在症状。于是倦怠降临。倦怠社会中的小胡和他的家长各自经历了什么，导致了一个可能的悲剧结局。这或许是小说应该努力去想象和表达的吧？

新的领地之四：爱情和婚姻的某种新形态

单身正在成为一种潮流。一项未婚城市青年的婚恋意愿调查显示，女性表示"不结婚"和"不确定会不会结婚"的人数占 43.92%，比男性多出 19.29%。此外，还有近三成受访青年从未谈过恋爱。结婚与否是一项个人选择，外人不便道矣。重要的在于两个问题，一是这一现象背后的根源是什么？二是年轻人的情感需求与出路在哪里？如果按照亨利·詹姆斯"每一部小说诞生的目的都是企图去解决一个或几个问题"的观点，对爱情和婚姻在这个时代呈现出的新形态，小说写作或许应该承担责无旁贷的表达和探索责任吧。

青年男女结婚率的降低并不代表他们没有情感的需求和表达，与

AI 恋爱成为一些人的情感尝试，尽管理性告诉他们人工智能的数字算法会迎合他们的情感需求，但非理性的情感沉浸还是让他们感受到了爱情的安慰。毫无疑问，这是正在发生的这个时代的情感故事，它的未知性和可塑性将是对小说的最大吸引。人们选择单身或者说这个时代的普遍的爱情危机背后，其实隐藏着一种普遍的社会学病症，按照韩炳哲的说法，"导致爱情危机的不仅仅是对他者的选择增多，也是他者本身的消亡。这一现象几乎发生在当今时代所有的生活领域，伴随着个体的'自恋'情结的加深。他者的消亡其实是一个充满张力的过程。"他者的消亡意味着"当今社会越来越陷入同质化的地狱"；社会越来越自恋，更多的"力比多"投入到了自我的主体世界中。寻找他者或者说让他者归来，是爱欲重新复活和社会焕发多彩之光的一条重要路径，而小说写作是这条路径上最重要的艺术形式之一。许多引人关注的小说已经在探讨人工智能时代，人类最原始的爱欲需求与"人为热情"的机器之间的彼此需要或人伦尴尬，毫无疑问，这一探讨是今后一个漫长时期的热门题材。

以上所列举的小说写作的新的领地也只能算作一种指向性和粗浅的推测，如此推测的中心意图只是想反复申明一个观点：我们的写作必须直面我们的时代生活。那些诞生于过往生活的稍显陈旧的写作观念应该被按下"删除键"，新的现实需激起新的观念；那些还未建立的当下生活的敏感地带需在某种紧迫感中建立起来，因为这是我们的写作真正进入"可变部分"的前提和必然。

易道与天文：文化蕴涵之探析

黄黎星

中国古代天文学，堪称古文明之肇基与渊薮。古代先贤，仰观浩瀚苍穹，俯察方位分野，记录天象变化，确定星宿排列，测算日躔月离，了解黄道白道，标记景晨朔望，创制演进，从观象授时到制定历法，"敬授民时""以前民用"，发展出包罗众多形态、记录丰富数据、具有精妙特色的以历法制定为核心的天文学，是中华文明的重要载体之一。

古代天文学的诸多内容，在《周易》这部经典里有所表现，《周易》经传中与天文学现象相关的叙述描写，引发了诸多阐释解读和联想发挥。而在漫长的易学发展史中，将易学的象数义理与天文历法学进行结合，或以易学象数解说天文历法，或引用天文历法的内容进入易学解说体系，也都呈现出丰富多彩的形态。易学与天文学的交融汇通，形成了传统文化的一大特色。易学与天文学关系的问题，相关资料散见于各种不同类别、不同形式的文献中，其所呈现的角度、方法、观念、结论也各异其趣。综观易学与天文学这一领域所呈现的颇为繁杂的现象，要进行相关的研究，需要厘清诸多观念，明晰相应认识，既宏览博观，又探赜洞微，融通两端，通其法，知其术，明其理，得其义，以期获得能够精当阐释传统文化内涵，又具有新时代认识高度的成果。

一

在古代典籍里，最早使用"天文"一词的，是《周易》的《贲·象》，这也是今天仍在使用的"天文学"名称的词源。《系辞传》提及："仰以观于天文，俯以察于地理，是故知幽明之故。"实际上，《周易》经传中所涉及的天文历法的内容颇为丰富，历来受到学者不同程度与方式的多样化关注。例如，南宋鲍云龙撰《天原发微》，"以秦汉以来，言天者或拘于数术，或沦于空虚，致天人之故郁而不明，因取《易》中诸大节目，博考详究，先列诸儒之说于前，而以己见辨论其下"。明代黄道周著《三易洞玑》，"盖约天文历数归之于《易》，其曰《三易》者，谓伏羲之《易》，文王之《易》，孔子之《易》也；曰《洞玑》者，玑衡古人测天之器，谓以《易》测天，毫忽不爽也"。清代江永的《河洛精蕴·卦象考》中，列举了"天文类"与"岁时类"。近、现代及当代学者如尚秉和、闻一多、黄寿祺、潘雨廷、卢央等，在相关研究、论述中都涉及易学与天文学的内容。

从《周易》经传来看，《乾》卦与斗建及星宿的关系，《乾》卦辞"元亨利贞"对春夏秋冬的拟取象征，《坤》卦中的天文学意涵，《讼·大象传》体现对天体运动的认识，爻辞"月几望"与月相朔望观测（涉及纪月与月食），《泰》《否》两卦的天文学意涵，《蛊》《革》《巽》卦中的天干名，《临》卦辞"至于八月有凶"与天文历法，《复》卦与作为天文历法关键节点的冬至，卦爻辞中"七日来复""七日得"与古历法，《睽》卦上九爻辞与星象，《革·大象传》称"治历明时"的意义，《丰》卦爻辞所涉天文现象观测，以及《系辞传》中与天文学相关的论述，尤其是"大衍筮法"这一章与天文历法的关联性，都需再加以全面的考察、梳理、比对、探研、辨析。结合历代易家解说与天文历法文献，有望产生新的总结性成果。

二

　　滥觞于先秦时期的易学研究，持续发展至今，横亘出一条三千年的易学史浩荡长流，而在此发展进程中，易学体系吸收借鉴天文历法的成果，将易学的象数、义理内容与天文历法相结合，以建构易学解说模式，形成了易学与天文历法的交融。先秦时期，易学与天文历法交融的内容比较稀少单薄，到西汉时期，随着天文历法的发展，特别是汉武帝时期具有标志性的《太初历》的制定颁行，包括天体观测、天文数据、历法规则在内的相关知识，逐渐被更广泛的知识阶层所认知、熟悉。

　　与此同时，《周易》的经典地位得到提升、确立，易学也进入发展史上极为重要的繁荣时期，易学的文化解释功能得到极大扩张。因缘际会，在天文历法学与易学同时发展勃兴的汉代，易学体系对天文历法的援引，以及建构模式的形成，成为我们今天相关研究需要追溯的源头。其中，"卦气"说模式的建构及其与天文历法的互动，最值得重视。"卦气"说的基本法则，是以六十四卦中《坎》《离》《震》《兑》为"四正卦"，其余六十卦，每卦各主六日七分，则三百六十爻共主三百六十五日四分日之一，合周天之数，清晰地显示了"卦气"说对天文学数值的吸纳与尊重。"四正卦"《震》《离》《兑》《坎》主春、夏、秋、冬四时，其各爻主二十四节气；又以十二辟卦主十二辰，其各爻主七十二候。《周易》卦爻象数与二十四节气、七十二候的配值，内容涉及历法、物候、气象、礼制等方面，且对其他学科领域也产生旁涉性的影响。

　　此外，京房所创"八宫卦例""八卦六位"对天文历法的运用，郑玄"爻辰"说融合了易卦与星宿，虞翻易说中具有的天文历法蕴涵等，以及后世对这些内容的接续性探究的资料，颇为繁复。易学体系对天文历法的援引，增益了易学领域的文化内涵，扩大了易学文化的关怀视野，形成了解释宇宙自然、社会人事的模式，作为累积形成的文化传统，值得我们从中吸取精华，实现其形式与内涵的创造性转化和创新性发展。

三

在中国古代天文历法学的体系中，运用易学象数模式或义理思想作为经典依傍和支持内容的例子同样非常丰富。天文历法对易学经典依傍的具体内容，比较显著的，大致可区分为三个类别，一是以易解历，二是援易说历，三是据易制历。当然，此三者又常常是综合应用与显现的，例如，《汉书·律历志》所记刘歆对《三统历》的易学解说，这种融通易学与天文历法的形式，具有典型性、代表性，其文化蕴涵丰富，影响深远，值得进一步探究。再如，唐代天文学家僧一行依据《周易》"大衍之数"立法制历，名之为《大衍历》。《大衍历》除了从《易》数中推出基本数据（如通法、策实、揲法）外，还使用卦气说（卦爻象数）来直接解释或说明天象及物候（即所谓"发敛术"）。又如，历代史书《历志》《天文志》中对《周易》经传的推尊与援引，或依据《周易》经传，从根本原理上阐明天地自然之道，阴阳二气之流转，作为历法制定之原则；或以《周易》经传辞句，说明历法的延承、更革、修正等意义所在；又有以《周易》的四象、八卦、六十四卦的模式，来与历法的建构模式进行类比，并借用《周易·系辞上传》"大衍之数五十"章所提及的"天地之数"，以及揲著成卦的程式、数目，及其自然哲学的象征寓意，来说明历法中相关数目的设定、安排及其象征意义。这些内容，既有形而上观念理论，又有形而下的建构模式，变通其法，数值匹配，都体现了古代学者满怀热情、苦心孤诣的探究与弥合，这些极具文化特色的内容，都值得进一步研探。

通过对易学与天文学研究理路和方法进行省思，笔者认为，首先应该充分掌握相关资料，尽可能做到全面、详尽、准确。唯有充分，才能洞悉对象的全貌，例如，对天文考古学（包括其文物文献等佐证资料）的认识了解，有助于我们认识古代天文学的实际情况；对现代天文学的了解，有助于进行古今对比，察知奥蕴；唯有准确，才能触及实质，避免误读误判的偏差。应对易学与天文学领域资料的特殊规范有明晰认知，两个领域资料所呈现的各种面相，甚至看似矛盾的形态，都值得注意纳入研究范围。易学与天文学研究，虽然聚焦于两者"双向奔赴"的交叉关联、融通结合，但要求我们对两者的"大本营"都要"叩其两端而竭焉"。其次是进行相关研究，要坚持逻辑分析与历史分析相结合的原则。如果说，充分、准确地掌握相关资料，才能"持之有故"，那么，坚持逻辑分析与历史分析相结合，才能"论之成理"。最后应该注意进行恰当的定位及合理的评判。对于易学与天文学，需要注意考辨不同情形下各种学说的学科主体属性、两者的互相借助形态，及其理论目标与实现方法。

在新的时代背景下进行这方面的研究，应该融通运用相关学科及旁涉领域发展的新成果。同时，传统研究范式中的某种纵贯性、综合性的形式及成果也需要吸收和借鉴，整合前贤今彦累积下来的成果，考镜源流、辨章学术，以期刮垢磨光、正本清源。也只有在厘清传统学术的基础上，才能实现这一研究领域的创造性转化和创新性发展。

一幅色彩斑斓的乡村振兴新画卷

傅 翔 郑培华

《福建文学》2022 年度长篇小说专号隆重推出连江籍作家陈道忠先生的《陈家厝》，小说围绕陈家厝的历史与现实展开，突出乡村振兴的时代主题，故事鲜活，内容厚重，情节生动，人物典型，可读性强，是一部反映当前乡村现实的力作。

小说好看，故事也很吸引人，令人欲罢不能，我一口气读完，直呼过瘾。小说成功之处在于，作者写的是自己最熟悉的生活，还有他最熟稔的家乡的人和事，以及他们丰富的情感世界。

连江县马鼻镇、透堡镇是有名的建筑之乡，也是作者的家乡。作者大学毕业后留在家乡中学任教，后下海从事建筑业。他对家乡马鼻透堡一带的传统文化、红色历史和风土人情，以及口口相传的民间传说、人文掌故可谓信手拈来，对房地产领域的描写，更是生动透彻，出人意料。难能可贵的是，他跨行业、跨地域工作生活多年，闯荡社会与江湖，见多识广，但他依然初心不改，为人厚道，态度平和，对人情世故和人性百态的理解与洞察都相当圆融。他所塑造的革命老人陈春旺，乡镇领导游世方、林定军，乌山村干部田均来，贫困户陈嘉土，开发商陈嘉树、蔡东峰，以及市领导程秘书长（后任市长）、市规划局郑局长等人物，性格迥异，栩栩如生，呼之欲出。这些人物脉络清晰，极具典型性与代表性，他们与日新月异的现实生活相交织，形成了一幅色彩斑斓、生机勃勃的乡村振兴新画卷。

在我看来，《陈家厝》的斑斓与厚重至少体现为以下四个方面：

一是真实反映了农村经济发展的阶段性特征。在国家经济高速发展的大背景下，小说所写的乌山村不再是过去的穷模样，别墅、小洋楼鳞次栉比，多数村民在城里也有住房，轿车等进入寻常百姓家，生活水平明显提高。但是，村集体经济还很薄弱，创办公益事业仍需要村里大户支持；农村整体脱贫，但仍有个别贫困户。这是小说落笔的起点和立足点。另外，农村集体资产和土地管理存在的问题，拆迁与补偿的纷争，村民之间日益凸显的矛盾纠纷，以及乡镇领导代表的官场生态等，也是作品聚焦与着力刻画的核心内容。

二是形象再现了红色革命的艰难历程。小说描写了风雨如磐、灾难深重的旧中国以及日本入侵后的马堡人民的苦难生活。以杨德昌为首的马堡抗日训练班组织民众，组建游击队，打击日本鬼子，惩处汉

闽东古厝

奸，保卫红色政权。通过当年艰苦卓绝的革命斗争的深入描绘，提升了作品的历史感与厚重感。

三是深度追溯了陈家厝的家族苦难史。陈家厝是小说描写的主要对象，作者通过陈春旺老人回忆、讲述等方式，展开了马堡名门望族的陈家厝"从福州沦陷那年起"一落千丈的故事，从"连续三年时间抬出三部棺材"，引出陈家厝与大地主黄贵成家族的恩怨情仇。家族史的追溯，让小说浸染了浓郁的地域特色，故事因此有较浓重的魔幻神秘色彩，情节跌宕起伏，引人入胜，从而拓展了小说的历史纵深和故事的现实走向。

四是深刻揭示了房地产行业的复杂性。房地产是资金密集、高风险、高利润行业，竞争激烈，股份、土地、关系、管理、运作等一样都不能少。小说主人公陈嘉树显然是这方面的佼佼者。他受大股东委托负责公司的运营，在运作金安市政府搬迁项目成功后，又主导安德市另外更大的楼盘。小说对他如何筹措资金、安排股份、协调官场关系、加强施工和安全管理以及对付地痞流氓的手段等进行生动描写，让人感知房地产业运作的奥秘所在，读来有身临其境之感。这部分内容的铺陈，盘活了作品，为大量村民外出务工、从事建筑业的乌山村乡村振兴工作赋予新的内涵。

小说贵在以情动人。作者将情感冲突作为小说叙事的内在主线贯穿始终，引导并推动读者在沉浸式的情感体验中深入思考作品的思想立意，品味作品的意蕴内涵。在小说中，留给人深刻印象有三种情感：

一是对帮扶对象的责任感。小说正面描写了马堡镇、乌山村干部全面推进乡村振兴工作的真实场景，精心构思马堡镇镇长（后任党委书记）林定军与乌山村贫困户陈嘉土结对子帮扶的情节。林定军与陈嘉土的父辈是生死之交，俩人又是儿时伙伴，林定军通过清明扫墓、单独交心等，从指导其克服心魔，走出仇恨，增强自信，到具体项目扶持，以及帮助其女儿找工作等，扶持他一步步摆脱贫困。生动地展示了乡镇干部带着责任、带着感情做好脱贫攻坚工作的曲折过程，给人以满满的正能量。

二是对修缮祖厝的紧迫感。陈家厝系明清建筑，年久失修，承载着陈家太多的苦难和记忆。作为陈家厝春字辈唯一健在的老人，陈春旺对祖厝有一种超乎寻常的神圣感。一个人在祖厝的时候，回忆逝去的亲人，他常常默默流泪。他最大的愿望就是在有生之年，抓紧协调侄儿辈共同出力把祖厝修好，成为家族的活动场所。多次协商，由于各人经济状况不同、想法打算各异以及突发事件，未能完成修缮，一场暴风雨后，被压死在祖厝。陈春旺老人的去世，唤醒了陈家厝子孙内心深处对家族的认同。

三是对家中妻儿的内疚感。为追求美好生活，实现梦想，乌山村很多青年外出谋生，由此引发许多势不可挡、动人心弦的情感风波。主人公陈嘉树中学时代对女同学严小莺有好感，后与同乡学友肖慧恋爱结婚，下海经商后又与未婚女子郑芬发生感情纠葛，一边是结发妻子，一边是红尘知己，他陷入深深的感情漩涡。蔡东峰婚后到上海做生意，认识山西姑娘秦婷婷，后同居生子，尽管他在山西创业成功，但两个家庭却坠入痛苦的深渊。

凡此种种，作者饱含热泪，手写我心，满腔热血，倾注笔端。只因爱之深责之切，从历史到现实，从故土到家园，作者都投注了全部的力量与心血，从而浇筑出这么一部可安妥自己灵魂的力作。

《鼓山志》中涉及连江的人和事

郑寿安

　　鼓山，石皷名山。我省地方志大家王应山纂的《闽都记》曰："鼓山，距郡城（省城福州）十五里而遥，延袤数里，其高入云表，山之颠有巨石如鼓。峰峦岩洞，不可指数。或云风雨大作，其中簸荡有声如鼓，故名。郡之镇山也。"

　　《鼓山志》由清代郡守李拔鉴定、名士黄任主修的一部山志。全部共有十四卷，内容涉及鼓山名胜，古迹，寺院，沙门，田赋，石刻，艺文等，记叙详尽，事件缕清，时间跨度大，值得溯史参考。在这部山志中，涉及连江的人和事，有四五处，可谓青史留名啊！

　　《鼓山志》卷六·石刻，有条文："咸淳改元后中秋四日，东轩常挺解温陵印，来游此山。男清子侍。自城来会者陈斗应、林文重、徐武叔、至叔、宾叔，国生林椿、张以富、林壮、孙时、赵希□、王荣偕焉。（楷书。刻灵源洞桥前。按：常挺，字方叔，连江人，嘉熙二年进士，知泉州。陈斗应，字上建，侯官人，宝庆二年进士，官朝三年大夫。林椿，福州人，宝祐四年进士。王荣，建安人，淳祐元年进士，官清流主簿。）"

　　常挺，号东轩，出生地连江东岳铺。此人有谏官骨气，风节凛然，始终如一。时宦官董宋臣既废复进。挺当草制，缴还赖黄，抗疏三争之，辞渐激切，切中时务。进太常少卿，累官工部侍郎，以宝章阁直学士出知漳州。据明万历四十年（1612），由王应山编纂的《闽都记》卷之三十一·郡东北连江胜迹载："常挺墓在光临里张旗山。挺，官参知政事，封合沙郡公。"

《鼓山志》卷十二·艺文（七言律诗），有李弥逊的一首诗《与诸禅同游鼓山灵源洞》。诗曰："啼莺唤起清昼眠，涧松岩竹谈幽禅。秋曦忽随壮士臂，暮景已入诗人肩。尘缘咄咄鱼吞饵，胜事堂堂驹著鞭。屡齿欲回还小立，隔烟明灭见江船。"题目提到的"与诸禅同游"，诸禅，史无考，不好揣测。其实，李弥逊游鼓山还写了另外一首诗《游鼓山》。《鼓山志》没有收录此诗，而王应山的《闽都记》却收录了。《游鼓山》："谢公忧民余，妙语继两禅。兹游瞰沧溟，宛在一叶莲。木密虚可步，石立高莫缘。从来看山眼，一洗俱茫然。蓬莱如有无，空翠蒙云烟。却凝浩荡中，天津渺归船。崎岖访幽胜，众象争相鲜。凌高寓远百，孤云共轩骈。归来拥寒衾，耳底犹鸣泉。觅句了不工，青灯暗孤眠。"这两首诗风格相同，情趣一致，叙中有景，景中有议，互为融洽，浑然一体。

李弥逊不仅善诗，而且善政。虽是文官，但懂军武。他的一生，一知冀州，二知瑞州，三知饶州，四知吉州，五知端州，六知漳州，官仕途坎坷，但任到责到，政声载道。其与秦桧交锋，不避明枪暗箭，战和分明。帝嘉其说直，以徽猷阁学士知端州，改知漳州。后归隐连江西山，十余年不请磨勘，不乞仕子，不序封爵，以终其身。卒，朝廷思其忠节，复敷文阁侍制，谥忠肃。

除上叙两则真正与连江人有关的记载外，还有两位是连江父母官，分别是赵汝训（临安人）和赵与骏，分别于嘉定九年和淳祐年间任连江县知事。这两位知事，在《鼓山志》中"偶尔露峥嵘"，也就是有他俩名字，且刻于石上。至于他俩的生平，以及执政能力和治政业绩如何，《连江县志》中没有记载和谈及。看来，非公余而领客游山玩水的官员出政绩得民心是不多见的。下面且看山志如何把这两人

"拱"出来的。

其一，《鼓山志》卷六·石刻，写道："浚仪赵汝训，领客邵武吴信、古传东、吴天民、黄旂、邓应炳，端平丙申四月上浣同游，次男崇缫侍。（楷书。刻灵源洞。按：赵汝训时知连江县事。黄旂，宁化人，宝祐元年进士。）"

其二，《鼓山志》卷六·石刻，写道："赵与遗德远，与驹致远，与骏称德，与俶君茂，黄迈节甫，林仍祖贯道，王有凤

鼓山摩崖石刻

德说，七人同登山，时淳祐己酉重阳前六日。称德篆识之。（篆书。刻石门右。按：与遗、与驹、与骏、与俶，俱秦王德芳十一世孙。与骏时知连江县事。黄迈知永春县事。）"

阅览《鼓山志》看到一个熟悉的名字——郑昭先。他的名字出现在卷六·石刻，其条文："嘉定甲申闰八月望日，题鼓山灵源洞东镜公堂头，老禅日湖郑昭先诗。（楷书。刻石门右。诗见《艺文》。按：昭先，字景绍，闽县人。淳熙十四年进士，官参知政事。谥文靖，有《日湖遗稿》。）"《鼓山志》卷十二·艺文也把这首七言律诗录下，诗曰："鳌顶双峰障海流，天开胜概冠南州。江流澄彻通河汉，梵宇高寒通斗牛。云气吐吞疑欲雨，松阴蒙密不知秋。此山佳处应须记，已办青鞋约再游。"

上面按语明确指出，郑昭先是闽县人。再查《闽县乡土志》也得到证实。乡土志·耆旧录二（学业），指出："儒林郑昭先，字景明，或作景绍。淳熙进士，主浦城簿，得受业朱子焉。获贼不受赏，右相葛泌嘉之，擢宰归安，除端明殿学士，签书枢密院。辞，弗允，旋拜恭政，卒谥文靖。"由此可知，时郑昭先确系闽县人。然而，据《连江摩崖石刻》载："郑昭先（1157—1225）字景绍，号日湖，祖籍连江蓼沿溪东。后随母迁闽侯洋屿（今属长乐）……墓葬连江县蓼沿溪西广化凤凰山，列为县级文物保护单位。"他的墓葬于连江，也被《闽都记》卷之三十一所载："郑昭先墓在凤凰山（连江），事具郡志"所证实。《连江县志》卷七·名胜篇，也明确记载："魏国公郑昭先，闽县人，为大溪东郑氏迁连始祖。墓在安定里凤凰山。"这句话能否理解为：郑昭先始终认为自己是出生于连江，连江是故乡，死后归葬连江，算是"落叶归根"。他跟连江关系的确渊源流长。所以在谈及《鼓山志》中涉及连江人与事，应补上这一笔。

细心的读者，会在上述常挺词条中，发现□，它原刻字是什么？据《连江摩崖石刻》一书查证结果：□应为"擬"，即"拟"。赵希拟是也。至于此人是何许人也，无从查考。

散文苑

开辟荆榛 驱除荷虏

——缅怀民族英雄郑成功

张明俊

　　驱车在福厦高速上，远远便看见巍然屹立在泉州城东大坪山巅的郑成功青铜塑像。民族英雄郑成功戴盔披甲、威武骑马的形象，在烈日照射下金光闪闪。这是目前世界上最高大的郑成功雕像。

　　民族英雄郑成功于 1624 年 8 月 27 日（明天启四年七月十四，日本宽永元年），出生于日本肥前国平户岛上的川内浦千里滨。六岁时被接回故里泉州府南安县石井津居住读书，十四岁时考中秀才，又经考试成为南安县二十位"廪膳生"之一，17 岁时迎娶惠安进士礼部侍郎董飏先侄女董友姑。1644 年，郑成功 20 岁，进入南京国子监就读，同年，李自成攻破燕京，崇祯帝自缢于煤山，大明帝国灭亡。

　　第二年，南京大明弘光朝覆灭后，七月，郑芝龙、郑鸿逵兄弟于福州拥戴唐王朱聿键称帝，改元"隆武"。郑成功深得隆武帝赏识器重，赐国姓，改名"成功"。1646 年，22 岁的郑成功便开始领军，而后多次奉命进出闽、赣与清兵作战。然而真正握有军政大权的郑芝龙，却无意抗击清军，向清军投降。郑成功劝阻父亲郑芝龙不成，只好带着部分兵将出走金门。

　　自 1647 年 1 月起，郑成功开始 14 年东南抗清艰难历程，于 1661

年率军收复台湾，第二年病逝，结束了38岁的短暂一生。

东南抗清，郑成功打了三场重要战役。一是1649年10月潮州之役。郑成功挥兵南下，除了打击闽南清军外，也打算沿路收复各地的城寨以为粮源。一个多月下来，从建房手上攻取漳浦、云霄等地，至隔年六月，郑成功军队行抵潮州，围困潮州城长达三个月，于八月退回闽南。二是漳州、海澄之役。1651年下半年，郑军在闽南小盈岭、海澄（今龙海市）等地战斗，获得了磁灶战役、钱山战役和小盈岭战役的胜利，克复平和、漳浦、诏安、南靖等地。年底，包括定西侯张名振等人皆来投靠郑成功，使郑军的声势愈行高涨。三是长江、南京之役。1659年，郑成功再次率领大军北伐，会同浙东张煌言部队顺利进入长江，势如破竹，接连攻克镇江、瓜洲，取得定海关战役、瓜州战役、镇江战役的胜利，包围南京。张煌言部亦收复芜湖一带十数府县，江东一时震动。后因中清军缓兵之计，郑军遭到突袭，大败。兵败后，郑成功试图攻取崇明县，作为再次进攻长江的阵地，却久攻不克，只好全军退回厦门。南京之战可说是郑成功抗清生涯当中最重要的一战，惜功败垂成。

1661年，郑成功亲率将士二万五千人、战船数百艘，自金门料罗湾出发，经澎湖，向台湾进军。民族英雄郑成功，开始了戎马一生最大的战役——收复台湾之战，结束了荷兰人在台湾的殖民统治，功绩昭著。

郑成功收复台湾的成功，首要因素是人心，荷兰侵略者的残暴统治，使得他不论在澎湖，还是在台湾，都得到了当地大量民众的支持，因此收复台湾是人心所向。其次是郑成功指挥有度，善谋果断、善听建议、小心谨慎、从不轻敌。其三，郑军由郑芝龙开始，以海商海盗起家，打下海军坚实基础。郑军海上作战经验丰富，深谙季风、潮汛等规律，占据天时。

郑芝龙从一介翻译崛起，成为名震南洋的海商帝国首领，兴盛时控制范围从东南亚至东南沿海以及日本海的广阔海域。郑芝龙建立有一支完全意义的西式海军，拥有的海船多达 1000 艘，部众三万余人。1633 年 6 月 7 日，荷兰船舰突袭厦门港，烧毁郑芝龙的水师十余艘舰船，嚣张地扬长而去。10 月 22 日郑芝龙率军对金门料罗湾荷兰舰队发起了猛烈冲锋，一举击沉荷兰军队六艘战舰，重创五艘，将号称"海上马车夫"的荷兰殖民者打个落花流水，战后荷兰人每年交付郑芝龙十二万两白银。料罗湾大捷，首开东方国家在海战中击败西方殖民国家的先例，更是唯一一次中国人打得欧洲殖民者赔钱的战役。郑芝龙也是中国近代开发台湾的第一人，为中国开发台湾做出了巨大贡献，是他和众多高山族以及破产的汉人移民一起，开荒渔猎，把千百年沉睡的荒地变成良田，并在此地建立商埠和大陆进行通商。可恨最后明清易代之际，郑芝龙一念之差投降清朝，结果身死家破，成天下笑柄。

1662 年郑成功收复台湾，荷兰殖民者最终在投降书上签字，结束了荷兰在台湾 38 年的统治，台湾回到了祖国的怀抱。收复台湾后，郑成功巩固政权，促进民族关系的友好发展。他在政治、经济、法律等方面采取了一系列与大陆相同的举措，加快台湾与大陆的政治、经济、文化的融合，推进手工业发展，兴办制糖厂，把台湾蔗糖大量销往海外。

"开辟荆榛，千秋功业；驱除荷虏，一代英雄。"2022 年 6 月 14 日，以"弘扬郑成功爱国主义精神，维护国家统一，捍卫民族尊严"为主题的纪念郑成功收复台湾 360 周年大会在郑成功故里福建泉州南安市举行。两岸同胞共同缅怀民族英雄郑成功，感念他收复台湾的历史功绩，共同弘扬伟大的爱国主义精神，期盼两岸和平统一。

鼓岭风云

林思翔

中国四大避暑胜地之一的鼓岭，不仅气候宜人，还是一处绿满山崖、风光秀美的好地方。难怪20世纪20年代中国四大才女之一的庐隐，在这里小住一段后依依不舍地说："我往往想，这种清幽的绝境，如果我能终老于此，可以算是人间第一幸福人了。"

生态自然、空气清新的鼓岭，是福州的东部屏障，是福州通往东部江海的战略要地。数百年来，鼓岭屡遭侵略者和邪恶势力的蹂躏与践踏。这里的人民富有血性，不甘凌辱，为保卫福州、护卫这片"绿宝盆"，前仆后继，英勇无畏，谱写了一页页抵御外侮和抗击邪恶势力的壮丽篇章，留下了一个个可歌可泣的故事。

鼓岭风光

硝烟弥漫牛头寨

在鼓岭过仑村大坪顶，如今还保留着一座石墙高筑的古寨，寨墙延绵至悬崖边。因紧靠牛头崖旁，故名牛头寨（又名鼓岭寨）。斑驳的墙体和残存的石磴路，为我们讲述了 400 多年前戚继光将军在此率部抵御倭寇的往事。

明嘉靖三十年（1551）后，在浙江被戚家军重创的倭寇突然转向福建骚扰。他们在福建沿海烧杀抢掠的罪行惊动了朝廷。嘉靖皇帝飞诏浙江总督胡宗宪，命令戚继光领兵入闽抗倭。嘉靖四十一年（1562），戚家军漂亮地打了几次围歼战后，倭寇更加残暴狡猾，多次采用长途奔袭、声东击西战法，侵犯福州、福清、莆田等地，残害平民百姓。

戚继光入闽后及时召集军人谋士共同商议破倭之法。随他入闽征战的汤将军祖籍福州，他建议戚将军分兵设伏，在倭寇必经的鼓岭险要之处修筑关隘驻兵防倭。

鼓岭与鼓山相连，峰峦岭峻，古木森森，是福州通往闽东的必经之路。当风尘仆仆的戚家军赶到鼓岭时，天色已经昏暗。当地长老举着火把，连夜陪同汤将军考察山形地势。汤将军到鼓岭过仑山通往连江的古驿道察看后，认为大坪顶地势险要，宜于设立关寨拒敌。于是，他连夜造影画图，飞报统帅戚继光。戚继光接报之后，驰令汤将军在两个月内修好关寨以御倭寇。同时，提出要分兵排布鸳鸯阵，以缓解倭寇翻越鼓岭进攻福州给北门带来的压力。

于是，戚家军分出兵力分三五成组布成鸳鸯阵，在数十里古驿道险要之处，布置了弓箭、火铳等暗器，准备随时与来犯之敌周旋。同时，又集中兵力在鼓岭过仑山的山顶修筑军事要寨。当地山民见戚家军一心为民守护福州，也纷纷出动，四处动员，邀请鼓山下的乡亲一道上山修寨。他们还积极献出石头、木料、砖瓦等修寨材料。不到两个月时间，一座雄伟壮观、固若金汤的军事要塞在过仑山山坪上出现了。山寨居高临下，扼住驿道咽喉，雄伟的寨墙直逼东边的牛头悬崖之上。

明嘉靖四十二年（1563）初，在福州南部高盖山绿野寺一带被戚家军痛歼后逃出闽江口的倭寇不甘惨败，又集结人马，在当年隆冬，从闽东古驿道奔袭福州北门。由数百倭寇组成的偷袭队伍穿山过涧，衔尾而进。早已埋伏于数十里驿道两旁的戚家军小股部队不断用弓箭和火铳等兵器杀伤倭寇。但倭寇还是冲出了鸳鸯阵，一直进逼到了鼓岭过仑山下。那一路受惊、损失不少的倭寇想趁风天雪夜翻越鼓岭直袭福州时，戚家军早已得到探报，陈兵牛头寨，枕戈以待。

只见大坪顶之上，一座雄关巍然屹立在古驿道中。寨门紧闭，高耸的门楼上灯火辉煌，旌旗飞扬。而那倚崖修筑的土石寨墙绵延数里坚如磐石，为一道难以逾越的关隘。望着戚家军人声沸腾的牛头寨，倭寇军心大乱，无心恋战，只得灰溜溜地从古驿道撤退逃到闽安镇。一路上再遭戚家军袭击，又损失了不少人马。从此，鼓岭牛头寨抗倭美名传扬福州。

如今战争烽火早已没入历史风烟，人们仍经常来牛头寨参谒，听古寨陈墙讲述鼓岭军民同仇敌忾抗御外侮的往事，缅怀英勇善战的戚家军。

战歌长留别墅间

在鼓岭宜夏村的一座石墙别墅里，70多年前曾住着一家美国人，主人叫唐迈克（中文名穆蔼仁）。

1940年，19岁的穆蔼仁还在上大学，机缘巧合中，他获得一个前往日本参加学术会议的机会。穆蔼仁一直对与日本相邻的中国很感兴趣，于是到日本后，就找机会来了一趟中国。那次中国之行让他对这个神秘东方古国印象更加深刻，带着美好记忆返回美国。

1944年，对中国念念不忘的穆霭仁选择了参军，结果被挑选加入了美国陈纳德将军志愿援华的航空队，即赫赫有名的飞虎队。投入抗日反攻阶段，穆霭仁中尉不怕牺牲，英勇杀敌，为中国人民抗日战争做出贡献。战争结束后，又带妻子来到中国福建，在一所学校任教。每年夏天全家都上鼓岭避暑，他爱上了鼓岭，也与鼓岭村民结下了友谊，还曾输血救了村民轿夫的生命。

这位"鼓岭居民"抗日英雄的芳名，被镌刻在福州"三山人文纪念园"的福州抗日志士纪念墙上。受他的感召和影响，其儿孙辈也一直在为传承中美友谊效力。

在鼓岭梁厝村柳杉王公园边，有座二层杉木结构的别墅，门额上挂"大梦书屋"四个大字。这座书屋曾经是海军名将李世甲的别墅。1936年，李世甲从万兴洋行购得这座古屋，作为自己的度假别墅。

原籍长乐的李世甲，抗战期间可是声名显赫。他13岁考取烟台水师学堂，学习驾驶。由于学习勤奋，每试均列前茅。1911年6月毕业后在通济练习舰见习。同年10月武昌起义爆发，通济舰响应起义，李世甲随舰参加光复金陵等战役。

1937年抗战全面爆发，身为海军少将的李世甲，下令撤除闽江航道标志，征用一批商船、民船和超龄舰艇装载沙石沉于长门港道，在闽江两个港道填抛石堆161堆，阻遏敌舰深入。1939年6月，日军侵占闽江口外的川石岛，与长门要塞对峙，李世甲加紧在重要港道布雷，增设辅助封锁线，严加戒备。

1941年4月19日，日本海陆空军大举进犯福州，日舰猛攻长门。李世甲率驻闽海军在马尾、长门地区与敌战斗，伤亡颇多，长门、马尾相继弃守。4月20日福州沦陷，李世甲转移至鼓岭地区，被围困两昼夜。突围后，移驻古田水口。是年5月，任闽江江防司令，仍兼海军陆战队旅长。9 月 1 日，福州的日军开始撤退，李世甲率队随即收复马尾、长门。1944 年 9 月日军再度进犯福州，李世甲率部抵抗，在长门至岭头之间作战七昼夜，后因大北岭陆军主阵地被攻破，乃奉命撤退，布防于桐口、白沙一带，继续与敌周旋，大小战斗共数十次。

1945 年 5 月，日本准备撤退，李世甲率海军陆战队与陆军八十师分三路进迫福州。福州收复后又收复马尾、长门。8 月，日本无条件投降，李世甲作为接收专员，负责接收厦门和台湾的日伪海军。1949 年 8 月初，李世甲携妻儿前往厦门，准备赴台湾。旋闻海军前辈萨镇冰、陈绍宽等人没去台湾，遂于 8 月 15 日返回福州，于 1970 年 4 月病逝。

穆霭仁居所、李世甲故居，两座别墅见证了一段中外人士勠力同心抗击侵略者的光辉史实。

暗流涌动大洋坪

在鼓岭宜夏村大洋坪，有一座石墙围起来的二层石屋，屋前的空坪上散落着石鼓、石桌、石凳、石磨、石臼以及零星的石板条，还有一面镌刻英文的石条路牌。屋内摆放着打石、雕刻用的凿、钳、锤、铁盘等工具。看得出来，这是一户打石人家。当地朋友介绍说，这就是解放战争时期闽浙赣游击队在鼓岭联络站旧址，主人是石匠刘慈帧。

刘慈帧，原本姓林，1905 年生，永泰人。他长期在鼓岭以打石谋生，后入赘刘家，与刘家二女儿刘福弟成亲，改为刘慈帧。1945 年的一天，刘慈帧在干完活回家的路上，遇见一位身穿灰色长衫、头戴礼帽、手持竹杖的中年男人向他问路。这位说是找洋人谈生意的商人，自称"老李"。这个"老李"就是当时闽浙赣游击队负责人林白。

"老李"与刘慈帧攀谈起来，并拿了一块大洋定做一对石料镇纸。

说话间，老李从衣衫内袋掏出一张字条，递给刘慈帧，叫他刻在镇纸上。字条上写着："终当力卷沧溟水，来作人间十日霖。"刘慈帧不明含义，老李笑而不答。刘慈帧忙拿着这字条走到院子里，给孩子姑妈刘淑瑜看，姑妈是个有文化的人，她明白这是宋代诗人王令的诗句，语出其诗《龙池》，意思是久旱盼甘霖，愿为其赴汤蹈火的意思。她隐约觉察到字里行间有为大众谋幸福之意，但没有说，只是声称山里近日有老虎，让刘慈帧送老李上山。暗中叮嘱刘慈帧，老李叫做什么就做什么，不要多问。

从此，刘慈帧在铁锤柄上凿了一个空隙，接上锤头，放在平日干活背的棕包里，开始为我党地下工作者传递消息。他主要负责联系东岭上的游击队。

一天夜里，窗外忽闻狗叫，刘慈帧急忙穿衣开窗，窗外什么也没有。他不放心，就起来到狗窝旁细瞧，只见狗窝顶上的稻草丛里，夹杂着一根红色纸卷，他赶忙抽出纸卷回屋。这便是刘慈帧传递的第一份情报。

一晃就到了 1947 年，两年来，在中共闽江工委的组织领导下，城市干部、党员不停地走进大山，发展了许多游击队员，他们星罗棋布地分散在福州周边各县。这期间，刘慈帧做了许多工作，也经历了许多。为使游击队同志在紧急情况下便于撤离，他不惜"破相坏风水"，在自家厅堂正面墙体上砸开个穿堂小门，直通后山，平时则用立柜挡着。游击队时不时就在其后山石坑开会。

1948 年 3 月中旬，由于叛徒出卖，一批地下党员被捕。一日晚间，刘文耀拖着疲惫的身体敲开刘慈帧家的门，他浑身泥泞，草草吃了饭，胡乱洗了脸就睡了。没多久，村里甲长杨道金便来到刘慈帧家，一脚踢开房门，把还在睡梦中的孩子们吓得哇哇大哭。这伙人把屋子上下搜了个遍，没发现什么。

原来刘慈帧这一普通农家居所的楼上暗藏秘密。孩子姑妈刘淑瑜住的小阁楼里，床底下有个暗格，至少可藏进去一个成年人。每次刘文耀独自留宿的时候，只要山里远远有狗的急叫声，家人就会马上把床上的草甸子一掀，木板翻开，让刘文耀躲进去。因为是闺房，一般没有男人出入，不会被发觉。刘淑瑜阁楼里有许多书籍，还有圣经。甲长杨道金来刘家搜查时，还从阁楼里搜到一本英文书。刘慈帧夫妇不知这是一本什么书，也不知是从哪里弄来的。后来刘淑瑜告诉他们，那本书叫《马克思主义哲学原理》。

1948 年 4 月，阮英平遇害后，闽浙赣省委严查城工部，作为城工部负责人的林白受到牵连。他只能在自己设置的几个地下联络点轮流落脚。一天，林白与刘文耀又来到刘慈帧的石厝。因刘慈帧要带岳母进城看病，就与林白交代了几句，让他们在屋里待着，并从外面把门锁上。此时，在外面鸡舍里放哨的游击队员出来透气，正好被盯梢的杨道金看到。于是杨回去带了人马赶来，欲抓游击队员。林白与刘文耀以最快速度从后门上了后山。当刘慈帧一家从城里回来时，鸡舍已被烧毁，正冒着青烟，家里人去楼空，这天是他们最后一次见面。联络站的任务也就从此中止了。

70 多年过去了，当年为革命胜利做出贡献的林白、刘文耀以及刘慈帧等人都已离世。但人们永远忘不了这"红色前哨"，忘不了不怕牺牲、英勇无畏的革命者。如今，经过修复的古厝，成为一处爱国主义教育基地。绿树拱卫，四季常青，为人们讲述着革命者激情燃烧的风雨春秋。

走进白云深处

郑培华

　　鼓山之北有白云洞，山路崎岖，蜿蜒陡峭，因"白云混入，咫尺莫辨"而名。2月19日恰逢周日，难得的晴暖天气，与几位山友一起登白云洞。这是我去年12月底"被阳转阴"后的首次高强度运动。登白云洞是我的最爱，1999年以来每周打卡1次，尽管攀登吃力，但每次登顶归来，神清气爽，烦恼纠结等消逝得无影无踪，正所谓"小白虐我千百遍，我待小白如初恋"。白云洞距省直屏西不到半小时车程，难度适中，半天时间就可完成，我以为，登白云洞"性价比"好，益处良多。

　　生命在于运动。登山运动是动能转化势能的物理过程，需要调动身体各项功能以协调运转：肺部加力吸氧，心脏加速配送，血液支撑腿部用劲，身体持续出汗排毒。步行崎岖山路，气喘吁吁，感觉越难受，此时可能内脏器官正在深层排毒。登高需大口吸氧以补充能量，白云洞山高林密，空气清新，大量富含负氧离子的"一手空气"被吸入并源源流入血液，相当于给血液作桑拿透析，清毒素、除杂质、补营养，激发了生命活力。这也许就是每次登顶归来特别有精神、特别有活力，心情特别愉悦之缘故。登山养颜，新鲜血液让生命之树常青、生命之舟行稳致远。

　　白云洞3938级石阶，登顶无疑辛苦。有时因睡眠不足、状态不

福州鼓山

佳、身体乏力、情绪低落及高热寒冷、刮风下雨等天气，人至山麓，常常无头绪、心畏难、步迟迟，但待你别无选择向上登去，随着出汗吸氧，状态恢复，慢慢进入良性循环，感觉心情舒畅，王者归来，越登越有劲。白云洞山势险峻，越登越陡，尤其到半山径 19—22 段人称"魔鬼 300 级"，至此多数人停步不前，我咬牙闯关，状态明显提升。其实，履职及干部成长之路又何尝不是如此？落实困难任务时，时常面临老虎吃天不知如何下手的尴尬，但随着思考深入、工作推进，就会抓住要害、掌握规律，矛盾迎刃而解，攻克痛点、堵点、难点变成工作亮点和人生的闪光点；干部能力水平提高也有闯关夺隘的要求，关键时刻，若能攻坚克难，也许就会迎来"山登绝顶我为峰"的人生高光时刻，领悟了人生真谛，事业的难度才能变成人生的高度。

白云洞周遭植被茂盛，满目清翠，溪流潺潺，生态良好。穿越密林小道，你会发现一种突出的景观：路旁的树木，有的被人为刻割甚至折枝、砍断，人迹罕至的幽谷里的树林则恣肆展枝，生机盎然；石缝中钻出来的杂木难成大树，山坡上的树木则苗壮生长、郁郁葱葱；避开同类树种，与其他草木混合生长的树木多是参天大树，共同构成多姿多彩的森林世界。这种自然现象，折射出人类社会适者生存、智者低调、强者争霸、弱者借力等生存法则，君不见醉心于抛头露脸、高调炫耀、争强好胜者，容易出事；素质好、智商高但无贵人相助、缺乏资源者，可能也走不远、做大做强难；同类竞争激烈、争夺阳光者，生存环境紧张，活得不自在，幸福感差。只有扎根基层，从人民群众中走出来的优秀人物魅力足、气场大，服务党和国家，贡献力量，成就事业，才能光彩夺目，流芳千古。

在通往白云洞的积翠庵前，有一座须弥座、覆钟顶，上刻"法海开山碧天宗和尚塔"的石墓塔，这便是开凿白云洞、修通三天门、兴建积翠庵及晚年重开罗山法海寺的悟宗和尚圆寂归葬之所。悟宗和尚，姓傅，闽县人，明嘉靖三十一年（1552）生，剃度后号"碧天悟宗"，碧天为字号，悟宗是法名，圆寂后取"宗"字为谥号，故号"碧天宗和尚"。悟宗少时出家学道、苦行精进，明万历八年（1580）在鼓山国师岩、云卧庵（今称白云庵）废址凤池修行。经 6 年修炼，法力超凡，史称悟宗受神灵托梦，"依光以开洞，闻声而断石"，实际是以化缘鸠资，与雇工杂作一起"琢山骨"开凿白云洞，营建"倚崖结屋、天石为盖"的良心寺。万历二十二年（1594），悟宗修通三天门石阶，山路延伸至积翠岩。悟宗又经 2 年准备，7 年劳累，终于万历三十一年（1603）建成积翠庵。人间万事出艰辛，悟宗亲力亲为，事事操心，芒鞋破了又补，衲衣缝了又穿。正所谓："当年老衲归何处，惟有岩头花自开。"

行走在山路上，我常想，悟宗一生苦累枯寂，他早年修炼，戒行精严、目标笃定、坚韧不拔、积铢累寸、积沙成塔，这也许就是人世间创造事业成功的密码吧。

凤出丹山熠生辉

黄文山

古镇丹阳，位于连江县和罗源县的交界处，自来是福州的北大门和北上闽东及浙江的要津。丹阳得名，一说是镇旁一列大山巍然耸立，当山峰浸染阳光时，发出灿灿红光；一说是山上多枫树，晚秋季节，枫红恰似漫天彩霞。

因了丹阳优越的地理位置、优美的山水景致，以及深厚的人文积淀，吸引了南来北往的文人，在这里流连驻足，留下动情的吟唱。

根据有关文献记载，朱熹曾几次到过连江，与丹阳渊源犹深。其中一次在宋淳熙十五年（1188）。一年前，58岁的朱熹是因为接到好友陈俊卿的噩耗，在门人王迈等的陪同下前往莆田吊唁并为之送葬的。陈俊卿为一代名相，向来对朱熹十分器重，朱熹对此感念于心。由是，朱熹买舟南下，至福州登岸后即匆匆赶赴莆田。朱熹患有足疾，行走不便。好在身边始终有一班门生跟随，一路搀扶。这情景有类春秋时期的孔子。送别故人，朱熹回经福州，他特地上鼓山看望涌泉寺僧嗣公和尚，并在灵源洞石壁上留下题刻，怀念已到四川成都赴任的好友赵汝愚。接着，他又乘舟到古田探望高足林择之。

这时，朝政发生了一些变化，周必大进职为右丞相，他和杨万里等人一再举荐朱熹，于是，朝廷任命朱熹为江西提刑。但朱熹仍对朝政心存顾忌，不想贸然出山，因此，一面以足疾未愈上状请辞，一面继续在各地讲学。同时，他向孝宗皇帝上了一封长达 12000 字的奏折，史称《戊申封事》。这道奏折，是朱熹生平对南宋腐败社会的一次全方位剖析，也是他试图用正心诚意学术对大病沉疴的南宋社会开出一帖济世药方。有说，正是这道奏折，促使年迈的孝宗皇帝下了禅位的决心。

朱熹到连江，大约就是在这个时候。在门人刘砥、刘砺的陪同下他来到连江。先在丹阳镇祠庙讲学，后因兵乱又退往东平宝林禅寺避居。宝林寺又名宝林庵，坐落于东平村，背靠五凤山，始建于唐文宗大和五年（831），大中六年重建，迄今已有 1180 多年的历史。《三山志》称之为福建四大丛林之一。鼎盛时，殿堂十多座，僧众最多时逾千人。清康熙三十八年（1699）康熙皇帝曾御笔亲题"大中宝林禅寺"匾额。这座寺庙紧邻山林，景色清幽。"山随溪水转，岭向寺门分。"而寺前院场开阔，视野很好。被权力场搅得身心疲惫的朱熹十分喜欢这一份清幽明静。

连江历史上第一位进士张莹的墓就在寺院后山之麓。张莹（857—933），字昭文，连江丹阳人。他自小志向高远，曾赋诗："一箭不中鹄，五湖归钓鱼。时来鳞羽化，平地上云衢。"此诗后被《全唐诗》收入。890 年，张莹只身赴长安应试，一举高中，官至礼部尚书。他为官刚正不阿，遭奸佞陷害，被流放江州。唐亡后，张莹返回故乡丹阳，捐资扩建宝林寺，从此深居简出，潜心学问。张莹博学多才，他的史学著作考订严谨，所作诗赋高雅清丽，时人争相传诵。

朱熹素来钦佩张莹的人品学问，他沿着盘山小径漫步低吟，仿佛与两百多年前的先贤隔空畅谈，一诉报国衷情。朱熹在这里读书、写作，流连山水，住了一个多月，才动身返回建阳。

宝林寺里现在还留有一句柱联，相传为朱熹所作："建自唐朝，虎跑雷移肇始皈入法界"，但只有上联，未见下联。寺后崖壁上，朱熹手书的"降虎""雷移"摩崖石刻至今尚存。寺中还留有他的一首七律诗："踏破千林黄叶堆，林间台殿郁崔嵬。谷泉喷薄秋逾响，岩翠空濛昼不开。一壑秖今藏胜概，三生畴昔记曾来。解衣正作连宵计，未许仙灵便却回。"

大概是出于对朱熹的热爱，丹阳的乡亲们甚至演绎了一个传奇故事，说是某钦差奉命安葬连江籍刘姓皇妃，率堪舆家四处选择墓地，看中宝林寺风水，要在大雄宝殿正中央建坟茔，并插立标记："穴在寺中"，要当地官府限时将大殿拆除。钦差随后返京。朱熹此时恰住在寺院里，他愤然挥笔改为"穴在寺东"，并将标记移插寺院东面，宝林寺得以保全。

根据《连江县志》记载，朱熹最后一次到连江，则是在庆元年间。由于遭受当政的韩侂胄迫害，将朱熹的道学定为"伪学"，要在全国范围内剿灭。各地官员奉命到处搜查理学著作，告发"伪徒"。甚至连肆坊间也受到了严格审查，二程、刘子翚、李元纲、潘浩然和朱熹的著作都被劈版烧毁。一大批"伪徒"如叶适、留正、彭龟年等有的被罢职，有的遭流放。而朱熹本人更是被冠以六大罪：一"不孝其亲"，二"不敬于君"，三"不忠于国"，四"玩侮朝廷"，五"诗含怨望"，六"害于风教"。朝廷以此罢去他秘阁修撰和提举南京鸿庆宫的官职，取消了俸禄。这就是庆元年间的"籍伪学"事件。

为避祸，朱熹回到福建，先后流寓邵武、建宁、泰宁等地。尽管，各地官府秉承当局意志对朱熹的学说持抵制立场，但朱熹却仍然受到福建学人的普遍爱戴，争相邀约朱熹前往自己家乡著书讲学。

这年8月，由于女婿黄干的母亲去世，朱熹在几位门人的陪伴下前往福州吊唁。之后，他再度来到连江，在鳌江上游小沧七里村养病，并开始了《楚辞集注》的撰写。此间，他几度到贵安、朱步、仁山等地讲学，仁山七里岭路旁留下他题写的"陟岵"二字的摩崖石刻。

感谢连江的好山水，让晚年多病而又饱受磨难的朱熹，有了一处安身之地，有了一道心灵慰藉，同时，也有了一段流传千古的佳话。

打出来的鱼丸

沉 洲

中国东南部的苏浙闽粤台沿海，这些水产富饶之地都有鱼丸这样的食品，做法大同小异，叫法却不尽相同，水丸、鱼圆、鱼蛋、鱼丸等，不一而足。曾经，广州报纸介绍鱼丸，把它夸张成"一不小心落地，弹起来会重新回到桌上"的一种美食，如此思路，和福州下辖县连江的鱼丸故事如出一辙。

连江濒海，素以鱼丸口味地道著称。宴请客人时，你若想强调食材品质好、来路正，便道此乃连江鱼丸，肯定会获得多一份的青睐。

有过这么一个故事，连江海边家家户户打制鱼丸，每个村都说自己的最好，彼此不服气。什么做工精巧，什么口味鲜美，统统靠一边。把鱼丸当乒乓球来拍，就比谁的弹得高，谁的拍得久——因为弹性足和有嚼头正是鱼丸的招牌特征之一。

这个故事的主角一定是实心鱼丸，它比乒乓球大的包馅鱼丸小一圈，还可切成条状热炒或者氽汤。在福州，鱼丸属于汤菜，既上得了宴席，也可以当作点心充饥，算是沿海县市必有的鱼肴食品。

不能确定鱼丸就是福州首创，但福州临海，整城人酷爱海的鲜香，却有人厌倦天天看到鱼的面孔。用鱼肉做外皮的包馅鱼丸，闻鱼香没有鱼腥还不见鱼刺，是"有闲阶级"的一种创新。这种独到的手工制作技艺，在一代又一代人的传承中，其选料之精细、制作之考究被塑造到了极致，最终闻名遐迩，成就了极富地方特色的风味小吃。逢年过节，号称"中国鱼丸之都"的福州，百姓酒席上必有这道"鱼包肉"的菜肴，迄今坊间还有"没有鱼丸不成席"的俗语。

过去，福州办酒席有一习俗叫"夹酒包"，受邀前来祝贺的客人交罢礼金坐下来吃喝，席间要把几样限定的"干货"各自夹进塑料袋，其中少不了鱼丸。那物特制，有小孩拳头大。"夹"回家后，再切成小块煮了配饭，全家都有口福。20世纪80年代末，中国人温饱无忧后，这个习俗才逐渐消失。

父母亲的老家在福州，我也在省城读了四年大学，就地分配工作迄今，记忆里的鱼丸滋味自然丰富。

印象中是初一的暑假，从闽赣边城回福州外婆家度假。一位舅舅为了犒劳我这山猴子，专门带我进城，去了南街的海味馆，踏上空荡荡的二楼一坐，要来两份鱼丸。1975年呀！那可是国营王牌店，敢进来就是真金白银。端上来的青花小碗，清汤上浮着两粒光洁如瓷的丸子，边上漂有翠绿的细碎葱花。忘了当年的味儿，也许还认真寻找过鱼丸上的裂缝，像如今的老外那样，思忖其间的肉馅究竟是如何长出来的。如今打开记忆之门，那调羹撞上碗沿的脆响，依旧能在耳道里回荡起来。

20世纪80年代起头的第二年，我在福州仓山长安山山麓下读大三。那个年代，我们一方面在长身体，另一方面还在为吃饱奋斗，一个月二十八斤的定量粮肯定不够，我三十天轻轻松松能吃掉五十四斤。家里把富余出来的粮票都汇集到了我手里。那时没有"富二代""官二代"，是学子就必须苦读。隆冬晚上，图书馆十点关门，回到寝室自然饥肠辘辘，通常大家都是把家里带来的炒面粉，用开水冲了加糖拌成面糊填肚子。吃腻了，即便口袋空空，也会感觉宿舍楼下叮叮当当的声音悦耳诱人，那是鱼丸担。也可以用粮票换的，一斤福建省粮票能换回四粒鱼丸，大约两毛钱的样子。如果怀里有全国通用粮票，讨价还价换回五粒也没问题。

冬天晚上，每到这个时辰，"鱼丸弟"总是如期出现。他一手扶扁担，另一只手掌托小瓷碗，拇指压住碗沿上的瓷调羹再不停移动，两瓷碰撞发出脆响，以此招徕顾客。鱼丸担由两个方方正正的木柜组成。一头上边挖个圆孔，底下煤炉探出头来，架上铁锅，煮着热气腾腾的清汤。打开另一头的柜门，里面有打制好的鱼丸、瓷碗、调羹和一桶净水，面上一块横板掏了一溜儿小洞，嵌着白醋瓶、胡椒瓶、味精瓶、盐瓶等，旁边搪瓷碗里装着葱花、芹菜珠。米醋和白胡椒粉是福州鱼丸的两款调味料，加什么，依个人喜好。最早选择它们，恐怕是为了掩盖鱼腥味开胃，时间一久，俨然成了吃鱼丸的标配。当然，也会起到提鲜的作用。

天寒地冻的，记得我是撒了葱花和白胡椒，用牙缸盛了回寝室快快吃了。马上，一身寒气消散，还能赶在 10 点半统一熄灯前上床。味道口感究竟如何？忘了，肯定没有海味馆的好，但那可是果腹暖心之物，漫漫长夜里可以伴着一觉天明的。

在这个世上，假如你曾经吃过某道菜，不管它名气多大，不管它多么复杂，只要食材摆在面前，多少都可能通过首尾两端去拆解、拼凑和还原。最后，无论菜做得好坏与否，接近不接近原版，总是可以下手去做。但是很难想象，给你一条鱼、一碗番薯粉，你如何捏出能浮在水面上的丸子，况且，还有那美味的猪肉馅又是怎样天衣无缝地塞了进去。

目睹这魔术般的手艺，是在我读高二时的一个冬天。当年，我们家住在闽中地级市的一家国营冷冻厂分配的套房。20 世纪 70 年代末，冰箱还没有进入中国人的生活，作为冷冻厂家属，我们获得了一个无比优越的福利：工厂在冰库靠山处挖了一条防空洞，把冷气接进洞里，家家户户便拥有了一个简陋冰柜。福利还包括限量购买平价海鱼，有马鲛鱼、黄瓜鱼、鲳鱼、海鳗、带鱼、墨鱼等等。

不可理喻的年月呀！天天有鱼吃，不是海边胜似海边。正是这个时候，连江的大表姐来山区探视父母。才待了两天，大表姐看好客的母亲煎炸炒蒸炖焖，几乎把人间吃鱼手段耗尽，黔驴技穷，便自告奋勇说："我们来打鱼丸吃吧！"

那可是个久违的好东西，欢呼雀跃的同时，大家已经垂涎欲滴了。

按老家传统，打鱼丸首选鱼味浓、脂肪低、蛋白质含量高的海鳗——后来知道，这是因为脂肪会阻碍蛋白质分子生成网状结构，从而降低鱼丸弹性。小参鲨也不错，刺少肉嫩，做出的品相好。内行人有一说法："鲨鱼丸细嫩松软，鳗鱼丸脆韧筋翘。"

在厨房里，大表姐把鳗鱼砍头去尾，娴熟地摘除内脏，然后横过刀来，在案板上沿鱼脊椎骨边剖开，取下侧面两片肉。接下来，倾斜菜刀就着纤维纹理，把鱼肉一丝丝削刮下来。大表姐说，连江的鱼丸店铺，砧案上都会垫块生猪皮，刮到最后，不会带起砧板的木屑，剩下的鱼刺还全部钉在肉皮上。

装盆后的碎鱼肉，要捡剔其中的残刺、筋膜和红肉，提高鱼肉的黏度和白净程度。这是我后来看了一些书，分析大表姐打制鱼丸过程补充的旁白。

只见大表姐把碎鱼肉放到洗擦干净的砧板上，用刀背一下下舂成泥糊状。这样能让鱼肉松散，同时保留鱼肉纤维，增加鱼肉弹性。鱼泥放进面盆里，搅成浆状，加清水稀释，再加盐巴和碾成粉末的番薯粉，反复拌匀，然后用手慢慢搅打起来。

许多年以后，我突然明白了福州话"打鱼丸"的含义。打浆是制作鱼丸的核心工序，是鱼丸富于弹性和嚼劲的关键所在。所谓打，就是用手撞击鱼浆，像打蛋花那样，顺一个方向用力。只有经过充分搅打，鱼肉中的蛋白质才能形成黏性溶胶，行话叫"出胶"，反之则做不成鱼丸。这期间，大表姐一次次加水加盐加粉，一遍遍搅打，我们在一旁都看累了。大约四十分钟，表姐捏了一小块鱼泥，翻覆手掌居然粘着不落下来。拨进盛着清水的面盆里，鱼泥沉了一半最后又浮上了水面。这时大表姐才松了一口气，喜笑颜开道："这下总算成了。"

此时的面盆里，鱼浆膨松，呈半透明状，含有不少小气泡，表面光滑发亮，有点发酵的样子。另一边，母亲按表姐的要求剁了五花肉泥，再拌入酱油和白糖，已经把馅料准备好了。

大表姐一手抓一把鱼浆，另一手把铝制调羹上的肉馅埋入掌心的鱼浆里。五指收拢一捏，虎口处一粒鱼丸便脱颖而出。她用调羹托住，再浸入清水，鱼丸浮上水面。

在她的双手伸伸缩缩中，只见清水盆里的水面上浮满了白丸子。这一天，我们一家人都甘愿给大表姐打下手，依她指令行事。这时，锅里的水已经滚开，将鱼丸连同清水一起移入，勺子翻动锅中鱼丸，防止粘锅。只见鱼丸在热水中沉沉浮浮，一粒粒膨大，浮上水面。大表姐还不放心，舀起一粒鱼丸，待稍凉后，用手轻压，看弹性好不变形，这样，鱼丸就算熟透了。

手闲着的人，连忙搬出一摞碗，捞起三四粒鱼丸放进去，再撒上备好的葱花，从另一口锅中舀出熬制已久的鱼头鱼皮鱼骨汤冲入。大家迫不及待端起碗，各居一处埋头大嚼。我过后总结的经验是：除了绿葱花增色，第一碗不应该加任何佐料，专门品原始的鲜味。第二碗和第三碗，依自己喜好，加米醋或白胡椒粉调味，改变汤的性质。到了第四碗，好像就可以打个饱嗝，然后"望丸兴叹"了。

多做的鱼丸，统统用焯瓢捞起，放在铝筛上沥水晾干，等彻底冷却后，放进防空洞的冰柜里去。下一次，想吃多少取多少。

当年，海鳗品质好，肉自然是土猪肉，番薯粉白得也很地道，因为打了自己吃，不惜血本，鱼多粉少，大概是十比二或三的样子，番薯粉只要能增加黏稠度，使鱼浆成形就够了。这样做出来的鱼丸韧而有劲，松紧正好，口感极佳。嚼着鱼丸，弹牙挺实，浓郁鱼香中，还有鲜嫩多汁的肉馅，海鲜里透着山味，荤香丰富却不腻口。这是福州鱼丸嵌在我大脑里的印记，它已然成为一个标杆，衡量着每次吃到嘴里的鱼丸孰好孰劣。

美中不足的是，我在猴急着咬一粒鱼丸时，弹性十足的鱼丸皮挤压肉馅，飚出一股肉汁，毛衣肩膀上登时花掉。大表姐当场反省，是她包得不熟练，肉馅放歪了。据说包得好的人，能通过手指的拿捏，把肉馅调整到最中心位置，做出福州鱼丸另一个特点——皮薄而且均匀。从此我有了经验，吃包馅鱼丸开始一定是小口地来。它的肉馅三分肥七分瘦，必须有肥油，弹韧的鱼丸皮嚼起来才会有细润的口感。所以别看鱼丸外表冷了，里头的油却是滚烫的，大口咬最容易挤喷出来，不小心还会被烫到嘴。

福州鱼丸的手工制作技艺，已经入选了福建省非物质文化遗产名录。20 世纪 30 年代初，在闽都南后街塔巷开张的永和鱼丸店，就是有名的中华老字号。

许多年以后，在永和鱼丸三坊七巷店里，一位中年师傅捏制鱼丸的手法看得我眼花缭乱，极富表演性。他身边摆着大小三个盆。悬于鱼浆上的左手，握浆于掌，顺势一挤，虎口处探出半个球。右手上的特制圆口调羹挖一勺肉馅埋入，调羹抽出之际，左手拇指随后上滑封口，手掌跟着一捏，拇指与食指上一粒光滑完整的圆球脱颖而出。收紧虎口的同时，调羹舀起成形鱼丸放入大水盆，然后再握浆于掌……整个过程像机器一样几秒钟重来一次，干净利落，一气呵成。据说，此技得培训三年才能熟练如此，一过四十五岁，手脚不够灵活，就学不来这种技艺了。

在制作室里，我看到了店家自制的打浆机，形似电风扇的叶片探入陶钵里的鱼浆。第三代传承人刘先生告诉我，现在切片机、采肉机、打浆机甚至包心鱼丸机都有，店里唯一不可替代的手工技艺就剩下捏丸。整个采访过程中，刘先生都在强调制作材料的配比和时间掌控。

通常的道理是，不新鲜的鱼肉制作不易成形，也缺乏弹性和口感。鱼肉极易腐败变质，打鱼丸时要用碎冰块当水，使鱼浆不易变质。还有加盐，它促使鱼肉里的盐溶性蛋白充分溶出，连接成紧密的网状结构，形成富有弹性的凝胶体。

鱼肉、盐巴和碎冰块，三者比例很重要，盐巴、碎冰块什么时候加，加多少，分几次加，鱼的种类不同，鱼肉的蛋白质也不尽相同，所有都是变数。

这里还有一些经验和秘诀，有的向来凭感觉，只可意会不可言传，有的属于制作秘密的，压根就不得外泄。

离开永和鱼丸店前，我要了一碗直接从热锅里出来尚未经过冷却的鱼丸，那滋味那口感，地道极了。撒胡椒粉时，刘先生在一旁解释，这白胡椒是他们自己进的货，再加工成粉末。市面上有用花生壳碾碎做填充物的。总之，所有原料必须自己控制。我惊讶于如此不起眼的东西也有人去造假，刘先生笑了，想色泽洁白加增白剂，想弹得高加硼砂，还有脆丸素、高弹素、鱼香精、肉味素、抗氧化剂……

中国人怎么啦！食不厌精，脍不厌细。老祖宗创造出称雄世界的中华美食，进入工业化的制成品时代，在服务日趋精细化的今天，所有细节都必须被替代吗？为了正宗地道、无损于身体的美食，大家都必须回到源头，亲自动手？

谁知道呢，那个时候亲手捕捉到的鳗鱼，会不会像专家警告的那样，已经成为一种在现代海洋污染环境里由无数塑料微粒填充起来的海产品？

榕树的沉默

万小英

　　到这座城市二十多年了，但一看见他，依然还会着迷。年轻时喜欢他的容颜，带着好奇去了解；今天的我，爱的更是他的沉默——沉默地站立，沉默地看着，沉默地陪伴一代一代的成长。

　　每一个路口，每一扇窗外，每一处乡村，每一朵白云下都有他。唯其沉默，我才听到了他，才听见城市岁月的声音，才听见了我们自己。

　　我说的是榕树，榕城的榕树。

一

　　人们说他无用，还起了不好听的外号。榕树沉默。

　　南唐《海物异名记》说他："材拥肿，不中绳墨，故谓之橪。"又言："榕，不材木也。其体臃肿，不可为栋梁。其质薄脆，不可为杯棬。焚之无焰，不可以爨。斫之无沈，不可以㮗。有花不可悦目，有实不可供口。是则木之不材也，莫榕若矣。"宋代诗人杨万里作《榕树》："直不为楹圜不轮，斧斤亦复赦渠薪。数株连碧真成菌，一胫空肥总是筋。"

　　一句话，这树做啥啥不行，不会结食用果，不能当柴烧，不能做酒杯，不能打家具，空长一身肥，完全是无用之木。取名"樠"，带有贬义，真可谓"人无用是庸，木无用是樠"。

对这些讥讽，千年来，榕树所做的只是默默地努力生长。种子落地，吐须垂地，都能生根发芽。无论多么艰苦的环境，最硬的岩石上，最陡的崖壁里，只要有一线生机，就能扎进去，抓住大地，既可以一树成林，又可以委曲攀缘。无论是寂寥的旷野，还是热闹的街头，叶子一年四季保持着葱茏，拼命地吸取阳光雨露，用一种拥抱、容纳的姿态处世，呈现生命所能到达的力量与韧性，终于成就"其大十围，凌冬不凋，郡中独盛"（《太平寰宇记》）。

《逍遥游》也有棵无用之树。惠子对庄子说："我有一棵大树，人家叫它臭椿；树干上许多赘瘤，不合绳墨；枝条卷曲，不合规矩。长在路边，木匠都不看它一眼。"庄子说，干吗为它无用而忧虑呢，不会遭到斧头的砍伐，也没有东西来伤害它，虽没有用处，但哪里会有什么困苦呢。

榕树的命运印证了道家的"无用之用"之论。南宋李纲在福州任职时说，榕树不宜造船，做窗容易被虫蛀，烧火没火焰，故无人砍伐它；正因为这样，榕树才能长成巨树，可以荫庇土地，"垂一方之美荫，来万里之清风"，数百年绿荫依旧，成无用中之大用。

"庸木"渐有"容木"之誉。《三山志》说："以其臃肿不中绳墨，名以'樠'。或曰其荫覆宽广，宜以'榕'名。"《闽书》说"榕荫极广，以其能容，故名曰榕"。宋代邹浩也作诗《榕树》："榕树能容故得名，枝条环布若高城。何当种满弥天去，永使青青芘万生。"

从"樠"到"榕"的变化，意味着这棵树开始被赋予"容"的精神内涵，让人悟到"有容乃大"的力量。

宋太守张伯玉认为榕可以防涝抗旱，全城编户植榕，因为"其子少着物即萦系，或本干自相依附，或虬结他树，或扶石而高，水旱不伤，屡斫屡荣"。数年后，福州被几万株榕树笼出满城浓荫，"暑不张盖",夏天不必打遮阳伞,怎不让人欢喜?也由此有了榕城之名。

政事与人心的关系,说复杂也复杂,说简单又简单,在福州,一棵树就能回答。清朝李拔到福州做知府,直接就将这层关系说得明明白白。他在衙门内建"福荫堂",跋曰榕树"在一邑则荫一邑,在一郡则荫一郡,在天下则荫天下"。以榕类比,要为官一任,造福一方。

"南方有嘉树,厥名曰榕",这是明末闽学者黄道周传世名篇《榕颂》首句,让人想起描述汉武帝宠姬李夫人的那句诗:"北方有佳人,绝世而独立。"佳人与嘉树,在北方与南方倒也相得益彰。《榕颂》说,榕树有体、荫、块状、文理等方面的"四妙",是天下大树所没有的,尤其是"榕公之容尔"的德性,更是远远超出其他所谓实用之材。值得一说的是,黄道周是民族英雄,抗清失败被俘,最后壮烈殉国。

从槐树到嘉树,从贬辱到褒扬,榕树慢慢地,默默地,又稳稳地种进了人的心里。

二

人们赞他经历丰富,将一棵树长成了一座城。榕树沉默。

城市最重要的是什么?不是建筑,不是风景,而是人。他在榕城站立了千年,看过很多人。

有悲伤的。在杨桥路双抛桥,见过殉情男女幻化"合抱榕";在林浦泰山宫,11岁的南宋端宗赵昰两次仓皇避难"宋帝榕"下;在马尾罗星塔下,林纾站在一棵摇曳多姿的榕树跟前落泪,想起去世的妻子。

有悲壮的。在马尾,左宗棠创办造船厂,只来得及在罗星塔旁种下一棵榕,就匆匆离开。接手的沈葆桢也植下一棵榕,如今"沈公榕"浓荫覆地。曾经的洋务事业蔚然成林,转眼间,马江海战的炮火，将马尾船政的壮志化为灰烬，几棵榕树无言凭吊。

有悲悯的。唐末五代，闽地政权叛乱，出家人照天柱得到福州城即将被攻伐的消息，为救百姓免遭战火，连夜赶到南门，将红灯笼高挂在榕树上作为信号，提醒迅速逃离。攻城部队见榕树挂红灯，以为树下有伏兵，不敢贸然进攻，调头而去，城中免遭一场灾难。事后，照天柱坐化大榕树下。民间传说他羽化升天镇守南天门，称"南门照天君"，至今受人崇祀。

他自然也见过欢欣，激越的，平静的，回味的。

北宋，家家户户植榕忙，太守种下的榕树，迄今在森林公园称"王"；诗人李弥逊登乌山，看闽江内河遍布榕树，吟道："十里人家，路绕南台去，榕叶满川白鹭飞。"

清代，少年林则徐在人字榕附近读书；陈宝琛、林纾、陈衍在大庙山的榕下建"志社"、诗楼，留下"双树容听法，白云悠为怀"的写照；一位叫奎联的人，则在于山"寿岩榕"大摆筵席为榕树祝寿。

法国作家、外交官保罗·克洛代尔踏上清末的福州，震惊巨人般的榕树，"这庞然大物用力牵引，缓缓地伸开手脚，舒展，延长，竭尽全力，艰辛啊，他那粗糙的厚皮都迸裂开来，暴出了一根根青筋"；"这伟丈夫站立了多少个世纪，在这一瞬间仿佛还正以难以觉察的力量坚持着呢""仿佛正扛着天宇的重担"。

他在一篇文章说："大自然中，唯有树跟人一样，出于一种独特的理由，是垂直挺立的。"当他离开福州回法国休假，恋恋不舍地写下《离开这片土地》，说道："我们曾经居住的这一片土地上，现在只剩下一团颜色，绿色的灵魂随时要被融化在海水里。"他看到福州这块土地上，有一团绿色的灵魂，那一定是榕树的灵魂。

树，人，灵魂，在这片土地上是一体的。在其他地方，人们可能会祈愿成为天上的星星、小鸟，地上的狮虎、花朵，但是在榕城，成为一棵榕树，长长久久站在那儿，是很多人至高的理想与礼赞。

清代有一对有名的兄弟俩。哥哥李彦彬自号"榕亭"，弟弟李彦章自号"榕园"，并以此号命名各自的藏书楼。他们虽是文学家、藏书家，但有一颗振兴民族的爱国心。李彦章英年早逝，弥留之际说："无他语，惟慨天不假年，未能尽展其为国为民之志而已。"

我是相信他们的灵魂进入了榕树的。我也相信殉情男女、端宗赵昰、张伯玉、程师孟、林则徐、陈宝琛、林纾、陈衍、左宗棠、沈葆桢、照天柱、李弥逊、奎联、保罗·克洛代尔等的灵魂进入了榕树。除了提到的这些人，还有更多没有提到的有名或无名的人，榕树见证过他们与这片土地同呼吸共命运，他们的灵魂都有可能进入榕树。

所以，榕树看起来是那样特别，可以变化出不同的样子。有的老态龙钟，有的铮铮铁骨，有的摇曳多姿，有的霸道张扬，有的内敛木呆……他们是老人，是壮士，是少女；是仁者，是智者，是勇者，是伟大的平凡者。

无数人的魂魄融进榕树的身体，也堵在他的胸口，让他说不出话来。

三

今天，我站在榕城的榕树下，听他的沉默。

据说，榕树的英文直译过来是中国的菩提树。"菩提"一词是梵文 Bodhi 的音译，意思是觉悟、智慧。释迦牟尼树下证悟，那棵树就被称作菩提树。植物学里，菩提树是榕树的一种，其拉丁学名直译过来就是"神圣之榕"。

榕树的沉默，仿佛在做智慧的开示。

枝上垂下细如须发的丝绦，宛若城市的一帘幽梦，它们是气根，可以帮助大树呼吸。风儿吹过，细丝飘荡，越长越长。一旦柔软的须尖垂到地面，即见土生根，再难撼动。而根又成树，树又吐须，须又生根……就这样连绵不断，生生不息。

榕须入土成根的特异功能，改写了根与须，生与死的定义。一般来说，根与须分别是树的起始与末梢，是生命的两端，但是，榕树做到了根须一体，生死如一。每一条榕须都是一条生命。即便被雷电劈倒，被虫子蛀空，被连根挖起，只要一丝尚存，就是一息尚存，榕树就可以有命，甚至有成千上万条命，独木成林。

榕须追土生根，让我想起人对故土家园的执恋。一个人也好，一丝须也罢，随风飘荡是没有立足之地的，投入坚实的土地，生命才能有所着落，才能顶天立地。在每一个静悄的夜里，每一次的雨打风鞭中，榕须就好像是他的信念，他的光芒，生长着，突破着，只为了紧紧抱住大地，保护根所在的土地。

冰心在《故乡的风采》中说："其实最伟大的还是榕树。它是油绿油绿的，在巨大的树干之外，它的繁枝，一垂到地上，就入土生根。"

我总以为，榕须的意象或许会被烙刻进每一位福州在外游子的心头。因为对他们来说，他们就是一条条榕须，在异地他乡入土生根，而后又默默地撑起了一片自己的天空。

在这座城市，榕树沉默地陪我们漫步。

难忘光化寺

立　亮

光化寺位于长龙镇苏山村的光化自然村北侧，坐西北朝东南，寺后山峰起伏，左右群山环拥，寺前山田层叠，真是"深山隐古寺，朝闻钟鼓声"。这里是中国七十二福地之一的炉山茶洋古境，宋代透堡籍状元郑鉴写诗赞美曰："屹立交辉紫翠间，疏帘半卷镇长闲。神仙自有祈年术，一缕青烟起博山。"宋代进士王梦有诗云："石壁巍峨翠几重，旧时鹤驾去虚空。桑田变海今何在？留得声名万古中。"

长龙光化古寺

我出生于炉山西面的建庄村，年轻时，经常肩挑木炭，脚穿草鞋，攀越庄里、文朱、真如、光化等崇山峻岭，品过炉山野果，喝过九溪流水，经历人间辛酸苦辣。一年四季中，春光明媚，酷暑难耐，秋高气爽，霜天云淡，许多记忆随着岁月的风霜而流逝，而那次光化寺的经历令我终生难忘。那天我肩挑木炭，跨越九溪，突然山洪暴发，山路崩塌，我攀爬到光化寺避险。我想，劫后余生，必有后福，以后有机会一定要为光化寺做点什么。

盛世华年，国泰民安。我从机关单位退休后，不忘初心，依然坚持为家乡公益事业穿针引线，为乡村振兴做一些力所能及的事情。在上级主管单位的支持下，长龙镇抢抓机遇，全力以赴，加速民生工程基础设施建设。2010年，投资90多万元，开通苏山村至光化自然村长2.6公里、宽4.5米的水泥路。2021年，在原路基础上，续建到光化寺全长2.8公里、宽6米的公路，造价330万元。水泥公路直达光化寺，圆了我和乡亲们的夙愿。

交通问题解决了，信众游客蜂拥而来，现在光化寺成了旅游观光者的打卡地。为游客了解千年古刹光化寺，我写此短文，作为光化寺的解说词吧。

据宋《三山志》记载："光化寺，保安里，乾宁元年（894）置。旧有章仙坛。唐开元中（725年前后），有敕书碑碣记其事。政和尚道教，寺僧恐更为道宫，乃尽毁而弃之。今山中仅有残断字，漫不可考，旧产钱二贯八百六文"。明《八闽通志》和《闽都记》亦有同样记载。旧版《连江县志》明确记载，光化寺在茶洋（即今长龙）。宋咸淳三年（1267）赐合沙郡公常挺为功德寺，更名"报国宁亲寺"。明洪武间（1368—1398）马鼻陈维顺舍田重修，复名"光化寺"。

光化寺最早可追溯到唐咸通二年（861），僧人道坚创光化院。相传894年唐乾宁太子（名字无考）在光化村大兴土木建设寺院，入驻寺中，并将寺院命名为光化寺。传说古刹有13座殿宇，其中6扇5间4座，兴盛时期僧侣200余众。古寺右前曾有御赐六角石亭一座，亭前立有"文武百官到此下马"石碑，碑石已失，现仅存双斗旗杆石4条，分立两旁。在寺右约200米山坳，有两座并排舍利塔，2008年又在寺西侧茶园中挖出一座同样舍利塔，均为圆柱形花岗石砌造，塔高约 3 米，直径 1 米多，结构完整，底座六角形，双层束腰，嵌六面浮雕 "鹿竹" "麒麟" 等图案。有一座塔背有题刻。据省博物馆专家鉴定，初步估计建于宋代，在省内并不多见，可惜墓塔已多次被盗过，其中一座破坏严重，后经信众重新砌造。寺中还留存大量古刹遗留的石槽、石柱础磉盘等，其中最长的石槽刻有 "元祐三年六月造" 等字样（元祐三年为 1088 年）。清乾隆间（1736—1795），僧祥和重修寺院，到新中国成立时已破损严重。1958 年寺中 3 个僧众移锡溪东广化寺，光化寺无人驻锡，被当地生产队做仓库，"文革" 期间佛像被毁。1985 年归佛教管理，古刹得到维护和修葺，重塑佛像。

20 世纪 90 年代后，信众集资 50 多万元，陆续修缮天王殿、大雄宝殿和僧舍、斋堂等，部分新建。寺院面积 889 平方米，为土木结构，二进布局，硬山顶，4 扇 3 间。一进天王殿，宽 18.7 米，深 10.7 米，殿前中间设连墙禅门，突出墙外 2 米作山门亭，飞檐翘角，琉璃瓦面。殿内正面供弥勒佛，背面供韦驮菩萨立像。殿后放生池，中间单孔拱桥，左右廊庑，各宽 4.5 米，长 9.3 米。二进大雄宝殿，硬山顶，4 扇 3 间，殿宽 12 米，进深 16.5 米，殿前左挂钟，右架鼓。殿中主供释迦牟尼佛，迦叶、阿难胁侍两侧。左偏殿供伽蓝菩萨，右偏殿供达摩祖师。大佛背面供阿弥陀佛（中）、观音菩萨（左）、大势至菩萨（右）。殿右侧生活区，长 13.2 米，宽 4.5 米，单层。殿左撇榭，长 16.2 米，宽 4 米。再左厢房长 8.8 米，宽 5.5 米，辟为僧舍、客堂、斋堂、厢房等。在当地政府和信众支持下，寺院垦林 182 亩，田地 4 亩多。

2008 年 8 月，释德雄法师受信众礼请住持光化寺，以光耀祖庭，弘扬佛法为己任，筹募千万资金，对旧殿宇进行全面修缮。2009 年兴建五方佛殿，面积约 1000 平方米。殿内供奉东方阿閦佛、南方宝生佛，中央法身毗卢遮那佛、西方阿弥陀佛、北方不空成就佛等五尊全铜描金彩绘佛像。同年在寺院的东面建钟亭，寺院的后山建两座闭关房和一座舍利塔。2013年在寺院东南处兴建徽派建筑风格的光化书院，面积2300多平方米，共三进，有门厅、课室、图书馆、阅览室、办公室、客堂、回廊、莲花池、僧寮等。同年在旧殿西侧兴建纯木结构的二层禅堂、课堂、僧寮等约500平方米。现寺中常住尼众13位，护持居士1位。

光化寺的楹联，将佛理、历史、景物融为一体。大门口的两副对联分别是："光盈丈室，禅林有悟修无相；化被众生，佛法无边渡有缘" "佛本慈悲演终生平等，门原通慧得万姓皈依" 放生池边的对联："寺座宝华心情水月，门朝玉莲禅澄圆通"，大雄宝殿门前的对联："慧镜佛光普照凡尘消大难，明灯慈影远离苦海澄圆通" "佛法巍巍皈众悟，慈风浩浩醒群迷"。这些佛教楹联，意蕴深远。

千年古刹光化寺，如今焕然一新，气势恢宏，光彩夺目。走在大雄宝殿的石阶上，感觉到一种肃穆，一种庄严。我感吟：感叹平生几度秋，躬耕农亩亦风流。炉山胜迹人怀旧，光化斋堂禅意悠。一阵惊雷新雨后，九州丽日瑞光柔。当年朝圣抄荒路，今变通衢慰旅愁。

最热闹的地方

吴安钦

在海岛，最热闹的地方不是码头，也不是养殖区；不是学校，也不是礼堂；更不是菜市场，何况我们的海岛没有菜市场，而是保障供应我们日常生活所需的商品店，叫作供销点，但我们岛上人都把它称作供销社。

这当然是当年的事。

我们海岛不大，但人口多，供销社店面也大。它建在人群最密集的中心地带。前后左右四方被民屋所簇拥，门户特别宽敞。门前的路，可能正是因为供销社的存在成了村里的主街道。我外婆家在供销社的东边，外婆家背后是一座祠堂和一个生产队的仓库；我大姑的家在店的西面。大姑家大厝的前方就是码头。每年端午节划龙船就在这一带海域进行。供销社旁边还有一座新建的厕所。供销社柜台呈山字形摆设。所售物品相当丰富，不但有酱醋油盐，也有纸墨笔砚，还有布匹、香烟、饼干和雪糕片。酒水也有十多种，不仅有瓶装的红酒和白酒，更有装在大瓮里的黄酒和米酒。在我看来，我们的供销社货柜和地面上的东西是琳琅满目应有尽有的，我最喜欢的是排在烟酒下方一整排的零食，比如，冬瓜糖、葡萄干、李干、杨梅干、蜜枣、红枣、黑枣、软糖果、硬糖果、冰糖，还有瓜子、咸橄榄和甜橄榄。这些食品都是用透明的圆形的玻璃罐来装的，摆在特别显眼的位置，仿佛是故意诱惑小孩的。

我最爱去的地方就是供销社。我家离供销社比较远，从我能走路的那天起，似乎最常去的地方就是供销社。大人需要上供销社买什么东西，一提出来，我便自告奋勇，抢先行动。大人使唤我上一趟供销社不只买一件东西，一般都在两件以上，甚至三五件。比如，买盐巴，还要顺着买酱油和米醋。有时，甚至还得买半斤的红酒。如果买一整瓶或者一整包就好，问题在于，既没有整包整瓶的包装，也没有实力买整包整瓶的。常常是，盐巴二两、酱油三两、米醋二两、黄酒半斤。那么，一手提着大瓶小瓶的容器，一手握着大人给的钱，一路行走，一路要不停而反复地念叨着需要买的东西及其数量。有一回，行到我舅舅家门口时，舅舅问我干什么去，我一时语塞，不仅回答不上他的问话，竟然连买什么东西都忘了。这样，只好回头问一下大人，说起忘记的原因时，引得家人哄堂大笑。即使这样，重新来到店门，当售货员问起要买什么时，往往仍然忘一两件或者数量，只好发愣，任售货员根据所带的钱额安排。如果能余下一两分钱，那么，我就让售货员给我一份杨梅干，或者一小包的冬瓜糖。这些东西在回家的路上偷偷地吃掉了。

我爱上供销社不仅喜欢这些美食，也喜欢店柜里摆着的文具。笔记本、彩笔、墨水、方格稿纸、笔盒、圆规、三角尺和乒乓球等等。更喜欢红色的墨水和红、橙、绿、黄等各种颜色的彩纸。记得有一次，我拿到二姑藏在《本草纲目》里的一元钱，便悄悄到供销社买了一瓶红墨水、若干张的彩纸和彩笔。没有钱的时候，我一个人常常在喜欢的货品柜前发呆。

供销社去多了，发觉爱上供销社的不只像我这样年龄的小孩，更多的是大人，而且都是男的。他们好像都是没有下海劳作的，或者从海里完工回来的。中午人最多。他们或靠在木制的攀柜前，或立在玻璃柜边，更多的却是直接坐到柜子上。有时，我注意到，一整排的木柜上坐满了人。他们还时不时地用腿脚踢着柜板咚咚咚地响。我知道，这些柜台是用来女人们上店里买布时量尺寸用的。年轻女子进店，看见柜子上坐这么多男人，头也不回地走了。只有年纪大的胆子也大的女人来了，喊一声买布，他们才自觉地从柜台上下来。布匹一量完毕，他们重新又坐上去了。他们来了，坐在柜台上不是静坐，而是带着各方的信息来相互传递的。比如，某某生产队昨夜海带又被盗了；服用过前夜打铁杆先生兜售的膏药后确实拉出一大堆的蛔虫；粮站里供应的大米听说又需搭配地瓜米了；听说一个大台风又来了。一条信息就是一条新闻，一旦议论开来，都得一两个钟头甚至半天。往往越议越热，越议声音越大，越议参与的人越多。一回，不知怎么的，说来说去，结果两三个大人竟然动手打起架来了。其中的一人被对方打破了脸，鲜血淋漓。本来还要请家族上的人帮凶动刀子，幸好供销社的人一句话把他们吼住了：你们再这样闹，往后都别来店里了！又有几个人力劝，架被劝下了。吵闹的人第二天甚至当天夜里又来坐攀柜，似乎他们间没有发生过吵架的事。

供销社的柜子之所以被称作攀柜，就是人们在这里攀讲聚议的意思。

可以这么说，我是很羡慕供销社的售货员的。曾经想过，哪天长大了，像他们一样，当一个售货员多好？我羡慕他们什么呢？在我的潜意识里，使用店里的东西，他们可以不花钱的。那时，我最想买几张彩纸，再有一支大毛笔、一瓶黑墨水，像能写大字的人一样，写上几张标语，贴在大街小巷上，可是，这需要花一大笔钱的，仅彩纸一张就要六分！我如果是售货员不是可以自由使用了吗？还有，要是突然想吃个橄榄，不是更简单吗？

我家乡供销社的售货员全是外地人，这给我感觉更神秘了，仿佛只有外乡人才具有资格或能力干这个角色的。我们岛上人非常尊重他们，称呼供销社的人，都在姓氏前加上一个"老"，不论年纪大小。

他们中，我认识的就有老谢、老颜、老陈、老唐和老倪。都是男的。老倪是最年轻的，也是我最后认识的一位，也可以说，跟供销社人关系处得最好的就是他。那时，我已在村里当差，跟供销社打交道更常了，几乎是一天都要跑几趟供销社，电影队来岛上放电影，接待他们要买一两瓶酒，最好喝最热销的酒是"蜜沉沉"。村里夜间开大会需要点汽灯，汽灯不仅需要灯笼，还需要煤油，煤油是供应的，如果是公家需要也必须由大队出具证明或介绍信，这是非常麻烦的事情，但是，只要老倪当班，他不需要我提供这些。为此，我对他心存感激。同时，我也想跟他处好关系，因为需要供应证和介绍信的东西太多了，比如，年前买一包祭灶公用的年糖年饼都要凭证，白糖也要凭证，肥皂也要凭证。有一次，我一次性向老倪提出买三包的年糖饼，他竟然一言不发全数给我，这样，他给我的好感又加上几分。我真想能帮他做些什么，可是，我又能做什么呢？我什么也不能帮他做，只好闲下来的时候，便溜到供销社和他说说话。就是在这时候，我才发现，供销社是我们海岛上最热闹的地方。从店开门的那一刻起，几乎都有闲人在店里闲坐，聊天，攀柜上也基本上都坐满了人。我进店却从来不坐攀柜上，即使柜台上空着位我也不坐，只是伫立在我喜欢的文具柜边或看新货物或听人家闲聊。我还注意到，也有人买一碗酒一包糖花生或五香花生就着柜台喝起来。老倪看见我来了，一有空便主动走到我这边来，问我需要什么，我说随便看看。有时，他就双手搭在柜台和我闲扯。久了，才知道，我羡慕年纪轻轻就当上售货员的他，原来也是心有苦衷的。他说，他是接替他父亲来的，叫作退休补员，他老家琯头，是我们县一个有名的大地方。虽说供销社是个好职位，人家补员都是就地安置，他，可能是年轻的原因，也许是没有"关系"，所以才被分配到这么远的海岛来。我说，我们这地方还不好吗？他说，有什么好，坐车，坐车，再坐船才能到，从他家到海岛来需要一天时间哟。人家在城关多好，下班关了门可以直接回家，在这里，白天上班，晚上开到九点关门，还不能好好睡觉。喔，对了，在我们海岛供销社，确实是很辛苦的，后来我才知道，店的东边设有一个小窗口，就是备着夜间有人来买货时用的。我想和老倪处好关系另有一个目的，那就是或公或私，一旦晚上需要购买东西的时候，他能起床理我。我记得，老谢、老陈，还有老颜，他们夜间是不管事的，不管谁，也不管门敲得多响，不是关系非常好的人，他们就是不理睬，权当已经睡着。老倪在岗时，我来敲门，不管夜多深，风多大，他都会起来开门。这一点，我非常感动，以至于后来乡亲们夜间有什么急事，非要买酒买食品什么的，敲不开门的时候，会拉我帮他们敲门代买。冬天，夜间十二点过后，海岛的风是多么地穿身刺骨，没有亲身体验是难以言喻的。夜起做了几次代买的事后，对老倪的感激之情又增一层。所以，我一直想帮他做些什么来回报。

可一直没有机会。

随着好感的加深，一种友谊之情悄然而来。后来，我不仅白天来，晚间也常来供销社走走看看，跟他聊上一两句也好。夜间来多了，发现，冬天的夜晚，九点过后，供销社也是安静冷清的。尤其是刮风下雨天，除了售货员，难见有人上店来。如果有两名售货员当班还好，要是只一人在，那么就不免孤独和寂寞，甚至恐怖阴森了。前面说过，我们最热闹的供销社虽然建在村的中央，但是，一旦夜色笼罩，风雨交加之时，处在左邻右舍的它依然是孤单的，因为这么大的一座楼只有一个人，最多两个人，能不孤寂吗？

终于有老倪找我的机会了。

一天夜里，正是风烈雨猛的天气，我忙完村里公事后，习惯性地撑着一把大伞，顶风冒雨赶到供销社，到店时，我早已满脸水珠，浑身湿透，这场景多少让老倪看了有点感动。他一见到我就说：啊，兄弟，没想到，这么大的风雨你也能来。我说，习惯了，走着走着，形成"脚迹"了，不来还真难受呀。这正是将要关门的九点半。他问我：你晚上不回家可以吗？我说，我基本上都在村部里睡觉。他说，那就好。接着，他问：今晚你陪我一个晚上，好吗？我当即响亮地回答：行！我想，我不是正等着他要我帮他做些什么事吗？一直以来，都是我麻烦他，还没有他麻烦我的事，何况又是陪他在店里住一个晚上，何乐而不为呢？

关门了。这时，雨也小了一些。他烧了一盆热水，要我一起洗脸泡脚。我们两个人四只脚一同插在一个比较大的塑料盆里泡脚感觉还真不一样。这时，我问他，今晚为什么要让我陪你住呢？他说：你听一下吧。我依照他手指的方向，静听外面声响，果然，铃铃铛铛的敲打声此起彼伏地传入耳朵。一想，啊，原来是东边隔壁的大厝里正在为逝去的老人举哀，做着乡村迷信场上的事，除了打击乐声音外，还有长吁短噑的哭声。那是十分凄婉的声响。难怪老倪难以平静。这时候，我才知道，原来老倪胆子小，怯夜了。我问他，难道平常夜间只你一个人睡吗？他说，多数是两个人当班的，可是，老唐他家里突然有事急急忙忙回去了。一个人住在这地方确实是吓死人的。说着，他摇了摇头，又做了一个很动情的手势。看见他恐慌态，我安慰他说，不用怕，供销社，是国家的店，什么鬼都不敢上门来的。说着，他手举着微弱的煤油灯火，往楼上走。我便跟他上了二楼。油灯的火虽然昏黄，我还是看得清楚，楼上空间很大，但堆满了如山的货物，东一丛西一垒，几乎只剩下一条仅供一个人行走的窄而小的通道。我吃惊地发现，原来我们供销社有着这么多的货物，难怪天天有那么多的人买东西却永远卖不完！转了两个弯道后，终于到了他的房间。老倪的房间很小，差不多只有三平方米多，一张床，一张桌，一张凳子，比起外面仓库似的大厅来，既整洁又干净。靠床的小桌上放一盏煤油灯，煤油灯旁是几本书。一看，却是《唐诗三百首》《宋词三百首》《语文》三本书。床头上也放着几本书，有《物理》《数学》和《新华字典》。我十分好奇地问他：你们供销社的人干吗还读书呢？他笑着说：我就是少小不努力老大徒伤悲了，如果早年好好读书，如今也不至于分配到这里来了。说着，他又哈哈哈地笑了一会儿。就这样，我和他两个人一人一头地挤在这张小小的床板上。上床后，他把《唐诗三百首》给我，说，你随便选一首念个题目，看看我能不能背诵得下来。我按照他的意思，随便地翻到孟浩然的《洛中访袁拾遗不遇》，他当即朗诵起来：

洛阳访才子，江岭作流人。

闻说梅花早，何如北地春。

这可把我吓了一跳，没想到，眼前这位供销人的老倪竟能背诗歌？我又随便点了一首：韩偓的《晓日》，他马上吟了起来：

天际霞光入水中，水中天际一时红。

直须日观三更后，首送金乌上碧空。

这下，我肃然起敬了。我连连说道：佩服佩服！我问他，宋词你也能全背得下吗？他说没有。宋词不好记，同一个词牌又有许多个不同的作者，就说《如梦令》，不但有李清照，还有秦观、曹组、吴潜、李石、杨冠卿，还有无名氏；仅同名《长相思》的词又是好几首。由此可见，他已经熟透了宋词。他又把《语文》递给我，说其中的古文你帮我挑一篇试试我能不能背得下来。我翻了翻，念下其中一篇的题目《春夜宴从弟桃花园序》，他马上诵读：

夫天地者，万物之逆旅也；光阴者，百代之过客也。而浮生若梦，为欢几何？古人秉烛夜游，良有以也，况阳春召我以烟景，大块假我以文章……

至此，我已经完全叹服。哪想到，一个日常在店里售卖商品又不善言辞的年轻人却是一个文绉绉的读书郎！

我问他，这些诗词你是如何背下来的？他说，这简单，只要有心，每天挤出半小时，念它几首，日积月累，就行了。你不知道，我都是利用早晨起床这个时间段，还有，当夜间，有人敲门吵醒后睡不着时，索性起来读书写字，这样也好打发寂寥。

啊，原来如此！

这一夜，与我而言，收获太多了！

熄灯后一会儿，老倪鼾声响起，我呢，却一直没有合眼。我想，我又要感谢这位年轻而好学的老倪，让我陪他睡一个夜晚，顿时让我平静的心海骤然汹涌起澎湃的浪涛。我想，老倪他一天到晚地忙，一步都不能离开供销社，却能安排时间读了那么多的书，我呢，工作虽然也忙，但我比他自由多了。我为什么不能像他那样把闲暇时间利用起来呢？而且我比他还小几岁呢。

天，终于亮了。他早早起来，以为我还睡着，拿着书，蹑手蹑脚出了房间，不知躲在哪儿，开始了他的早读。

等他早读回来，我说，我要向你学习！他说，我们一起学习吧。

此后，每当我动了上供销社念头时，便想到老倪凝神静气背书的情景，一想这，我便压住了别的想法，把自己锁在了小阁楼里，翻开了书本。

我去供销社的次数越来越少。后来，我长大了。再后来，我调整了岗位，没有了去供销社的机会。再后来，我离开了海岛。

当我将要离开海岛想去供销社与老倪道别时，才知道他早已经调走。老唐告诉我，年轻人就是有本事，不走就不走，一走就直接进了县城。啊，一听说县城，我既替他高兴，又很失望。县城离我们的海岛毕竟太远了，想见他几乎不可能。再说，真要进城去，偌大一个县城到哪儿找他呢？

说实话，我很想见一见我年轻的老倪，问一问他，那夜请我作陪的真正意图，可是，没想到，自那夜之后，至今仍没有见到他，只是，在我的心中，一直想念着他。

我30岁的这一年，即我离开海岛后的第七年，也调进县城，曾多次有意识地去了两趟县供销社，都没有见到，问及朋友时，他们说，老倪，没听说过。他们帮忙查了查，发现县社里没有姓倪的同志。我想，我们的老倪可能考到别的系统单位去了。我不仅希望他如此，更希望他所从事的工作不但是他最喜欢的，同时也是最热门如当年我们海岛人家最热衷的供销人的职业。

若干年后，即我调入县城后不久的一天，我回家乡看望我祖母老人家，专门去了一趟供销社找老唐，原来，老唐多年前也调走而且退休了。供销社已经被本村人家承包经营。认真看了看，店里的东西比过去更多了，大堂空间变小了。最重要的是，没有人坐在攀柜上了。当年那种热闹的景象不见了。

今年春节，我回老家过年，又一次专程上了一趟供销社，让我高兴的是，这座供销社楼房依然在那里，只是石头墙变得灰黯而陈旧了，门窗上的铁条也已锈迹可见，门前台阶已经有了墨绿色苔藓。门紧紧地关着。门前的大路没有多少人过往，显然，因了这个供销社大门关闭，这条主道也不再成为主道。

我在门口站了许久，突然想起当年蹀躞于这座供销社时的情景，瓶瓶罐罐里装满的冬瓜糖、蜜枣、杨梅干、李干和各种各色的橄榄，还有，老唐、老谢、老陈和老倪忙碌的身影，这些，勾起了我许多儿时的记忆。

我真想，家乡这处供销社的营业大门再次打开，像当年一样，有不少的男人坐在攀柜上，谈笑着家乡的人情世故，传扬新渔乡的变迁和文明，让最热闹的地方重新热闹起来、热闹下去。

披肝沥胆 只为乡村振兴

——记玉井村原党支部书记、优秀共产党员郑茂光

陈道忠

郑茂光先生在玉井村观海楼前

几天前，在榕马透乡亲传说：玉井村的郑茂光病了，很严重。我不相信。十几天前，我带着几个文友游览玉井马头石公园，亲眼看见他被十几个乡亲围着，谈笑风生。我还自豪地向文友介绍，马头石公

园和观海楼就是这老人主持修建的，现在又主持修建投资五千万的码头和渔港，在马透地区德高望重。我让文友们猜猜老人家的年龄，有的说 70，有的说 75，没有人说他超出 80 岁。我说他 87 岁了，所有人都睁大了眼睛。

又过了几天，家乡网站"马透之窗"登载郑茂光先生胞弟郑茂生的感怀——《致与病魔抗争中的大哥》，回应了乡亲们的关切之心。短短几个小时，阅读量九千多，这是"马透之窗"开办以来的奇迹。还有精选留言几十条："他是美了乡村，兴了产业，富了村民的引领者和实干家。愿老郑早日康复！""马鼻需要有能力且心系桑梓的乡贤。愿郑茂光先生安康！""郑老还十分关心马鼻的教育，在尚德教育基金会二十年间，大力扶持家乡的教育事业。祝郑老早日康复！"等等。我这下相信了，老人家病了，生命垂危！

郑老的长女郑景秀是我同学，我打电话向她询问。景秀哽咽着说，他父亲突然间倒下了，进了医院直接送到 ICU 病房。亲人们从北京、上海请来了治疗新冠的最好医生，确诊为新冠后遗症，愈后没有充分休息，过度疲劳，错过了最佳治疗时期。医生判定，病情很难逆转。她还说老人家昏迷后醒来，都说自己身体好，码头和渔港还有很多事，他要回去处理。景秀正在医院里服侍她的父亲。我不敢多打扰，安慰几句就挂了电话。

几天后，我接到景秀同学发来的讣告：家父郑茂光不幸于二〇二三年八月十七日下午三时与世长辞，享年八十七岁……八月二十五日上午五时三十分在马鼻玉井村本宅举行追思大会……一位为人正直、与人为善、克己奉公、无私奉献，乡亲们心中楷模的郑茂光老人，在亲人和乡亲们千呼万唤中永远倒下了。马海流泪，龟山痛哭。

停丧期间，闽发集团领导、省政府有关部门领导、省直有关部门老领导、福州市和连江县有关部门领导、马鼻镇党委和政府、玉井村及邻村领导、郑老的生前好友以及乡亲们，纷纷前来吊唁、发来唁电、送来花圈、花篮等，以各种方式表达对郑茂光先生的哀悼。

郑茂光先生曾任玉井村村委会主任、村党支部书记、马鼻镇政府经委副主任兼党总支书记、马鼻建筑公司经理兼党总支书记等，是农村最基层的一名干部。退休后任职闽发集团副董事长、尚德基金会副理事长、马鼻镇村庄建设促进会会长等，做的是公益事业。他的过世引起这么大的社会反响，证明伟人说过的话："一个人做点好事并不难，难的是一辈子做好事。"

郑茂光先生就是这样的人！

历经磨难　百折不挠

少年时光，郑茂光拥有一个幸福的家，父亲母亲、四个弟弟一个妹妹，一家人其乐融融。1952年，马鼻发生了一桩震惊闽东的"十二支队"冤案假案，他的父亲被人诬告陷害，同20多位乡亲蒙冤入狱，幸福的家庭一下子堕入苦难深渊。作为20世纪50年代初罗源一中高中毕业生，风华正茂的郑茂光也因此案被牵连，几度参加工作，几度被辞退，如同雏鹰正展翅高飞被折断翅膀。他一边舔血，一边扛起家庭重任，同母亲一起撑起摇摇欲坠的家。家里能变卖的东西全都卖了，亲戚家能借的全借了，最困难时候，家里一把番薯米都没有。望着饿得嗷嗷大哭的儿女，母亲不得不狠下心来，将小儿子抱去送人，换些救命粮回来。郑茂光不忍心失去了父亲又失去弟弟，他劝说母亲讨回小弟，让小弟又重新回到温暖的家。他长兄为父，里外当家，和母亲一道，带领弟妹们艰苦度日，战胜了生活上的各种艰难困苦。

郑茂光白天辛勤劳作，晚上挨家挨户去乡亲家取证按手印，为

"十二支队"冤案申诉。20世纪50年代的高中毕业生，算是大知识分子，蒙难乡亲们把他当成主心骨。历经数年向上申诉，甚至上诉到中央军委，光申诉材料足有一米多高。在郑茂光不懈奔走呼告下，1958年，此案终于得以平反昭雪。玉井、南门及横厝村20多名乡亲得以平安返乡，众多家庭得以拯救，而他的父亲却在内蒙古含恨离世没能回来，成了他一生的心痛。

勇立潮头　敢拼会赢

苦难使人坚强，使人更有担当。1974年3月，郑茂光加入中国共产党，后任玉井村委会主任、村党支部书记。1981年，他敏锐觉察到党和国家的政策转向，率先在玉井村实施家庭联产承包责任制，开创了当地改革开放的先河。这一创举，大大提高了乡亲们的劳动热情，提高了粮食产量，使乡亲们从此告别了挨饿的梦魇。郑茂光不满足现状，集资创办了一家玻璃钢制品厂，开辟了一条马鼻到罗源客运轮船航线，想方设法增加集体和群众的经济收入。

玉井村约1000户，4100人，世代依海为生，是个沿海贫困村。如何从大海里挖掘更多资源？让大海产生更大效益？改变玉井村落后面貌？郑茂光先生针对海洋鱼类分布和特征，善于观察借鉴发明了"大围旌、三重网、二指缝"，提高捕鱼产量，增加了经济效益，大大提高了群众经济收入。罗源湾沿岸乃至闽南、莆田的渔民纷纷前来参观学习。1989年，郑茂光四处奔波，明确权属，依法从罗源县收回马海明珠岗屿岛，使玉井村扩大了一万多亩的海域面积。郑茂光是全县第一个试验黄瓜鱼人工养殖，成功后在岗屿海域进行黄瓜鱼养殖，被列为福建省大黄鱼养殖基地，最高时一年产值达到几个亿。岗屿岛海区成为玉井村渔业生产养殖基地，从事网箱养殖的村民有四百多家，鱼类产品畅销于全国及世界各地。村民从此走上了发家致富的道路，人人喜上眉梢，尊称他"老郑"。养殖业兴起来了，带动了其他产业特别是建筑和房地产业的发展。村民富了，踊跃捐款，支持村里的基础设施建设，十几年时间，村容村貌发生了翻天覆地变化。村庄面积扩大了两倍，一条条笔直的道路通往村外，连接县城、省城，一栋栋规划整齐的小洋楼、别墅拔地而起，鳞次栉比。玉井村声名鹊起，成为连江县有名的经济发达的名村。这一切，村民们看在眼里，感恩在心里，称赞郑茂光为玉井村贡献，名垂青史。

1992年，郑茂光调任马鼻镇经委副主任兼经委党总支书记，后任马鼻建筑公司经理。为抓好马鼻镇建筑业这个支柱产业，他呕心沥血。当时正值改革开放，城市建设风起云涌，建筑业进入井喷阶段。他积极鼓励年轻人"一把瓦刀闯天下"，让马鼻建筑工遍布全国大江南北，"建筑之乡"美名也因此远播。他克服困难，创造条件，将马鼻建筑公司晋升为二级公司，并创新地在全国各地成立分公司，为马鼻建筑行业不断发展壮大奠定了坚实基础。如今，房地产和建筑行业成了马鼻人最重要的经济支柱，带动了全镇大批群众脱贫致富，还涌现出多家闻名全国的房地产企业。郑茂光先生敢为人先，无论在什么岗位，从不缺精彩。

鞠躬尽瘁　死而后已

郑茂光先生退休了。别人退休后想怎么安享晚年，过着含饴弄孙的惬意生活，可他想的不是这些。他想着自己曾经的理想、追求，还有多少蓝图没有绘就，其中第一项就是教育。

教育是一个地方未来发展的基石。对于学生来说，教育是最大的最直接的受益者，通过教育可以获得更多知识、技能、生存技巧等等。早在郑茂光任村党支部书记时，为保证村里每个适龄儿童都能入学，扩大办学规模，提高办学质量，他下决心兴建新学校。玉井村前海后山，可供建房的地块非常匮乏，可谓寸土寸金。哪里有这么大的土地建校呢？他看上了后山一片峻峭的山地，他一边四处奔走筹集办校资金，一边动员村民迁坟墓，拓山路，历尽艰辛建起了玉井小学。这是全县唯一一所靠自筹资金创办的公立学校。村里的孩子们在家门口得到良好的教育，在美丽的校园里奋发向上，村民们称赞老郑又做了一件功德无量的好事。

郑茂光先生对教育情有独钟，在尚德基金会工作 20 年的时间里，他协助著名爱国华侨林尚德先生创办连江尚德中学，帮助尚德教育基金会筹集资金奖教助学，资助了众多学子实现了大学梦，助力家乡教育事业的发展。在尚德基金会副理事长位上、他一干 20 年，并且乐此不疲，其中感人事迹说也说不完。

振兴家乡、造福乡亲是郑茂光先生的一生追求。为美丽乡村建设，把马鼻地标马头石打造成旅游观光地，他设计项目蓝图，拜访乡

马头石公园

贤，凝聚共识，动员企业家慷慨解囊，投入马头石至关帝庙的道路、观海楼、马头石公园建设。基建不仅需要大笔资金，还要设计、审批等手续。他不顾年迈，一次次去上级部门跑项目、要资金。上级部门领导为他精神所感动，都热情接待，积极支持。

最近几年，郑茂光先生牵头向上级有关部门申请建设陆岛交通码头和二级渔港。项目地就在马头石公园边。项目审批后，马鼻镇和玉井村领导公推他担任项目建设总指挥。无论酷暑严寒，郑茂光先生都亲临建设工地，现场督导。他住在福州，经常一早从福州坐车赶到工地，午饭就是福州带下来的一块馒头。晚上6点多收工，饭后来马头石散步休闲的乡亲就围着他问这问那，一聊常常是七点八点，错过了晚餐时间。八十七岁高龄的人，加上新冠后遗症没有痊愈，实在经不起这么劳累，他终于轰然倒下了。在他生命的最后时刻，他想的是工地的事，交代的也是工地的事。

郑老的突然逝世，亲人们无法相信，也无法接受。在清理郑老遗物时，亲人们从他的抽屉里，发现几十份奖状和获奖证书，有省、市县、镇颁发的，有优秀共产党员、优秀工作者、优秀企业家等。抽屉里还发现一张张一沓沓的纸上，写着他这一生做过的大事，将来还计划做的事，满满的都是乡村建设的计划和蓝图。他在病房意识稍微清醒时，唯一惦记的就是码头和渔港工地，唯一遗憾的就是有很多未竟的事业。他真的把自己的生命置之身外，把毕生精力和智慧，都奉献给了乡村振兴，奉献给了他热爱的家乡和人民。

出殡日早晨，玉井村党总支为郑茂光先生举办了追悼会。我也到达追悼会现场。天蒙蒙亮，从四面八方汇聚而来的人越来越多，包括自发而来的朋友和乡亲们，黑压压一片。人人胸戴白花，面色悲戚。五点三十分，追悼会开始。追悼会由玉井村乡贤，省委办公厅原副巡视员郑开训主持，玉井村原党支部书记、原省水产厅副厅长陈继梅致悼词，郑茂光先生胞弟、福建省人民政府原督查室主任郑茂生致答谢词。约一千人的会场，安静得连一声咳嗽都没有，所有人都沉浸在无限悲痛里，沉浸在无限思念中。

我第一次认识郑茂光先生是在 40 多年前。记得那是春节期间，我父亲带我去他家。我父亲是镇林场场长，郑老先生是村支部书记，两人是好朋友。临近中午，他家里摆了一桌酒席，请的都是玉井村在福州工作的领导。父亲和我被邀请入席。酒席上，郑茂光先生说村里谁谁谁家的孩子或大学或中专马上毕业，开始分配工作了，谁家的儿子参军今年复员了，要找工作了，挨个问桌上的领导，谁有门路、关系？能不能帮一把？我当时就想，玉井村的学生多幸福，有村支书为你操心、为你提携。这件事我至今难忘，有时同玉井村同学开玩笑，你们村有那么多厅处级干部，原来是这么来的。这不是贬低，而是褒扬，反映了郑老爱惜人才，希望村里的青年才俊有更好的前途。千里马常有，而伯乐不常有。

我最后一次同郑老说话，是三个月前的一天上午。他打电话给我，要我去他家一次，说村里准备修村志、建村史馆，要我帮忙。不知他从哪里知道我的长篇小说入选省文联和作协重点题材扶持项目，并在《福建文学》长篇小说专号发表，要我一定带一本小说来。到他家门口，他告诉我他的妹妹摔倒了，要马上去尖垱村看望妹妹，叫我在家等他，自己跳上租来的摩托车绝尘而去。

郑茂光先生几十年如一日，做好事、办实事，克己奉公，无私奉献，得到了福报。整个家族八十余人，大学生就有二十多人，其中九八五和二一一院校毕业占了三分之一。有十多人在海外读书和发展。最难能可贵的是，整个家族人员无论身在何处，一到年关，都会不约而同，携家带口回老家过年，集体聚餐，这个传统已经坚持 10 多年了，这在马鼻镇也是少有的。可谓是家和万事兴。家族人员在各行各业、各个岗位，都有突出表现，涌现出多位总经理、厂长、行长、工程师和国家干部。处级以上干部达 7 人，其中厅级干部 2 人，成为马透地区的名门望族。郑茂光先生应该会含笑九泉。

起灵了，哀乐低回。几百面的花圈，代表亲人、朋友和乡亲们对郑茂光先生最美的尊重和怀念。花圈也代表生命的轮回，愿郑茂光先生来世再回玉井村，向这片您爱得深沉的土地再播撒光和热。

同乐园记

郑新顺

东海之滨，谓有闽都。闽江之畔，谓有青芝山。登峰极目，江海相拥，双龟锁江，五虎守门。昔仁人贤士，鸿爪雪泥。彼有大医董奉，杏林春暖，此有八贤事迹，后世铭志。俯瞰山麓，盎然绿意，花草鲜美，恬淡乡居，幽繁相宜。有别致之去处者，同乐园也。

何谓同乐园？园主曰：遵先妣遗命献资营建，以表与众同乐之意也。

园之周遭，阡陌交通，苍鹭悠嬾，木秀繁阴，雀鸣啾啾。园前通径，十二生肖各六，左右分列，惟妙惟肖。外观则墙垣绕也。旋入园，亭、舍、斋、畦，处处井然。徜徉其间，曲径通幽，篁木碧翠，盆栽奇趣，细流涓涓。园主有诗云：夏日蝉联闹，秋宵蟾魄芒。彼斋者，勉学斋也，既园主自勉，并诲后学上进。廊柱

郑时浩生态公园

墙体，或题诗词歌赋，或题楹联文章，甚是蕃多，皆园主亲书也。园有二尊大像，令人肃然然起敬，尽显园主用心独到。一为郑成功，威严引剑，若呼千军万马，平番复台；一为郑和，扬帆启航，七下西洋，终成海丝声名。文武同朝同姓，立德立功。而园主拜此二贤，盖因其亦姓郑，膜拜仿效郑氏先辈也。

园主谓谁？竹岐人氏时浩先生也。先生号骐骏，今逾耄耋之年。幼聪颖，长成涉猎厨艺岐黄文墨，尤擅书法诗赋。然先生之为人称道者，乃其义善仁爱之举也。团结同胞，高擎国旗，克邪教非法之举于纽约，是为义也。长年助孤助老助困助黉，是为善也。创立青芝诗书画影研究会，耕文艺，育人才，散发其效用，是为仁也。乐捐修桥铺路，尤以毕其帑兴建同乐园，福祉于世人，是为爱也。

余赞曰：不墨千秋画，无弦万古琴。

是以作文记之。

薪火相传"又溪"奖

苏 静

素有"海滨邹鲁"称誉的连江，有一张闻名遐迩的文化名片，那就是"又溪"奖。在连江，每值桂花飘香之际，当莘莘学子参加完一年一度的中、高考时，都以能够获得"又溪"奖而引以为荣。

一

"又溪"奖，全称"又溪"奖学金，是由连江旅台乡亲为纪念乡贤吴兆濂先生、奖励品学兼优的学生而设立的。

"又溪"是吴兆濂的别号。"又溪"奖学金萌发于 1978 年初夏海峡彼岸的台北，先是在台湾地区发放数年后，经游开亨、陈锦明、蒋启弼等连江籍台胞穿针引线，由连江县政协领导牵头，于 1993 年开始在连江县成立"又溪"奖学金评委会，旨在奖励连江县在高考、中考、初考等省、市考试中成绩优秀、品学兼优的学子。

蒋启弼，祖籍连江，1940 年 3 月 18 日出生于岱江之畔东岱镇。家中长辈有悬壶济世的医生，也有戎装报国的军人。他自幼聪敏，勤奋好学，孩提时便随父母告别家乡，东渡台湾。在那个动荡不安的年代，他跟随父亲辗转海峡两岸的六所小学完成了小学学业。随父亲赴台后，他的求学之路并不顺利，初中学业一路坎坷，备受曲折，不尽人意，但他的家人十分开明、不墨守成规，积极创造条件让他勇敢尝试。每当回忆起这段曲折辗转、闭关苦读、奋勇争先的求学路，蒋先生颇感自豪，这样的求学经历使他第一次有了用刻苦、努力、坚持、钻研换取收获与成功的体验。高中、大学期间，甚至后来参加公职人员高考，他都以优异的成绩得到肯定，公职的高考成绩还名列榜首，其间受训及结业都获得最高分，还博得"三冠王"的美誉。这不仅让他在学业上树立了自信，也让他明白了，只有不畏辛劳、潜心钻研方能有收获的道理。虽然此间求学之路异常艰辛，但他靠着顽强的毅力与不懈的追求，勤奋苦读，先后获得台湾地区中兴大学法律学士学位、中国文化大学三民主义研究所硕士学位。追求知识的学习生涯中，蒋先生秉承传统士大夫自强不息、止于至善的求学精神，用自己的努力和汗水获得了学业上丰收的喜悦和成功的体验。

结束求学生涯的蒋启弼，开始了长达五年的公职工作生涯。他在工作中所表现出来的兢兢业业的工作态度、勤勤恳恳的做事方式、诚信良善的交友准则，都是他成长过程中磨炼出来的一笔精神财富，这也是让他"引以为傲"的。

蒋启弼是台湾成功的商界巨子，身兼台湾福建同乡会理事长、台北福州十邑同乡会理事长等职，荣登《中华骄子》封面人物，美国《时代》杂志还曾报道过他的事迹。蒋启弼先生情系祖国统一大业，为两岸和平发展尽心尽力，心系乡梓，率先投入数亿元用于家乡建设，成为台胞乡亲的佼佼者和引领者。

1992 年，蒋先生回到魂牵梦萦的家乡连江，投资兴业，捐资助学。他斥资 2.35 亿人民币创办的贵安温泉高尔夫球场，为家乡的偏远山区带来了巨大的变化，拉动了贵安温泉旅游业的发展，吸引许多海外客商名流前来贵安投资创业，也为家乡父老的就业提供平台。蒋先生回乡投资得到乡亲们和政府部门的支持与援助，而他奉行的敬业、诚信的经商原则，也受到家乡人民的认同和褒扬。为回报桑梓，在台北连江同乡会创会人、连江旅台乡贤游开亨、陈锦明等人的支持鼓励下，蒋启弼先生将原本设在台北地区的"又溪"奖带回连江，牵头设立并捐赠"又溪奖学金"基金会，从而让"又溪"奖在连江落地生根。

2013 年，基金会成立的第 20 年，连江县政协承接了基金会的日常工作及评选、颁奖等事务性工作，但蒋启弼先生仍坚持一如既往地向基金会捐资，自"又溪奖学金"成立以来，累计捐资高达 150 多万元。他还坚持出席一年一度的连江县"又溪奖"颁奖典礼，一直到 2018 年 5 月去世为止。

2017 年"又溪"奖颁奖典礼上，蒋启弼先生代表连江同乡会致辞，以自己求学经历为例，鼓励获奖的学子们在今后的人生道路上继续努力，走向更加辉煌的明天。他饱含深情地对获奖学生说："奖项是自我挑战的开始，突破自己实现更伟大的理想远比获奖来得重要。希望这个奖项，能激励你们踏上奋斗的历程，不断发现自己、完善自己、增进自己，让自己变得更好、更想理、更充实。"这一席话，既是"又溪"奖最重要的意义，也是他创设"又溪"奖的初心。他希望连江的优秀学子，把"又溪"奖作为一个起点，而不是终点。

二

2018 年 5 月，蒋启弼先生因病去世后，他的女儿蒋佩琪继承了父亲的遗愿，接过"又溪"奖学金基金会董事长一职，继续奖学助教，回馈乡梓。

蒋佩琪，1965 年 7 月出生于中国台北，从小学习音乐，曾经留学于美国、英国和法国，并获得美国印第安纳大学音乐硕士，以及美国南加大全球高级工商管理硕士（University of Southern California, Marshall School of Business GEMBA），现任福建连江桃园体育娱乐有限公司副董事长兼执行长、连江安通置业有限公司执行董事、瀚元养老产业发展有限公司董事长等职位。

1992 年，还在美国求学的蒋佩琪利用暑假机会，第一次跟随父亲踏上连江的土地。她深情地回忆道："那时候潘渡贵安这个区域什么都看不见，全是荒地。听父亲说，要把这里建成一个高尔夫球场，觉得简直就是天方夜谭。后来，看到这里从最初的一片荒芜，到父亲填起几百万方土、种下一万多棵树、修建起防洪堤坝，最后把这里变成一座美丽的大花园，深深感到父亲的不易。"她也为此感到无比自豪和欣慰。

榜样的力量是无穷的，对于父亲，蒋佩琪介绍说："对父亲而言，家乡的泥土是最芬芳的，祖国的山河是最美丽的。"她的故事就在父亲这种平凡而伟大的传奇中揭开序幕。"父亲虽然走了，但他给家乡留下青山绿水，我也想要替父亲完成遗愿。"说起父亲，总有泪水在蒋佩琪的眼眶里打转。她说："父亲'愚公移山'的精神和对家乡无私的爱总是感染、引领着我。"

蒋佩琪的父亲生前亦时常为两岸交流合作奔走，为家乡教育事业慷慨解囊。蒋佩琪记得，父亲常说，"两岸不光是一家亲，两岸本来就是一家人，应该真正融合在一起，去创造美好"。这也让蒋佩琪发自内心地觉得，自己的根在大陆。"人如果没有了根，不就和浮萍没什么两样。"她念念不忘的一句话是"不论树的影子有多长，根永远插在土里。"这已成为蒋佩琪的座右铭。

如今的蒋佩琪常以"愚公的女儿"自居，她不仅感恩父亲，感恩这份乡情，也感恩这片故土。贵安这片历经两代人接力、共同打造的高尔夫球场，也成为台商台胞以球会友，增进友谊、融合发展的新基地。坚守在这片梓乡的绿野，是她对自己、对父亲交出的人生答卷。

每年的"又溪"奖颁奖大会，也早已成为连江县教育界的一大盛事，亦是连江群众街头巷尾议论的热点话题。2018 年连江又溪奖学金颁奖仪式上，身为"又溪"奖学基金会董事长的蒋佩琪激励学子："小至企业，大至国家，国强才能民富，这需要每一个乡人、国人，为家乡、为国家努力。"2019年"又溪"奖颁奖典礼上，蒋佩琪再次代表基金会致辞，鼓励获奖的学子们今后要努力学习，做有用之人，报效祖国，回馈家乡。

2021年开始，连江县中考"又溪"奖学金评选规则调整为：考生当年参加福州市中考成绩总分占85%，连江一中自主招生考试成绩总分占15%。所得分数相加后，按成绩高低择优选出若干名。

对于"又溪"奖，蒋佩琪认为，这份浓缩连江同乡会所有台胞乡亲浓浓深情、被连江人视为当地"诺贝尔奖"的奖学金，具有历史久、乡情浓、规格高、受众广、影响大、意义深等特点，顺利走过了30个历史春秋，实属不易。因为它倾注了旅台乡亲浓浓的亲情和乡情，是两岸交流融合、血溶于水的见证，这份"奖学重教、薪火相传"的精神从不间断，弥足珍贵。

得益于从小耳濡目染受到父亲的影响，蒋佩琪在创业时便展现出卓尔不群的理念思维。她创办了教育学校，从事教育事业8年多，将自己的音乐专业与学校教育相结合。学生们除了学习才艺、英语阅读朗诵以及演讲训练比赛之外，还拥有一间专门设计的图书馆。蒋佩琪一直默默地为教育付出心血，学校也为孩子们精心挑选最好的教材和书籍，推展先进教育的理念。她还成为连江"爱心助孤团"里的爱心人士，为连江的特困孤儿送去温暖和帮助。

蒋佩琪自2013年受到父亲爱乡爱国情操的感召，回到祖国的怀抱。转眼间，已在福州这片热土上，收获了自己成功的事业，成为在闽女性台商、甚至是所有在闽台商中的佼佼者。担任连江县政协常务委员期间，蒋佩琪特别关注民生、环保方面，主动调研并积极参政议政，提交利国利民提案，获得广大群众和委员们的一致认可。作为台籍委员，她积极投身福州市台胞投资企业协会、台湾工商建设研究会

(台湾七大工商团体之一）以及台湾女企业家协会，就是为了推动两岸融合发展，宣扬大陆政策，鼓励台资企业来榕投资，全力支持两岸的和平统一，以及伟大的民族复兴贡献心力。

除了教育和公益的贡献以外，蒋佩琪还是一位"终身学习"的信奉者。目前，她正在厦门大学王亚南经济研究院攻读金融博士。孜孜不倦的勤奋学习精神，让她与时俱进，并且在音乐、教育和企业管理方面等都有所建树，2017 年 12 月被福州市台湾事务办公室聘为福州市台湾人才专家库成员。

经过多年努力与贡献,蒋佩琪荣获福建省"三八红旗手"称号、第九届中国企业家发展年会魅力女性奖、2021 年 IWEC 国际女性创业家奖得奖人等殊荣。作为我省远近闻名的社会慈善家，蒋佩琪还接任了福州市台胞投资企业协会会长，此外，还身兼全国台湾同胞投资企业联谊会理事、世界福州十邑同乡总会副会长、台北福州十邑同乡会常务理事、连江县第十三届/第十四届政协常务委员、福州市第十三届/第十四届政协特邀委员、福建省高尔夫球协会副主席、福建省民营企业商会副会长、福建省女企业家商会副会长、福建省海外妇女联谊会常务理事、台湾女企业家协会副理事长、台湾工商建设研究会副会长、福州市外商投资企业协会副会长、慈济功德会荣誉董事和福建省金凤促进会理事等职务。

时光流转，两代人的传承一晃就是 30 年。"忆往昔岁月峥嵘，看今朝桃李芬芳"，2022 年是"又溪"奖在连江落地生根的 30 周年，8 月 13 日，连江县庆祝"又溪"奖颁奖 30 周年暨 2022 年"又溪"奖学金颁奖典礼在连江人民会堂隆重举行。30 年的耕耘不辍，30 载的桃李满园，昔日的小树已长成了绿意盎然的大树。30 年间，"又溪"奖学金已累计筹措资金近 170 万元人民币，共有 1268 名"又溪"奖学子从连江走向全国乃至世界，相继成为社会的精英人才，并遍及各个行业，勉励了一代代连江学子振翅高飞。"又溪"奖学金不仅成为连江最具影响力的奖学金，也成为联系连台两地的纽带。

如今的"又溪"奖，已成为连江教育最具代表性的一枚勋章，海峡两岸之间更是因此架起了一座尚学重教的桥梁。这些成果，不仅留下蒋启弼与蒋佩琪的足迹，还倾注父女二人的心血和浓厚的爱。

有人说，"又溪"奖就像连江教育的一座灯塔，照耀着学子们艰苦前行的路，给予光亮和温暖；它又像一座高峰，横亘在求学之路的前方，磨砺着莘莘学子的斗志和毅力，使他们拥有征服更高山峰的力量。

正所谓："卅年薪火相传，风雨兼程，继往开来，代有学子登榜首；数次革故鼎新，品学并重，腾龙起凤，每凭实力上青云。"我们笃信："又溪"奖必将在连江大地熠熠生辉，发扬光大，让崇文重教的家风、乡风代代薪火相传，亘古恒久。

春不晚，唯意浓

汤荣辉

春风沉醉，囍上眉梢。

书画沙龙凤梧堂孙峰先生，择吉嫁女；江浙闽 33 位嘉宾书画贺婚，喜上加喜，凤梧堂推送"鸾凤和鸣"书画展贺。

鸾凤呈祥，琴瑟和鸣。"我等春风也等你""我们，和春风撞个满怀""有一份相遇，注定在春风里"。乃至于朋友圈晒出电影台词"如果人生有四季的话，我 40 岁前都是春天。"

好风相从，良缘相予。我们念想着种上那么一种人间的纯美——一霎廊桥过雨，明朝便是春分。在凤梧堂，这是描绘仲春鳌水的绚烂，也是题赠锦绣春华的序章。时光大门之外，花向阳，月玲珑，团聚和安康已然上路。相约春风里，相聚多欢喜，喝喝茶聊聊天推推杯，感恩与祝福尽在其中。

书画展贺婚嫁，诚乃域中雅好。壁挂之上，或形态纯萌，或肌理苍润，或景象吉安。寓意所致，桃花灼灼，宜室宜家；瓜瓞绵绵，尔昌尔炽。应时而生，却非应景之作，成就自己就是把自己表达好，而成就时节与成人之美，实乃相互成就之合。徜徉间，字字有光，处处共情，吉庆与喜乐相互碰撞，暖润与感动彼此交融，见证一对新人一见如故的投缘，谐和一堂缔约经略未来的契合。同惠书画之妙，通达书画之用，是不是找到似曾相识的可以共频谐振的链接点？是不是每一幅作品都珍藏着熟悉且亲切的情感秘密和生命气息？

我陪你成长，你陪我绽放。

在对的时间，在春风里，我们遇见彼此，并从书画卷轴的文化语境与文化主张里读懂自己，读懂你我，读懂属于我们的东方大家庭，以及我们生活的这个大世界。这是必要的，也是可能的；是有趣的，也是很有味的。

四时可爱唯春日，人间值得；三月春风舞蹁跹，百胜定远。

于是乎，一种有质感可触摸的精神在纸墨上晕染，一种似有形却无形的传承在心灵间流转。

从人文至理探寻，"鸾凤和鸣"书画展贺，在横向上，超越了浅俗失色的物欲堆砌，与清明、简静，合而为一，新人新风，当属时代之清音。在纵向上，是家园文化的倾情演绎与温馨传递：一方面，文玩兴盛的支撑，乃国力国风国学；另一方面，个性化符号化时尚化是当代美好生活的一种参照一种向度。更何况，今天，在拥江向海的前沿连江，随处可见古老文气文脉文华所折射的蓬发不止的光芒。倘从这个角度解析，"鸾凤和鸣"书画展贺，是东方家庭之价值自觉与精神秉持，是凤梧堂现代视野与传统承袭之开枝散叶，是滨海城邦续出不息的时尚美学与长成记忆。

春风十里，不如你。你，如果不做自己，应该做什么？

春不晚，唯意浓。

玉泉关公亭，悠远的信仰图腾

林风华

古邑连江，历史遗迹灿若星辰。雄踞于连江县玉泉山南麓的关公亭，无疑是一处极为耀眼的星宿。关公亭祭祀的关帝，千百年来叱咤历史风云，乃神上之神，圣、神、人合一，是中国史上唯一的"三教并尊"，且身后庙祀遍布九州。关帝是忠义仁智勇的化身，与文圣孔子并立，成为多元化的神灵。

关公亭，又称武圣殿，于清康熙二十九年（1690）由僧人释奇音募建，原称"谈空亭"。乾隆十二年（1747），知县苏渭生重修，祀关帝，改称武圣殿。风雨沧桑，关公帝也曾经受创伤之损。20世纪90年代主体建筑由文物部门修缮、整修。

玉山听泉，居敖江十二景之首。玉泉山上，沿路绿树青翠，泉音清冽，叮咚在耳。关公亭，依玉泉山的山势而建。依次为门楼、武圣殿、关娘娘殿、斗姆殿、玉皇殿、慈航殿（阁），总面积 1800 平方米。门楼巍峨大气，门庭开阔，条山披翠如屏，俨然护卫关公亭，远眺敖水浩荡向前，恩泽着连邑子孙。门楼上方"浩气横空"的题匾，笔道刚劲，气势磅礴，予人肃穆威严之感。正门楹联曰："汉封侯明封王清封大帝，儒称圣释称佛道称天尊。"千百年来，逐步形成了"文拜孔子，武拜关公"的传统文化格局。关公作为中华民族忠义诚信精神的化身，受到了上至帝王将相、下到黎民百姓的顶礼膜拜。三国以来，有 16 个帝王为关羽御旨加封，尊为"关圣大帝""关圣帝君"，儒家尊为"武圣人""文衡帝君"，佛教尊为"伽蓝菩萨""盖天古佛"，道教则奉为护国佑民的"伏魔大帝""翊汉天尊"，民间称为"恩主公""武财神"。明代著名思想家李贽竟如此慨叹，"盖至于今日，虽男女老少，有识无识，无不拜公像，畏公之灵，而知公之为正直，俨然如在宇宙之间也。"

进入门楼，正门石屏刻着"浩气薄天""光昭日月"二匾，饰以双龙戏珠、凤凰牡丹浮雕图案，甚为精致。前后内柱分别挂有长幅楹联，内容书法俱佳。青石浮门联书曰："师卧龙，友子龙，龙师龙友，弟翼德，兄玄德，德弟德兄。"回廊墙上的青石壁画，形象生动地刻画了"桃源结义""单刀赴会"等故事场景，重现关羽的忠勇仁义，绝伦逸群，尽显凝重古朴。

武圣殿，肃穆庄重，气势恢宏。殿前有天井，假山高凸，池水荡漾，彩鱼畅游，修竹青翠，古朴典雅，情趣极佳，四周回廊，曲折蜿蜒，华丽壮观。殿内装饰金碧辉煌，木构形制优美，造型生动，牌匾、楹联字体苍劲，碑碣刻石内容丰富。殿厅吊顶五藻井，殿正中置"关公夜读春秋"塑像，其神态专注，气宇轩昂，侧身手拈五须长髯展读《春秋》，形象逼真，栩栩如生。左右则是关平捧印，周仓执刀，恭谦站立，塑技精湛，凝重古朴。在民间信仰中，关公历来被尊为万能之神，是妇孺皆知千古传颂的道德楷模。百姓信仰的关公扬善惩恶、驱邪辟魔、主持正义，能镇宅驱邪，护佑平安，幸福美满。朝廷尊关公为关圣帝君，祈求护国保民，国泰民安，习武者奉关公为武圣战神，祈求武勇刚毅，维护正义，文人奉关公为文衡帝君，祈求聪明睿智，步步高升，商人尊关公为守护神、武财神，祈愿财运亨通，生意兴隆。在民间的信仰神殿中，关帝占有至尊无上的地位。如今，关公亭香火鼎盛，拥有众多海内外信众，每天都有善信前去膜拜，已成为民众祈福圣地。

武圣殿前右侧的"曲水流觞"石，则是关公亭浓墨重彩的一笔。

民国初，邑武举人孙寿人住武圣殿，习武练拳，并于殿前右侧新添"曲水流觞"石。从此，文人武士来此听泉品茗，赋诗唱和、饮酒习武，极尽风雅。他们在此留下许多美妙诗文，关公亭也成为凤邑文人墨客的雅聚之地。关公亭更有一段珍贵的红色记忆载入史册。1930年，中共连江第一次党员代表大会在关公亭召开，会议选举产生了中共连江特别支队，做出了武装暴动的决议，连江革命的序幕从此拉开。正因这段光荣历史，关公亭也被称作红色道观。1984年中共连江县委、县人民政府在此修亭立碑纪念，1989年被列为连江县级文物保护单位，2021年12月15日经连江县民族与宗教事务局批准，关公亭列入宗教正式登记活动场所。

时至如今，关公精神成为"一带一路"倡议的重要文化符号。历史上，关公文化经走西口、闯关东、下南洋三次移民大潮，广泛传播到东南亚以及世界各地，丝绸之路沿线城市和国家至今分布众多关帝庙，成为在外华人的精神寄托。在关公"忠义诚信"的精神指引下，关帝文化成为联结海内外华人的精神纽带。关公亭，也搭建了海峡两岸信众沟通与交流的重要桥梁。早在1990年初，台湾板桥市圣仁宫理事谢昆山先生仰慕关公，独资改建关公亭，新建玉皇阁，功德无量。而后，他多次组团进香朝拜，最后一次台湾方面有20多个组团参加，共同表达了两岸同胞凝聚同心、规范秩序、协调发展的意愿。关公亭正殿悬挂的"护国佑民""正气参天"两块牌匾，正是台湾板桥市圣仁宫所赠。关公亭，连接起海峡两岸不可分割的亲情纽带，见证了炎黄子孙共同的神缘。

"滚滚长江东逝水，浪花淘尽英雄。"关羽声雄百代，为朝廷民众共仰；关帝信仰是中华文明的智慧结晶，也是悠久文化遗产的重要组成部分。

玉泉山上，香火缭绕的关公亭，保留着连江不老的历史记忆，承继着中华民族的优良传统。这张悠远的信仰图腾，是连江人思念故土、祭祀先辈、精诚团结的精神中心，也是为凤邑增色生辉的游览胜境。

寒梅朵朵绽芳华

颜 伟

晨六时，窗外的朝霞燃起天边的云彩，姹紫嫣红，分外妖娆。因各种机缘聚合，近几年梅花盛开时节，我一直无法前往梅洋赏梅。虽此时距春节已过了不少时日，但今年恰逢每十九年一遇的闰二月，听说此时山上的梅花仍好，正晴日，心向往之，又兴之所至，于是与妻女一拍即合，前往赏梅。

梅洋村是连江县江南镇的一个小山村。记忆中，那里有处梅园，园中种着不少梅树，冬末春来花开时节，芳香四溢，景色甚美。"但愿此时梅花尚好。"出发前，我心中暗自思忖。

心随意转，我们迅速动身前往。从家中出发，沿着蜿蜒的山路，约30分钟车程，就到了梅洋村。转过路口，矗立于村口假山上镌印着的"梅洋"二字就映入眼帘。"咦，似乎与原来不一样哦！"我惊呼。的确，数年不见，梅洋景致变化颇大。山村进行了景观改造，村中随处可见石桥、亭台、民居，古香古色的仿古建筑，让人眼前一亮。

沿着宽敞洁净的村道一路向前。春寒料峭之季，道旁梅花开得正盛，而远处的山上，近处的溪旁，民宿的白墙黑瓦边，或红或白的梅花在寒风中欣然绽放。

"春江水暖鸭先知。"路边小溪的梅树下，一群棕褐色的鸭子正欢乐地戏水，追逐着落入水中的梅花。见小鸭可爱，女儿一蹦一跳着向溪边跑去，她俯下身，想找它们"聊聊"。溪水流长，小鸭子们顺水而下。我们也追鸭寻梅去也！

一路赏玩，终于来到梅园。清晨阳光照耀，晨雾将散未散之际，园中千株寒梅撑起红白相间的美好花苞，花枝伸展，穿插在园中道观的金色檐瓦上。梅园山前山后的梅花亦是盛开，相映成画，望去如诗如幻。

以前梅园应是梅洋景观的最后一站了，如今，向前寻去，景致似乎未尽。于是，我们沿着梅园旁的石桥，再往前行，来到了一幢名为"梅畔雅居"的建筑下。雅居畔，从山上流淌而来的溪水在此汇成了一泓碧蓝泉水。"这里的水可堪比九寨沟的水了。"我们都赞叹着。透过清亮的犹如蓝色琉璃瓦的泉水，水草清晰可见，它们浪漫地顺水摇摆，仿佛水中优雅的舞者。

泉池分上下两层，上一层边缘布置的搭石，我们很容易穿泉而过。回头远望，小桥流水、亭台观阁、峰峦叠嶂、云雾缭绕，让人恍如进入神仙居所。

"宝剑锋从磨砺出，梅花香自苦寒来。"历经寒冬后，梅洋的梅花终于崭露头角，它们凌霜傲雪，绽放铿锵，用红的、粉的、白的色调，层层叠叠地晕染着青山绿水，梅枝横斜中见人间烟火，炊烟袅袅，在山光水色的映衬下，让这个小小乡村居然有了一种山河鼎盛的味道。

在我早年的印象里，梅洋是没有这么美的。所谓梅园，也只是当地华侨的一处私人花园。多年前，这里山高路陡，地段偏偏，迫于生存压力，村民们陆续外出闯荡，凭着他们的勤劳苦干，桑梓同胞在世界各地慢慢地闯出一片天地，并将他们的财富反哺到家乡，捐资建设家园，一点一滴地为家乡发展贡献力量。

留下来的村民们也没有辜负侨胞们的期望，他们积极争取政府投资，修建了通村公路、拓宽了乡村小道、打造了梅园景致、疏通了梅溪水系、改善了村容村貌，在家乡种下两万余株各类梅花，让这个平均海拔约550米的小山村一跃成为国家生态村、全国绿化先进集体、福建省乡村旅游精品示范点。而今的梅洋已是声名远扬，游客纷沓而至，特别是梅花盛开之际，花的海洋里更是游人如织。

在供电公司工作的我，对乡村电力线路设备较感兴趣，有意无意间总要找找电线杆，看看配电箱。然而游玩中却发现，梅洋村景区内并没有多少电线杆，也很少出现电线穿空影响景观的情况。

原来早在几年前，当地供电公司为了响应中央乡村振兴的号召，出资百万元，将电线进行入地缆化处理，同时深度规划了电力线路走廊，让电力线路避开梅洋景区，这样巧妙的设计，让游客们在赏梅之余可以更好地取景留念，拍出旅游"大片"。

梅树，它不辜负大自然的馈赠，在广袤的土地上、在宽阔的天空中，向下扎根、向上生长，凌寒独自开，砰然绽芳华。在天寒地冻中，它们寻找着生命意义和价值追求，高昂着骄傲的头颅，怒放着夺目的光彩。

梅洋村的人们，不正就有这种精神吗？他们在艰难的时刻寻求出路，在没有任何援助、没有任何资源的帮助下，靠着一股不服输的勇气、不认命的志气，努力打拼，摆脱了贫穷，奔向了小康，成就了自己，闯出了一条康庄大道。

回首往昔，中华民族的今天，不也正因这股强大的精神基因的滋养而日益繁荣富强的吗？不经一番寒彻骨，怎得梅花扑鼻香。在中华人民共和国成立后，英雄的华夏儿女从无到有，从弱到强，在一穷二白的逆境中，硬生生地创造了世界第二大经济体的奇迹，这与梅花的花开历程何其相似！

赏梅感动的同时，又窃喜有幸生于长于斯时斯地，身为亲历者与参与者，我们共同见证了祖国的文明昌盛，与万千同仁种下光明的种子，燃点万朵红梅于星空，和亿万中华同胞共同创造华夏民族美好未来。

春秾

林海燕

春日秾华，美好的如同一部《诗经》。

惊蛰时分，草木渐次萌发，万物欣欣向荣，大地一片生机。敖江畔的公园，迎春花和黄花铃木同时开花，嫩嫩黄黄的，这新鲜温暖的颜色装扮着本就五彩妍丽的春日，这就是传说中的"锦上添花"吧。至于那一树又一树垂柳的枝条与嫩芽，还有地上的离离青草，它们令人赏心悦目的浅浅嫩绿向人们宣称这春天的主色调没有偷懒，已经在装扮着这个鲜活生动的大自然了。是的，那树上披着的是件清新的纱衣，那地上的则是铺着一面绿茸茸的毯子，让人见之心情倍儿好。也忍不住想为它们唱一曲动人的歌谣。当然，它们本身也是一曲优美生动的春之歌谣。

"天道酬勤，力耕不欺。"农业是固本安民之要，布谷鸟儿才刚刚催促早耕的开始，辛勤的农人已经扛着春锄，来到田间，耙土松地，浇水施肥，播下蔬菜与稻麦的种子，也播下朴素美好的希望。辛勤的人们生活充满阳光，喜迎着每个美好日子到来。

古老村庄，一位男子在园子里种了龙眼、枇杷、百香果，也种了桂花树、三角梅和红花檵木，还种上青椒，植物都长势喜人。鸟儿们或长久地栖息或飞过园中花树，不时叽叽啾啾地欢叫。春天里，三角梅和红花檵木开出鲜艳的花朵，枇杷的果实由青变黄，接下去会由淡黄到深黄，龙眼和百香果等则安静地吸收养分，积蓄力量，等待夏天来临时结出丰硕的果实。

春天，是草木葱茏的季节；春天，是姹紫嫣红的季节；春天，也是蓄势待发的时节。趁着春天里雨水充沛，气候湿润，肥料充足，男子又在园子里种上葡萄和火龙果，来年的春天，它们会长出苗壮的枝茎。

春天，人们辛勤劳动，也可以偶尔偷懒一回，"虚度"几分时光。来吧，下几局"春棋"吧，不辜负这春日秾华，暖暖的春风里，棋桌前，两个小孩，正下着围棋。鲜艳的三角梅与素洁的含笑盛开着，芭蕉与翠竹绿意浅浅，活泼可爱的小奶狗蹿来跳去，"人间与世远，鸟语知境静。春光霭欲布，山色寒尚映。"棋格之内，方圆之间，简简单单，黑白分明，观棋者则于这安静迷离的春光里看棋局变幻，于这清秾暖煦的季节领悟人生朴素淡然的哲理，于变幻莫测的棋局当中寻找一种简洁安静的禅意。春日里，闲看垂髫棋手时而布阵施局，时而围追堵截，时而声东击西，专注认真的模样甚是童稚可爱。

春日秾华，美不胜收。

烽火蓼沿

——蓼沿溪东抗日骨干培训基地采风记

林家坤

　　值此抗战胜利 70 周年庆典之际，应县作家协会邀请一同前往蓼沿溪东村采风。孟春时节，我们一行走进了当年革命活动场所——溪东郑氏宗祠。一路走来，春光明媚，绿荫夹道，山花烂漫，小桥流水，鸡鸣犬吠，仿若置身世外桃源之中。同时看到了高楼大厦拔地而起，鳞次栉比，听到了工业化厂房机器轰鸣，热火朝天，现代化速度和激情震撼着人们的心灵。一个山村古典和现代的融合，形成鲜明的对比，见证着时代的变迁。且让我们穿越时空的隧道，一起来追慕 70 年前那段风云变幻的历史，落脚点定格在当年如火如荼的郑氏祠堂。

　　溪东村位于蓼沿乡西北部，是红色蓼沿 11 个老区村之一，也是蓼沿 4 个老区基点村之一。南宋绍兴中书宰相郑昭先宗祠，位于蓼沿乡溪东村中部，坐北朝南，始建于南宋嘉定十三年（1220），整修于明、清，是中国古代典型庭院式"四合三进"古建筑，至今保留完好。该祠系全木结构，两边风火高墙，硬山屋顶，古灰瓦，屋脊双翘，三殿透后，中夹二天井，两旁座廊通道，前为迎宾殿，中为历代神殿，后殿忠亩堂正中奉祀郑昭先夫妇塑像。左跨院为客房、厨房，右跨院为祠堂仓房。占地面积 2300 平方米，建筑面积 1752 平方米。后来演变为传承家族血脉的郑氏祠堂。

我们采访了当地郑氏宗亲，据了解，连江一中曾经两度由连江县城迁往溪东村郑氏宗祠上课。

1938 年 10 月，时值抗日战争时期，县城经常遭到日军飞机狂轰滥炸，为师生安全着想，连江一中由县城迁往溪东村郑氏宗祠上课，以避免战乱袭扰。学校适时开学，招收学生 4 个班 156 人。在抗日烽火中，1939 年 1 月，成立中共连江县建国中学（连江一中的前身）支部，书记卓飘虹，隶属中共福州工委领导。党支部利用上课和课余活动宣传党的抗日民族统一战线政策，激发学生爱国思想，同时建立校图书馆，尽量选购进步书籍与刊物启发学生觉悟。并秘密培养了 20 多个学生积极分子。因此，当时在校师生面对国难，爱国热情很高，纷纷组织宣传队下乡巡回宣传演出，抗日救国活动十分活跃。

1944 年 9 月，连江县城再度沦陷，城内初中迁往丹阳，简师班迁往丹阳坑口宫。因受日军时常骚扰，师生安全受到威胁，1945 年春，学校再度迁到溪东村郑氏宗祠上课。同年 5 月，日军溃退，宣布无条件投降，县城光复，连江一中才迁回县城。

溪东郑氏祠堂不仅是当年连江一中栖身地，曾经还有幸成为抗日骨干培训基地，成为一处革命活动隐秘场所。

1937 年 7 月 7 日日本侵略者发动了大规模的侵华战争，1938 年，日寇的铁蹄肆意践踏祖国的大好河山，蹂躏摧残华夏儿女炎黄子孙。全面抗战爆发，地无分东西南北，人无分男女老幼，举国进入抗日战争时期。而国民党政府福建省农村合作委员会，还要在此训练合作社会计人员。11 月间，吴大麟（中共党员，公开身份是合作社负责人）接到通知，遂向中共连江特支委汇报，特支委非常重视，认为这是宣传党的抗日主张，壮大抗日力量的大好机会。研究后决定，凭借国民政府训练会计人员的名义，避开国民党特务耳目，把训练地点设在蓼沿山区溪东村郑氏宗祠内。新四军驻福州办事处主任王助由特支书记林涧青、吴大麟、梁真（中共党员，其父时任连江县邮政局长）、卓飘虹（中共党员，公开身份是连江县建国中学教员）陪同来到溪东村实地考察。王助对祠堂清幽环境十分赞赏，当即代表省委同意在此举办训练班。

参加训练的人都是联络好的各乡村抗日骨干力量，计100多人。学员中有许多是土地革命失败后幸存的老党员与红军失散人员，如梁仁钦、陈惠、陈麻伍、林广、叶容容、张利极等。新四军办事处（实际上是中共福建省委和闽东特委）对训练班极为重视，王助主任又增派中共党员林居玖（林白胞妹）、叶和中、张女励等充实教员队伍。吴大麟、林孝楚（涧青）、梁真、卓飘虹等还抽空轮流给学员上课，普及宣传马列主义基础理论及党的抗日民族统一战线政策和纲领。因此，这个训练班名义上叫"合作社会计训练班"，实际上根本不是训练会计，而是作为党组织联络各乡骨干，培养武装斗争干部，为建立抗日游击根据地做准备的培训中心。

为了扩大党对抗日的影响，唤醒更多民众对日寇的同仇敌忾，决定在1939年元旦搞个公演。1939年元旦晚上，连江县农村合作社在此举办"欢庆元旦文艺汇演"。郑氏宗祠宽敞的三合土埕前搭起舞台，舞台中央高悬一幅由王助主任挥毫泼墨"还我河山"（仿爱国将领岳飞草书）的大字幕，分外醒目。这是溪东村有史以来最热闹的一个夜晚，农村合作社的学员100多人，还有周边四邻八乡的民众，扶老携幼赶往祠堂前观看演出。晚会演出了《山河泪》《武汉保卫战》《放下你的鞭子》等抗日剧目，赢得了学员和农民观众的阵阵热烈掌声。大家度过了一个难忘的夜晚。

想不到元旦演出的抗日剧目引起了国民党顽固派的警觉。1月3日省府当局派福建省复兴分社骨干林则尧（军统特务），以福建省农村合作委员会巡视员身份到溪东村巡视并对学员"训话"，从中作梗，威逼利诱。连江党组织为保护有生力量和前一段的成果，决定训练班提前结业，结业后学员分散回乡活动，燎原抗日烽火。

至此，溪东村郑氏宗祠写下了光辉的一页，在抗日战争时期为中共连江特支委培养抗日骨干提供了培训基地，为抗日战争作出了突出贡献。

采风结束，回家路上，感慨万端。遥想革命先驱为我们抛头颅、洒热血，不惜以自己的生命为我们开拓了一片广阔的天空，让我们无忧无虑地自由飞翔，而革命英烈却永远地离开了我们。我们后辈子孙应该懂得生命的可贵，懂得珍惜来之不易的

美好生活，懂得继承先烈遗志，发扬革命优良传统，牢记人民殷切期望，为中华民族伟大工程添砖加瓦，为实现伟大的"中国梦"而奋斗终生！

美丽的错误

黄兆斌

人生在世，谁会喜欢犯错误呢？可有些时候，错误其实也可以是美丽的。

四十年前当兵的第一年，我就犯了一个错误。那时候，我刚下中队不久。一天，平时和我关系不错的卫生员告诉我，支队机关的老乡告诉他，支队要选派我去学传真业务，过几天调令就会下来了。卫生员一再交代，调令没到之前不要告诉别人。由于当时年幼无知，再加上高兴得忘乎所以，我就跟班上几个人说了这件事。中队干部知道后，非常生气，打电话到支队，说调兵怎么直接告诉本人，中队干部都不知道，都这么做以后怎么管理部队？中队干部的一通电话，我就失去这次上调学习的机会。经一事长一智，这次经历之后，我在学习训练之余，积极发挥自己作文专长，全身心投入到部队新闻报道写作之中，写着写着，我连续五年荣立个人三等功，上了学提了干，最后还调到了总队机关工作。现在回想起来，我真的要感谢这个错误，要是没有那次错误，我怎么会取得这些成绩，成为一个拿笔的兵呢？

有一篇《错误是我们的红娘》的散文，很生动，读了好些年了，但其中的故事我至今难忘：一天，朋友来我宿舍玩，边听收音机，边玩我的手机。突然，来了个陌生的电话。"喂，您好！请问刚才是你打我电话吗？""啊？我没有呀。"莫名其妙！这是我的第一反应。过了一会儿，问过朋友才知道，他刚才在玩手机的时候，拨错了一个号码。突然觉得自己误会了那个素未谋面的人，我赶紧给对方发条道歉的短信……接下来几天，我和他在电话里成了无话不说的朋友，后来我们见了面，后来的后来，那个美丽的错误终于成了我们的红娘……

说到错误成了红娘，我必须再讲另一个故事。我一个战友，一次骑自行车从营区到市区办事，在经过一个拥挤的路口时，不小心把一个老人家给撞倒了。我战友见状立即下车，把老人家扶了起来。虽然老人家没有摔伤，但我战友还是陪老人家到医院检查，确定没事后还把老人家送回家，这样一来二去，一老一少就成了朋友。后来，老人家看到我战友这般诚实，就把女儿许配给了他。这个故事是我一位老首长讲给我听的，但我总觉得我也亲眼看到了，我还觉得我那个战友现在一想起当年这个事的时候，一定非常有滋味，一定觉得非常幸运和幸福。

前些日子，我到医院取体检化验报告单，又犯了一个错误。那天我用自己的医保卡刷卡后取出几张化验单，然后直接拿给医生看。医生看完我递上的化验单，说空腹血糖18，肌酐200多，尿酸500多，转氨酶100

福州软木画

多，还有很多指标都很高，叫我赶紧上楼找专科医生看病。我说，不会吧！我年前刚体检，所有指标都正常。医生说，化验单不会骗人，很严重了，赶紧看病治疗吧。我想，怎么会这样？自己平时没有暴饮暴食，还坚持天天坚持晨练呢。听完医生的话，拿着化验单，我情绪非常低落地走出医生办公室，一个人呆呆地坐在医院过道的椅子上，拿出化验报告单，想再认真看一看，结果发现4张化验报告单，3张写着别人的名字，最后一张才是我的，而我报告单上除了尿酸高一点，其他都很正常呀。这次体检的经历，我想不通是我的错，还是机器的错，但对我来说，这个错又错得十分美丽！体检回来后，我一直在想，人非圣贤，孰能无过？我们是不是应该感谢那些可以警醒人生的错误，尤其要感谢那些美丽的错误呢？刹那间，我突然想起了席慕蓉的那段很美的话：虽然有的时候，在人生的道路上，我们应该面对所有的真相，可是，有的时候，我们实在也可以保有一些小小的美丽的错误，与人无害，与世无争，却能带给我们非常深沉的那一种错误。

是啊，我是实实在在要感谢那些美丽的错误，你呢？我想也一定是了！

对在日夜

依栋兵

先说清朝的一个人，名叫吴步韩，曾当过知县。五十岁将至，他回顾总结人生行程，检视自己的履历，看看其中有无为国为民做了几件好事。他当时的心情可能并不舒畅，有的事想说又说不出来。思考再三，他写了四十个字：学昌黎百无他长，只这般视茫茫，发苍苍，齿牙摇动；慕庄周万有一似，可能够梦蓬蓬，觉栩栩，色相皆空。

初读"视茫茫，发苍苍，齿牙摇动"的恍惚感觉是，作者描绘一个老态龙钟的形象。显然，吴前辈所言，皆自谦也。"学昌黎"开篇，他讲的是自己羡慕韩愈的学识才华、为人处世之道，到头来"百无他长"。

他后悔自己的"步韩"，何必要学习韩愈呢？此时五十岁就在眼前，头发白了、牙齿松松垮垮，眼睛虽未失明，不过昏昏花花"茫茫"而已。人生没有后悔药。吴步韩想到了庄周，似乎梦中蝴蝶飞舞的样子，还比较放松。最后，吴先生不忘自嘲一番，"色相皆空"也。从咿呀学语，头悬梁锥刺股换来了进士诰命，几多艰辛；涉足政坛而为父母官，几经沧桑。经世致用的人生理想，刚刚触摸到五十岁，便"望峰息心"。

170多年过去了，对联爱好者还能"考古"出吴步韩的这幅五十自寿对联，可见联语之精到、感悟之隽永。这种自嘲的对句，在清联中并非绝无仅有。袁少枚题半闲园：

半市半乡，半读半耕，半士半医，世界本少全才，故名曰半；

闲吟闲咏，闲弹闲唱，闲斟闲酌，人间尽多忙客，而我独闲。

有人把清朝的对联，与唐诗宋词相提并论。诚然，唐朝的人，把诗歌推到了巅峰，后人难以并驾齐驱。宋朝人，又觉得整齐的韵律美，过于刻板，来了长短句。到了明朝，文人不满足于几十个文字，干巴巴，话没说够，不过瘾，小说越写越长。其中，元代，一批文人成了好事者，为了把文艺推向寻常百姓家，开始了大量的戏曲创作。也许，印刷术在其中推波助澜。比起李白写诗、宫中吟唱，戏曲亲民多了。比起柳永作词、秦淮河亮灯，雅俗共赏的曲折故事加上软糯唱腔，更加靠近居家的生活。以至于，在海边的宫庙里，在山坳的村庄里，越是逢年过节，越是热热闹闹，央请戏班子唱唱《梁山伯与祝英台》《女驸马》之类的。生活中未曾体验过的爱情，职场中无法感受的绝境翻盘，在咚咚锵锵的氛围中一下子"醍醐灌顶"，快哉！

在清朝，除了公认的小说，楹联创作也是一大高峰。先说小说，《红楼梦》创作于清朝，铺排了荣宁两府由盛而衰的家族历程，深刻揭露了人性中，诸如贾琏那样精神空虚、生活堕落的灵与肉相搏，而最终肉体失去道德精神控制的可憎面目。

《红楼梦》的作者本身，即耐人寻味。有人说，不就是曹雪芹么？问题没这么简单。虽然前有胡适一锤定音，但反对的声音从来没有停止过。能写出《红楼梦》这样500年未见的巅峰之作的高手，怎么没留下其他类似边角料一般的文学产品？或一篇单独的诗词，或一则小品故事。大有一番"一鸣惊人、一飞冲天、一骑绝尘"的迹象。这有悖于常理。珠穆朗玛峰山脉再高、再雄伟，也有群峰相映、诸峰称弟。哪位获得诺奖、鲁奖、茅奖的作家，仅有问鼎之作而无其他文字面世？限于篇幅，宏大的学术研究不在本文探讨之列。

再说清朝的对联。出生于福州古城，曾任江苏布政使、甘肃布政使、广西巡抚、江苏巡抚等职的梁章钜，就是大清朝的能臣。上疏主张重治鸦片囤贩之地，积极配合林则徐严禁鸦片，是坚定的抗英禁烟派人物。也是第一个向朝廷提出以"收香港为首务"的督抚，妥妥的一位政绩突出、深受百姓拥戴的官员。其在楹联创作、研究方面的重大成果不容忽视，诸如其父子相继、师徒相援，倾力打造的《楹联丛话》被人争相传颂。于是，楹联学开山之祖的称号就实至名归。

吴步韩略晚于梁章钜，差不多算是学生辈。当时的社会各界，垂青于楹联创作、阅读，可以理解为八九十年代大众热衷港台歌曲一般。"圣恩天广大，文治日精华"每每被悬挂于京城内外的有头有脸的府第门口，或是镌刻在石门框上；能培养出秀才的财主家庭贴上这么一副"感圣恩"的对联，也是无比荣耀。

总之，楹联以其短小精悍，口传容易，在明清小说的文化氛围中，脱颖而出。

搜购《楹联丛话》于网络，捧读鼻祖文字，是在其出版 200 年后的某个日夜。我作为后来者，终于误打误撞进入了楹联领地。

2018 年，在几乎一无所知的情况下，出版了《华闽对韵》。一反常态地使用新韵，无疑成了联界的刺头角色。尽管说，楚辞、唐诗的语韵不同，宋代的平水韵一枝独秀，到了清朝《佩文诗韵》又加以简化、提升。但是，今天的老先生，还是觉得经典的腔调、平仄，朗朗上口。所以，《华闽对韵》出版行为，如同一块小石子扔进太平洋，一个响声没有，一个泡泡也不冒。

我知道老先生的作品，传承得法、虎步龙骧，但是，我认定了时代前行的步伐。古人打磨过的平仄格律是精美的瓶子，今天接受九年义务教育、专升本以及硕博连读的学生们耳熟能详的普通话语音则是酒。把酒装进瓶子，不是一件美美与共的好事么？

万里长江要穿越三峡，九曲黄河何尝不是迂回前行？路上，别人是低调，我是别无选择地保持"默默无闻"的状态，那种孤独地，向诗和远方走去。

终于有一天，王君医生闯入我的生活。说他是医生，但并不看病，只是看看病人，而且还是使用令人担心的 X 射线之类的办法，不容解释，非得让人脱掉金戒指、金耳坠之类烦琐无用的身外之物。

更确切地说，是王君老师把我领进群里。三年多了，我说不上上道，更多的是"上了贼船"的感觉。那船动力十足，是老船，我是好奇的新手，老老实实地跟唱平水韵。未几，"对天对地，平日与人作对，不分日夜；联古联今，吉时润墨书联，可乐时光"，成了一种状态。其中一次，微信群出句"荷叶已田田，阵阵雷声催夏至"，对之以"藕茎将硕硕，丝丝风味待秋分"。不知不觉，陶醉了好几天。

在微信群中日对、夜对，不少的应景之作，码字堆词之感俯拾皆是。那种快对、速对，仅仅逞一时口快。王老师一语惊醒梦中人的一句话是：你与人作对，得有典故。这在许多次限定时间的对句中，留下几多尴尬，万幸没犯下大错。

微信群出句，各路联友起而对之。王老师带我进群，巩固了我与人作对的兴趣，也坚定了我与人作对的信心。抗疫伊始，联友以特有的方式互动，表达对白衣战士、英雄的礼赞。

钟南山，赴龟山，坐镇火神山，带领南丁医武汉；
杜少府，羁幕府，栖居茅草府，会当少壮治文章。
慌乱过春节，哀怨说封城，甚缘故疫情来楚天、悲泪入庚子；
振威如火神，竭诚为制药，大胸怀医护进江汉，信心饯恶魔。
贸易战，防疫战，何曾畏战？
传承年，脱贫年，期盼丰年。
芳辰渐暖，美月初圆，谁堪与我吟佳景；
举国不闲，爱心咸集，勿忘从中赞好人。

旧事重提，依然可见爱好者小家大国同呼吸共命运之心。就在 2022 年，"难忘下党"旅游景区向全国征联。笔者欣然应对"初心长廊"：

　　践诺证言行，有信不分先后；

　　立功留榜样，无私可鉴古今。

　　初心远志，读史峥嵘怀大国；

　　本色澄怀，登楼忧乐寄长廊。

　　既然喜欢"与人作对"，联作就是漫漫联程的注脚。否则，从"视履考祥"的角度，细数往去的日子，如何面对吴步韩那种"视茫茫，发苍苍，齿牙摇动"的遗憾？为何视陈维英题太古巢之"将愚公山移屋背，以智者水洗尘心"而不见？

　　江淘日夜东流水，地耸英雄北固楼。既然对在日夜，自当选胜登临。

乡愁是一缕炊烟

夏雨雪

我的家乡是一座山环水绕，民风质朴的小山村。20世纪七八十年代，我在这里度过童年到青少年的美好时光，这里的一山一水、一古屋一老树……都留下许许多多令人挥之不去的乡愁。

住，即人的起居住所，同时还赋予"家"的寓意。那年头，我一家人与左邻右舍是住在一座大老宅里，这座砖木结构的老房子，经过两三百年的日晒雨淋，不仅年久失修、空间窄小、光线昏暗，而且拥挤不堪。房前屋后还杂乱搭盖着猪圈、鸭舍，甚至有的家庭厨房白天用来煮饭，晚上却成了鸡窠。还有些村民居住的是，门低底窗小、的土木瓦房，这些土房子结构简陋，建造粗糙，甚至雨天漏水，冬天透风。20世纪80年代初期，村民自建了一些"四扇三"的砖瓦房，中间为前后厅，两边是厢房。建房用的砖块由村民到田间取土、摔坯、晾干后装进土砖窑中烧制而成。使用的木料是请亲友上后山采伐，再一根根扛回家……单门独院渐渐多了起来。春天里，一场细蒙蒙的春雨中，远处翠绿的山头像披上一层梦幻般的薄纱，傍晚时分，各家的屋顶飘起如水袖般的缕缕炊烟，构成一幅唯美的山村水墨画卷。

过日子，总离不开柴米油盐。那时，家里的一日三餐总是地瓜饭，下饭菜常年是黄豆子、芋头与咸菜，偶尔到供销社买点虾米、咸鱼或者肥猪肉。鸡蛋成了奢侈品，一般是用来招待客人或留给小孩子吃。遇上青黄不接之时，到亲友家里借米、借稻谷、借"番薯米"也是常有的事，如果再碰上歉收年景，村民就只能吃国家的"返销粮"。供应"番薯钱"的居多，拿回家后掺点大米煮熟后食用，讲究点的家庭，将"番薯钱"磨成粉，加点水团成饼状，放入饭甑中蒸熟后当主食。

改革开放以后，农村实行家庭联产承包责任制，粮食大获丰收。村民手中有了多余的粮食，在农闲的时候开始"蒸粿条""舂米粿"等，丰富饮食结构。食用油是田里收割的油菜籽或是上山采摘回来的油茶仔，晒干后挑到当地油坊换回来菜籽油与茶籽油。每家每户都养有一头大肥猪、几只鸡或是一群鸭，逢年过节杀猪宰鸡迎佳节。每年的端午节时候，村民就着手"掰白丸"，选上好的大米掺入一定比例的糯米，经过漂泡、磨浆、脱水、搓条，捏成一粒粒如黄豆般大小的小丸子，平铺在竹匾上晒干。吃的时候，锅中水烧热，抓上几把"白丸子"放入锅中，再把锅水烧开，盛入碗中，加一小勺白糖就能食用。如果再打入一颗土鸡蛋，口感则更加爽滑。由于口味香甜、煮食方便，特别适合村民夏天上山下地劳动时当作点心食用。冬季农闲时节，很多家庭都酿制红酒，用自产的糯米蒸熟后拌上古田红粬，再加入山泉水酿出来的青红酒，色泽红亮，口味香醇，而且还能舒困解乏。村民的日常饮用茶，是从大山里采摘回来茶叶，用大铁锅手工炒制而成，冲泡出来的茶水，汤色碧绿，滋味清爽，回甘绵长。

大杂院生活的那段时日里，最忆的是每年过"七月半"。村民们总喜欢在农历七月十五过后开始张罗过节，这时田间的"双枪"（夏季抢收抢种）劳动刚刚结束，忙碌了一整个夏天，总算可以歇一歇了，水田里养的番鸭也已长大肥美，杀一只鸭子，买一些海鲜，烧几碗农家菜，拿出自家酿的米酒来招待客人，亲戚朋友相聚在一起，其乐融融。只要谁家先"过节"，总会给邻居家端来一大盆的蝲蛄炖粉条给小孩子解馋。七月正是蝲蛄上市时，味道十分鲜美，与猪肥膘肉粉条炖煮一锅，就成了一道家常美食，时至今日，还寻味当年。

那年代，生活在乡村里的孩子，他们一起上学，一同回家。放假了，春天一起到大山里挖竹笋、采蘑菇、打猪草……夏天一起到小溪里捡溪螺、捞河蚬、摸鱼虾……俨然是放飞的风筝，自由自在，无忧无虑。

走进浦口中心小学

——连江县浦口中心小学诞辰 110 周年校庆专辑

百年筑梦，梦想成真

——庆贺浦口中心小学 110 周年华诞

林培森

甲午中日之战，小徒弟打趴了大师傅，大清丧权辱国向日本割地赔款。此时的大清，泱泱大国，积贫积弱，四万万人口，仅零头几十万人识字，洋鬼子称中国人为"东亚病夫"。

甲午之耻，唤起了吾国四千年天朝大国之大梦，梁启超在《少年中国说》中呐喊："少年强则中国强。"中华民国临时政府成立的第二年发出通令，改旧式学堂为"国民学校"。过了一年，"浦口国民小学"应运而生，距今正好 110 周年。

110 年，在漫长历史长河中，犹如电闪雷鸣，一瞬即逝。110 年，对人类是可遇而不可求的高寿，而对万代千秋的教育大业，却是青春少年时，风华正茂，意气风发。110 周年的浦口中心小学，始于拓荒，历尽艰辛，饱受风雨，终获丰收，令人欣慰，值得庆贺。

中学逢十庆典，已成常态，罕见小学校庆，浦口中心小学开了先例，相信会有更多学校效仿跟进。通常中等规模以上庆典，筹备工作都在三年以上，首庆、百年庆要花费更多时日。周高隆校长到任一年多，筹备工作秩序井然，堪称高速高效。史料丰富的校史馆，多姿多彩的校园十景，赏心悦目的师生互动场景，彰显独特的校园文化内涵。

教育是立国富国强国之良方，是治穷治愚的灵丹妙药。20世纪八九十年代，浦口中心小学与全县中小学一样，毅然放弃旧祠古庙，摆脱"螺丝壳里做道场"的尴尬，实现了"农村最好房子是学校，最优美环境是学校"的目标，而今蜕变成园林式文明学校。

百年风雨，百年沧桑，窑火不熄，浦水长流。窑山浦水传真火，后薪前薪永相随。110个年头，浦口中心小学校长、老师一任任地接棒，一任任地添砖加瓦，一任任地锦上添花。110个春秋，弦歌不辍，书声琅琅，校园沉淀了深厚的"崇尚向上"的文化底蕴，成为生机勃勃的人才苗圃。

水，生命源泉，人类永恒的需求。浦口小学弘扬"上善若水""向善向上"精神，顺应时势，求真求实，崇尚科学的办学理念，突出育人的核心内涵，办有特色学校，值得称道。当代一位著名科学家说："国家的现代化是在小学教育的讲台上实现的"，振聋发聩。小学教育任重道远，福建省首个"钱学森班"（小学）在浦口中心小学落地，值得珍惜。

"凡是过往，皆为序章"。莎士比亚《暴风雨》中的名言，是对过往的崇高敬意，也是对未来的期盼。第二个百年征程，新的起点，始于足下，相信浦口中心小学一定能够创造更加光辉灿烂的未来。

忆百年浦小发展历程

曾哲宗

　　浦口中心小学创办于 1913 年，办学 110 周年间，经历了校舍从借用民房到如今美丽壮观的综合大楼、教学设施设备从一无所有到现在各种设施设备应有尽有的曲折过程。

　　我于 1960 年 8 月分配到琯头学区，1961 年 2 月调至浦口中心小学，其后有两年时间在浦口山堂小学任骨干教师，1964 年再度回到浦口中心小学，一直干到退休。可以说，我见证了浦口中心小学逾半个世纪的发展历程。

　　20 世纪 50 年代，章德茂担任浦口中心小学校长期间，于 1958 年创办了一所"简师班"，招收学生 50 名，1959 年又招收学生 50 名，随即一所初中（即现在连江五中前身）应运而生，并建设一座砖木结构的中学校舍。1960 年夏，首届"简师"毕业，毕业生由县教育局直接分配工作。1961 年秋，闽侯专署体委下派郑义斌担任五中校长，浦口中心小学将初中班学生及校舍移交给他。

　　20 世纪 60 年代，东岱与晓沃两镇归属浦口管辖，当时学校没有办公楼，学生没有教室，都是借用民房，但逢学区开会，160 多位教师拥挤在滕氏宗祠大厅内，条件之艰苦可想而知。这个类似于学校办公室的宗祠，使用期达 60 多年之久。

　　浦口中心小学长期借用滕氏宗祠办学，学生则借用民房上课，当地群众戏言"只见钟声，不见书声"，意思是只听得见敲钟的声音，因学生分散在各处民房，听不见他们的读书声。1964—1965年，校长吴生淮任职期间，"四清"工作队进驻浦口，长期在浦口中心小学食堂就餐。1964年11月，一场大火将浦口镇300余户房屋烧毁，电线烧断，唯有学校才能畅通，"四清"工作队经常来校打电话。见办学条件如此简陋，建议学校给省厅打报告，申请校舍建设资金。时由副校长张国潘执笔起稿，然后由工作队直送至省教育厅。不久，两万元拨款顺利到账，随后又追加两千元。

吴生淮校长叫我负责选址事宜，我找到浦口大队长郑仁和，后者带我去了好几个地方，我都感觉不太理想，主要还是场地太小。几经勘察，最终才选定莲池丘田（即现在的中心幼儿园所在地），此址地处乡中心位置，既方便附近群众子女入学，又有200米跑道，符合办学条件，群众也喜欢。

建设校舍采购木材也是老大难。因为1958年炼钢铁木材被砍光，故而当时木材极度匮乏，吴校长派我从潘渡步行到小沧，购买旧厝木材。到了小沧刘厝里，我发现两座旧官家厝，便找村支部书记协商购买事宜，对方开价1800元，我讨价1600元，对方不卖，校长叫我先返回。我有个邻居在小沧搞秋征工作，后来通知我再次上去，说村里可能会卖。于是，我与谢承太老师，从蓼沿蒲边步行上去，结果又没能谈成，空跑一趟。

无奈之下，只能由浦口大队供应火灾幸存的木材20米，公社供应木材20米，县教育局供应木材20米，一共60米，拉开校舍建设序幕。

1966年3月，浦口中小心小学校长由赵善平接任，校舍动工前夕，我到县实小测量尺寸，照县实小的开间布局，按上四、下四、两梯间标准进行规划。

地基开挖那天，大队全部社员跑来当义务工，地基挖好，铺四层毛石条。到了夏天，已建成两层砖木结构的毛坯房。我接到新任务，要去省城采购玻璃，供应商已由领导联系好。临行，我备好现金400元，用穿孔带把钱装在里面，捆在腰间，乘道沃乌猪车轮抵达福州码头，在南星旅社与木工头"启仁司"交接，购4箱玻璃运回学校。

1966年7月，两层教学楼建好，恰逢台风季，遭遇8号12级台风（西南台）袭击。时值非常时期，有20多位老师因历史问题居住在楼下第三间，第四间关的是鸭群。台风来袭，鸭到处飞跳，鸭倌喊："老师，快出来，大风马上来了。"刚走出几分钟，四面走廊墙、楼樑、楼杠、楼板全部被飓风吹断压在地上，20多位老师幸免于难。幸好我与建筑队技术员程灵官未雨绸缪，事先将屋架两端用螺栓锁串砖档，然后用水泥凝固，才避免教学楼毁于一旦。

我当时负责学校总务工作，台风过后，第一时间组织人马着手修缮。木工与我协商，这次楼樑必须用两根木头并在一起，才能挡住飓风。果不其然，不久，12号12级台风又来袭（西北台），尽管屋顶瓦片被吹飞，建筑物却安然无恙。人类在自然界面前是渺小的，听说因为这两场台风，沿海地区房屋被吹倒很多，连瓦片都没地方买。

1972年滕风文校长任职期间，接过1966年建的4间排教学楼东边空地（食品站隔壁），扩建为上下两层各两间的楼房，作为教师生活区，并计划收回圹边几户私人自留地。此事引起一场大风波，后经公社党委郑厚基书记出面动员，征地工作才得以顺利开展。

浦口中心小学尽管教学环境差，却也吸引了周边群众特意送子女来浦口求学，如晓沃镇的晓沃村、百胜村，小埕镇的蛤沙村，东岱镇的东岱村、湖里村、山堂村、蝉步村、塔下村、洪塘村，浦口镇的塔头村、南档村、益砌村、柘尾村、官岭村等，浦口成为办学的中心点。20世纪70年代末至80年代初，浦口中心小学学生数高峰期达2700多人。省教育厅初教处处长来学校调研时说："全省小学，数霞浦一所小学和连江浦口小学最大，确是桃李满天下。"

滕国秀校长任职期间，由于园丁们勤奋教学，学生们立志攻读，浦口中心小学毕业班（七个班级）初考成绩连续七年位居县农村小学第一，实现七连冠。学校能取得这样丰硕的成果，与教师们的努力是分不开的，也博得上级领导与兄弟校的赞赏。20世纪80年代的一天，县教育局专门派工作组、巡视员来学校监考，对学校各项工作的开展情况表示充分肯定。

1980年，滕国恩担任浦口中心小学校长，时逢教育事业大发展时期，校舍紧缺，鉴于上级教育部门经费紧张，只能自筹资金解决。幸好当地大队大力支持，委派胡杨杰同志协助施工管理，在原莲池丘田旧校舍对面建了一座三层两梯间的教学楼，每层8间，共24间，坐南朝北，采用块石填基砌墙。

一层即将封顶之际，滕国恩调离，校长缪慈星接任。由于当时三材紧张，学校决定到琅岐岛购红砖砌墙，钢筋到三明钢铁厂采购，水泥则到罗源县购买他们的县产水泥。

到了20世纪90年代，不得不提到陈增璋先生。陈增璋是一位企业家，长期在福州从事建筑工程行业，晚年热心家乡公益事业。他看中了浦口中心小学现今所在地，在镇党委、政府的支持下，争取到教育附加费和"三提五统费"专项资金，加上个人捐款，共筹集资金120万元人民币，于1997年建起一幢两层教学综合楼。此教学楼以福州学校作为设计蓝本，由陈增璋先生兴建，落成后鹤立鸡群，格外引人注目。有一次，省厅督导工作队路经此地，问道："此座是哪一所中学？"校领导回答："是小学分校校舍。"工作队领导叹道："够大！"

毋庸置疑，陈增璋先生慧眼如炬，浦口中小学校现址是浦口地域地貌最美的地方，最适合作为办学场所，主要体现在以下几个方面：一、地方宽阔舒畅；二、不受周围群众干扰；三、前面操场可建成四五百米的跑道；四、有宽阔余地留给后人建设配套设施；五、四通八达，交通便捷；六、有企业家郑兴先生的后花园背衬，显得更加壮观美丽，也可以作为供师生游览的胜地。

浦口中心小学老校区 1966 年建的两层八间砖木结构教学楼，因遭受过两次强台风袭击，再加上年久失修，长期下来，也经不起师生脚步踏磨，很多地方楼板已经塌陷，师生在那里生活极不安全。陈希明、陈高书、王祯祥、滕国淦、滕国清等诸多老干部，退休后感念家乡，想回来为家乡办一些实事——办学无疑是意义重大的一件事，也是造福子孙后代的一件事。他们与当地党委、政府取得联系，想在改善浦口中心小学校舍环境方面做一些力所能及的努力，最大的心愿是在老校区建一幢新教学综合大楼。

建设离不开资金，必须群策群力。在县政府和浦口镇党委、政府的重视下，当地成立以离退休干部、经济能人为骨干的筹建小组，并组织浦口能人贤士走访省、市、县各单位，争取多方力量支持家乡的教育建设事业。在他们号召及带动下，广大干部、企业家、个体工商户及村民等 80 多家单位及个人踊跃献资，共捐助资金 230 多万元。

有了资金保障，老校区教学综合大楼于 1997 年 2 月破土动工。工程严格按照图纸设计施工，讲安全，重质量，整个过程由专人负责监督。经过 18 个月的艰苦营建，一幢全框架结构，6 层 40 间，集电教、美术、音乐、阅览为一体的多功能教学大楼竣工了。建成后的教学大楼，建筑面积 3758 平方米，可容纳学生 1500 多人，造型新颖，沿河环水，周边景色宜人。

2004 年秋，王金福校长调入浦口中心小学任职，对新校区得天独厚的地理环境大加赞赏，认为还有很大开发空间，与学校其他领导取得一致意见后，上报浦口镇党委、政府。为筹措建设资金，由时任镇党委书记俞传华带队前往陕西西安拜访郑兴先生。他们希望通过动员，让郑兴先生慷慨解囊，以完善校舍主配套设施，规划的主配套设施包括：教学楼添高至 5 层、教学楼头尾两端扩建为陈列营、办公室重新装修、充实系列教学仪器和体育设备、新建一幢教师宿舍、操场

300 米跑道铺设地毡、新建一个篮球场等。

　　郑兴是土生土长的浦口人，也是一名优秀的企业家，长期热心于家乡公益事业，曾捐助浦口的自来水厂建设，并投入资金支持饮水设施修缮、扩建、改良水质等，此外，还每年捐出一定资金，用于河道清淤清障。他心系家乡，不忘乡梓，听了俞传华书记、王金福校长来意，二话不说，决定捐资 1300 万元，用于浦口中心小学的主配套设施建设。

　　郑兴先生对此事十分重视，除了投入 1300 万元外，还专门聘请了一位设计师勘察现场，科学规划，合理布局，将整个中心小学校园的未来描绘成一张蓝图。为了保质保量，郑兴先生自己带来一支工程队，按照规划有序推进施工：首先把路边一座旧厨房拆除，改为教师停车场；其次将教学楼后面建为教师宿舍楼，双人套间，4 层计 27 间，底层做厨房、膳厅和教师文体活动场……建成后的新校园，占地 35 亩，建筑面积 7400 平方米，园林楼亭错落，曲径通幽，花草葱郁，一石一亭，一墙一水，无不彰显当地浓厚的人文底蕴。

　　浦口中心小学几经迁建，历经沧桑，由最初的祠堂庙宇教学场所发展到现今园林式的现代化学校，离不开浦口人民重教兴学的传统加持；浦口镇历届党委、政府的关心和支持，离不开当地企业家、领导干部、离退休干部和广大群众的慷慨解囊。他们有钱出钱、有力出力，纷纷为改变学校面貌各尽其能，功在当代，利在千秋。

　　办学历史悠久的浦口中心小学，在历届园丁的辛勤耕耘下，涌现许多优秀学子，他们在各行各业中发挥自己的智慧与才华，报效祖国，甚至敢于献出自己的宝贵生命。陈盛馨（别名增芬），抗日战争期间，击落敌机 4 架，有力挫败了日本侵略者的嚣张气焰，后献出了宝贵的生命，被追认为抗日民族英雄；曾庆勋，解放初期担任古田水电站工程师，古田水电站是我国第一座梯级水电站；滕通健，早年在医学院读书时参加地下党组织，随后在新疆乌鲁木齐军区担任军医，大校军衔；滕国瑞，早年参加革命，长期在叶剑英身边工作，大校军衔……新中国成立后，在高校就业、在政府机关任职的优秀学子，更是不胜枚举，如滕国际、吴三八、陈希明、陈高书、王祯祥、曾典、孙旭、陈玉平等，在此不一一罗列。

百年风雨兼程，百年辉煌如斯。回顾过去，我们无比自豪，展望未来，我们信心十足。衷心祝愿浦口中心小学发扬优良传统，为培育英才，再谱华章。

优秀校友郑兴

郑兴，1963年4月出生，连江县浦口镇人，浦口中心小学校友。西安兴正元实业投资集团有限公司董事长、西安市福州商会名誉会长、福建省金凤经济发展促进会监事长。历任陕西省第十届政协委员；陕西省第十二、十三届人民代表大会代表；陕西省第十一届、十二届工商联副主席；陕西省人民检察院人民监督员、陕西省人民检察院特约检察员；福建省慈善总会名誉会长等。1994年成立福建兴博实业公司，2000年积极响应西部大开发号召在西安成立兴正元集团公司。兴正元集团秉承"诚信、务实"的企业精神，立足"高效、创新"的企业文化，追求"和谐、共赢"的发展目标，已形成多元化、跨行业、跨地域的集团企业。

郑兴先生对国家、社会深怀感恩之心，积极践行社会责任，热心公益和慈善事业，累计捐款3600多万元，被福建省慈善总会授予"八闽慈善之星"。先后荣获"陕西十大杰出品牌人物""社会责任先锋——首届陕西十大责任企业家",被西安市委、市政府授予"西安市优秀中国特色社会主义事业建设者"等光荣称号。郑兴先生情系桑梓、尊师重教。2011年捐资1300多万元扩建浦口中心小学。2019年7月,捐资203万元成立浦口中心小学振兴教育促进会。2019年9月,成功引进全省唯一小学类"钱学森班"落户浦口中心小学。

优秀校友滕国际

滕国际,1944年出生,连江县浦口镇人,浦口中心小学58届校友,1964年9月考入上海交通大学铸造工艺与设备专业,毕业后先在福建建设兵团劳动锻炼,1971年10月分配到福州市马尾造船厂,历任检验员、工程师、铸造车间副主任,1984年9月任马尾造船厂厂部办公室副主任,1989年2月任马尾造船厂厂部办公室主任,1989年5月加入中国共产党,1990年12月任马尾造船厂副厂长。

滕国际同志于1991年11月任省经委办公室副处级调研员,1992年7月任省经委办公室副主任,1993年2月任省经委办公室调研员,1993年9月任省政府机关事务管理局副局长、党组副书记,1996年6月任省政府机关事务管理局局长、党组书记,1998年4月兼任省政府副秘书长,2001年3月确认为正厅级,是中共福建省委第六、七次代表大会代表,省政协第八、九届委员,2005年6月任省政协学习宣传委员会副主任,2008年退休。

优秀校友吴三八

吴三八，女，1955年出生，连江县浦口镇人，浦口中心小学校友。1979年9月杭州大学（现浙江大学）毕业后分配到连江县气象站工作。1989年11月任福州市农业委员会副主任，党委委员。1996年2月任福州市水产局党委书记。1997年3月任福州市委、市政府农业办公室副主任、党委副书记，市小康办、扶贫办主任（其间参加厦门大学研究生院学习并毕业）。1999年6月任福州市委、市政府农村农业办公室主任、党委副书记，市小康办、扶贫办主任。2002年1月至2006年3月，先后任闽侯县委书记、县人大主任、县武装部党委第一书记、福州市青口投资区管委会主任。2006年1月任福州市人大常委会党组成员、秘书长。

吴三八同志是福州市第十一届、第十二届、第十三届、第十四届人大代表，福州市第十三届、第十四届人大常委会委员。2001年12月当选福建省第七届委员会党代表。1998年5月被省委、省政府授予农村扶贫开发和小康建设先进个人。2000年12月被评为福建省第七届（1998—1999年度）精神文明建设先进工作者。1993年度至2001年度，连续五次评为福州市"三八红旗手"（两年一次）。2003年获得福州市"六赛六比"金奖。1999年5月发表的《扶贫-脱贫的探索》《福州市农村小康建设现状与发展的探讨》等论文，被中科院经济研究所评为中国经济发展与社会进步高级研讨会优秀论文。

海纳百川 有容乃大

周高隆

文化是一种力量，是一种激励，是一种精神，是一种追求。文化一般指能够看得见听得到或摸得着感受得到的价值取向、信念、知识、习惯、行为规范及生活方式等的总和。

学校文化，是一所学校办学理念、文化观念、历史传统的集中体现，是被学校大多数成员认可并遵循的群体意识、价值观念和生活信念，是学校文化建设的核心内容和灵魂所在。文化建设，理念先行。

从事学校文化建设，不管从哪一点入手，只需取中华文化百川中之一滴水，学校、教育就会闪烁其灿烂的光彩。在文化百川中真正把握住一滴水并非易事，如果我们已经抓住了一滴水，就要让这一滴水变得更加晶莹剔透。

学校概况

连江县浦口中心小学历史悠

浦口中心小学校长周高隆

久，创办于 1913 年，是一所具有百年历史的学校。几经迁建，由最初的祠堂庙宇教育场所发展到目前园林式的现代化一流小学。校园占地面积 35 亩，2011 年在浦口乡贤郑兴先生鼎力捐资下得以扩建，建筑面积达到 7400 平方米,分为学习、活动、生活、休闲四大功能区。园内楼亭错落，曲径通幽，花草葱郁，园林式围墙绵延起伏,环境优雅。学校设施完善，功能配备齐全。钱学森 VR 教室、图书室、阅览室、音乐室、美术室、电脑室、科学实验室等专用教室一应俱全。操场上 50 米浮雕群与原生态瓦脊橱窗展现了浦口独特的历史文化。一条锦溪从操场边上经过校园，终年不竭。桥跨其上，云浮水面，鱼游水中，构成了校园独具魅力的景观。

在"上善"理念引领下，全体师生凝心聚力，团结奋进，学校各项事业蒸蒸日上。连续三届获得连江县文明学校荣誉；2018 年 9 月，福建省刘仁增名师工作室首个研训基地落户浦小；2019 年 9 月，连江县首个国家级小学"钱学森班"在本校揭牌；2021 年 6 月获评福州市文明校园；并曾获得"福州市第四届学校艺术周活动先进单位""福州市先进工会组织""连江县先进基层党组织""福州市红旗大队""福州市校园足球连江赛区小学甲组冠军"等多项团体荣誉；2019 年以来，连续四年获评"教学质量标兵学校"；学校现有多名市县级骨干教师、数十位教师获国家、省、市级荣誉。

学校文化建设的核心理念

"上善教育"的文化溯源

"上善"取之于思想大家老子的至理名言："上善若水"，老子《道德经》第八章中写道："上善若水，水善利万物而不争，处众人之所恶，故几于道。居善地，心善渊，与善仁，言善信，政善治，事善能，动善时。夫唯不争，故无尤。"这段话的意思是，最高境界的善行就像水的品性一样，泽被万物而不争名利。它停留在众人所不喜欢的地方，所以接近于道。人们择位而住要像水那样安于卑下，心境要像水那样深沉，交友要像水那样相亲，言语要像水那样真诚，为政要像水那样有条有理，办事要像水那样无所不能，行为要像水那样待机而动。正因为他像水那样与万物无争，所以才没有忧虑。老子的"上善若水"论述，虽然是在两千多年前，但至今细读，仍然让人大彻大悟，无一句不是至理名言。中国传统文化强调"仁者近山，智者乐水"，寄情于山水之间，问道于山水之性，是中国文人雅士的治学传统。从水的物理与化学变化形态中，中国历史上的思想家往往可以引申出许多人生哲理，如"水净万物"——包容接纳；"滴水穿石"——以柔克刚；"化雾如露"——能上能下；"寒冰似铁"——百折不挠；"涓滴成川"——聚少成多；"润物无声"——大济天下；"腾云驾雾"——功成身退……说明水虽然无色、无味、无骨、无表、无形、无争，但却充满了自然之善、惠泽之善、利他之善、谦下之善、容纳之善、隐忍之善、入境之善、变通之善……可谓善时而进、善地而适。"上善"与"至善"兼而俱有。所以，中国文化从"水性"中悟出"上善"真谛，"上善"具有融物怡情、体能言志的价值取向，"上善教育"也就具有了教化明理、启蒙养正的教育功能了。

"上善教育"的地域文化

浦口镇位于连江县东部，敖江入海处北岸。浦口中心小学地处浦口镇，背山面海，坐落在两条高速公路之间，前面就是连江母亲河敖江，滚滚江水穿越凤城后到浦口奔腾入海，成为学校远眺近观的一道风景线。所以"浦口"是入海口，浦小亦是少年英才汇聚成长的"入海通道"。海纳百川，有容乃大，地理区位优势成就了浦口镇的历史发展，滋养了一方水土、一方百姓、一方文化，也润泽了浦口镇的人文底蕴和教育传统。历史上，浦口镇人才辈出，耕读文明和渔读文明负有盛名，对教育支持、对教师尊重、对学生关爱成为乡风民俗，学校在成长过程中还得到众多村民乡贤的实际支持，特别是政绩斐然的官员和事业有成的企业家对学校教育和校园建设鼎力相助慷慨解囊，成为乡间源源不断的文脉续承，也是学校不断发展的力量所在。2011 年，在浦口乡贤郑兴先生的大力捐助下学校得以扩建，此乃大善。大善若水与如水之善在此交融、汇聚，善因教育而弘扬，教育因善而出彩。因此，纵观浦口中心小学的历史发展脉络，所在乡镇的民风传统，以及学校地理位置和校园形势格局，贯穿着敖江滔滔不绝、向前奔腾精神，体现了敖江森森的宽广气度和博大胸襟。所以，学校办学理念的提炼应该以"水"为主题，以"敖江"为寄托，以"浦口"为寓意，从中选择"水性"教育价值，勾勒出"若水""似水""如水"的柔性、韧性、明性，从中体会水的情愫、情怀、情致，要求做人善良、做事善于、追求至善至美，那么"上善若水"这个价值取向就顺其自然推出，成为浦口中心小学的办学理念首选，也成为浦口中心小学校园文化最为贴切、最为根本的核心关键词了。

"上善教育"的学校背景

《国家中长期教育改革和发展纲要》明确指出："坚持以人为本""全面实施素质教育"是教育改革发展的战略主题，是贯彻党的教育方针的时代要求，其核心是解决好培养什么人、怎样培养人的重大问题。育人必先立德，立德才能育人，为此，要坚持德育为先，加强中华民族优秀文化传统教育和革命传统教育。把德育渗透于教育教学的各个环节，贯穿于学校教育、家庭教育和社会教育的各个方面。最近几年，"道德滑坡"成为国人的普遍忧虑，民众个体过于强调自身利益，而对他人、社会、自然以及生命缺乏应有的关爱，这在某种程度上折射出学校教育和社会教育的一大缺陷。因此，以"上善"为视角，以"上善教育"作为办学核心价值来打造学校文化，从而推进"以德为先、立德树人"的办学新格局形成，具有十分迫切的现实意义。

浦口中心小学办学长达百年之久，但历史传承中还缺少积淀的留存，现代发展中也缺乏深度内涵的挖掘整理，尤其缺乏高屋建瓴的办学理念提炼，没能表达出高度概括的价值追求。也因为这样，学校办学特色尚不够鲜明，在一定程度上影响了学校品牌的提升。目前，学校追求办学质量精益求精，提升品牌的影响力，更需要学校精神的重塑与引领。未来几年，是推进浦口中心小学跨越发展、科学发展的关键时期，建设特色学校势在必行。而"上善"是对美好办学品质的追求，更是对卓越学校前景的追求。"上善教育"的践行，将为学校打开发展的新思路、新格局、新阶段。

所以，从文化传承、地域背景、学校发展出发，我们将"上善教育"作为学校的办学理念，以此希望成就浦小和谐、健康、持续发展之愿景。

"上善教育"的理念体系

"上善"二字可拆可分，合为一体是取自"上善若水"。如水之善，德被四方；分开则为"上""善"二字，"上"——天天向上，代表积极向上、努力进取、争先创新；"善"——初心向善，包含善良、美好和善于、擅长两方面的含义。"上善教育"旨在立德树人，塑造学生优秀的道德品质，促进学生全面又有个性的发展。

"上善教育"的办学理念体系：

学校精神：上善若水；校训：向善 向上；校风：谦和 勇毅；

教风：博爱 博识；学风：善思 灵动。

学校精神——上善若水

以水为视角，以"上善若水"为办学理念，为学校未来发展建构了总体价值框架，据此，我们确立"上善若水"为"上善教育"办学理念的核心价值所在。核心理念是用于指导学校教书育人、办学治校活动的哲理准则，是一切办学规则的逻辑起点，是学校文化的灵魂。确立"上善若水"的核心理念，不仅使课程体系、办学特色和教书育人的各项活动有了一根红线连接，也为今后在校园中营造"若水文化"奠定了思想基础。弘扬"上善精神"，追求"上善境界"，从而建构鲜明的学校个性，最终将为建成"上善之校"指明方向。

"上善若水"，强调学校教育如水之"上善"，像水的品性一样，泽被万物而不争名利；要求教师形成如水的师德师能，厚德广识，博学善教，春风化雨、润物无声，用真诚的爱善待每个学生，尊重、关爱、激励、发展每个学生；要求学生形成如水的自强不息，善于修德、善于求知、善于健体、善于审美、善于合作、善于实践，思维像水那样深沉，交友像水那样相亲，言语像水那样真诚。

为此，学校要提炼出"水之八德"，进一步拓展延伸"上善若水"的内涵，使之成为学校"上善教育"特色文化的重要链接，成为全校师生共同守约的行为准则。"水之八德"的要求如下：水润万物的奉献之德，奔流不息的进取之德，水滴石穿的坚韧之德，水准持平的公平之德，源头活水的创新之德，虚怀若谷的谦逊之德，海纳百川的包容之德，流水不腐的清廉之德。这"八德"，构成了学校发展底蕴和学校的内在精神。

校训——向善 向上

校训是广大师生共同遵守的基本行为准则与道德规范，它既是学校办学理念、治校精神的反映，也是学校文化建设的重要内容，是一所学校教风、学风、校风的集中表现，体现文化精神的核心内容。

"向善、向上"是对"上善若水"内涵的挖掘与提炼。善，指一切美好的事物和善良的行为；上，指要求高、向前推，攀登高峰。向，志的趋向，指努力朝着远大的目标前进。

向善——初心向善。让人拥有如水的善念、如水的德行、如水的胸怀——心地善良，有仁爱心、正义心、责任心、存善心、行善事、做善人。

向上——天天向上。让人能够如水般自强、如水般坚韧、如水般灵动——志存高远，积极进行，天天向上，有活力、有执行力、有意志力和创造力。

向善是对美好德行的追求，向上则是对卓越品质的追求，这两者合二为一，给了师生的"诗与远方"的美好未来。

校风——谦和 勇毅

谦和

水之本性谦和——水不与物争，谦有卑，且敦和。水乃万物之源，论功勋可得颂辞千篇、丰碑万座。可它却始终保持一种平常心态，不激不扬，哪儿低往哪儿流，哪里洼在哪里聚，甚至愈深邃愈安静。

谦和，即谦逊平和，是一种虚心向善、心如止水的境界。谦，不骄不躁，恭敬有礼；和，含有和蔼、和气、和善之意。《晋书·良吏传·邓攸》言道："性谦和，善与人交，宾无贵贱，待之若一。"体现在学校人际交往中，谦和之风气散播，要的是谦虚，是和谐，是师生关系的和美融洽。致力谦和，即每一位教师和每一位学生都要做到虚怀若谷，彬彬有礼，又要和他人平等相待、和睦相处。

勇毅

水，动静皆宜。静则平和，动则奔腾。一旦形成高低势差，水则勇敢向前，形成无限功能，既可融合百川，又能滋润四方，而且亲和力与驱动力同时具备，一旦融为一体，就荣辱与共，生死相依，朝着共同的方向义无反顾地前进，故李白有"抽刀断水水更流"之慨叹。因其团结一心，威力无比：遇洞则穿，遇隙则渗，遇阻则绕，勇往直前，"千条江河奔大海，一江春水向东流"。水的这种凝聚力量、奔腾不息的品性延伸到教育，可谓"勇毅"。

勇毅，即合力抱团，勇往直前，意志坚定，能力非凡，要求师生们团结协作，勇攀高峰，刚毅坚强，追求卓越。

教风——博爱 博识

博爱，爱的极高境界。水最有爱心，它润泽四方，广济天下，奉献而不图回报。水是生命之源，孕育万物，滋养生灵，它养山山青，哺花花俏，育禾禾壮，从不挑三拣四，也不彰显自己。爱，是教育之首，是师德的核心。夏丏尊说过："教育不能没有情感，没有爱就如同池塘没有水。没有水就没有池塘，没有爱就没有教育。"教师要用自己的爱心浇灌学生的成长，尊重每一位学生、了解每一个学生，以博爱的胸襟气度来帮助每一个学生成长。

博识，"海纳百川，有容乃大"。水之威力巨大，乘风便起波涛，轰轰烈烈，激浊扬清，汇聚而成江海，浩浩森森，深不可测。水之容量博大，启示教师要"博识"。博识，指学识渊博，见多识广。作为教师，应纵览八方，博采众长，厚积薄发，具备大学问。

博爱、博识，要求教师德才兼备，既有人格魅力，又有学识魅力。

学风——善思 灵动

水善于变化、灵活。它因时而变，夜结露珠，晨飘雾霭，夏为雨，冬为雪。它因势而变，舒缓为溪，陡峭为瀑，深而为潭，浩瀚为海。它因器而变，遇圆则圆，逢方则方，故曰"水无常形"。水因机而动，因动而活，因活而进，故有无限生机。放之教育，学生也要如水般，不拘束、不呆板、不僵化、不偏执，善思、灵动。

善思。孔子在《论语》中说过，"学而不思则罔"。强调学习要经过思考，不思考就会迷失方向。善思，即善于思考、乐于思考、主动探究。

灵动，活泼不呆板，富于变化。学生要掌握学习方法，灵活变通，思维活跃，勇于创新。

有人说，"一所办得好的学校，应以它的文化而著称"。优秀的学校文化需要办学理念的厚植与积淀。办学理念一旦形成，就需要踏踏实实的内化与践行。希望通过上善课程的实施与践行，以此弘扬"上善精神"，追求"上善境界"，从而建构鲜明的学校个性，最终将建成"上善之校"。

寄语如寄心

——陈盛馨抗战《寄语》赏析

阮道明

《寄语》

一

诗术报国恨无方，今幸获偿自觉光。

我期杀敌吞三岛，国仇累世永难忘。

二

一介书生志请缨，同床夜话恨临行。

他时得遂凌风志，杯酒邀君话别情。

人们对于哺育自己成长的祖国母亲而言，感情总是深厚的，当祖国受人侵犯或凌辱时，必然挺身而出，誓死捍卫祖国尊严。这首诗写得正是作者一心报国的情感真谛。

全诗由两首组成，构思新颖，别具一格。诗可言志，是阐述心灵的文学艺术。

空战英雄陈盛馨

"诗术报国恨无方，今幸获偿自觉光。"作者陈盛馨，字增芬，1912年，出生于福建省连江县浦口镇一个农民家庭。早年时曾就读于浦口滕氏祠堂师熟班，开头直接点出自己1928年到福州三民中学读初中，1931年转入省立福州中学（福一中）。在校勤学苦练，品学兼优。好文学，喜体育，锻炼身体，准备报效祖国，生动地写出作者报国"恨无方"的急切心情。这首诗，流露了陈盛馨年轻时学业、理想执意读书报国心态。

然而突发"九一八"事变后，进步思想熏陶的陈盛馨爱国心切，对日本侵略者的愤慨，表达了为祖国救亡图存而投笔从戎的愿望。时任学校抗日宣传队长的他，经常深入福州街头、东门、鼓岭、横屿一带宣传抗日主张。他还经常在福州《小民报》《南方日报》等副刊上发表爱国诗歌，慷慨激昂地抒发自己的爱国之情，作者认为这是十分荣光的事。

1933年，陈盛馨毅然考入杭州笕桥空军学校，圆了他当航空兵的梦想。在空军学校学习期间，他勤学苦练，成绩优异。1935年6月，他从空校驱逐兵科第四期毕业。12月被任命为空军少尉飞行员，编入当时空军九个大队中最优秀的第四大队，驾驶新式的美制"霍克"双1发动机战斗机。他常以"我期杀敌吞三岛，国仇累世永难忘。"诗句与同学共勉，说："列强之所以敢于欺侮我国者，不过凭借海空优势而已，我投考空校，期在空中杀敌。"充沛的情感以及丰富的意象，高度集中地表现爱国者坦荡的精神世界。

"一介书生志请缨，同床夜话恨临行。"这两句诗写得精彩，为人们所称道。作者抓住出征前夕，与航校诸同学聚会的一个场景，临别时，全班除合照集体相外，他更与同学互赠相片，以诗互致良好祝愿，表达自己即将驾机飞向蓝天痛歼来犯之敌时既喜悦又感慨的复杂心情。"恨临别"依依不舍的神态似乎跃然纸上，传神而静默。巧妙地从侧面表达自己的深切感受。时任国文教师唐瀛波（省立福州中学校歌 1936—1944 词作者），曾说他的诗"有陆放翁文风"。

"他时得遂凌风志，杯酒邀君话别情。"后两句直接写作者上征程的豪言壮语，苍茫的悲壮的诗抄，是对一个家国精忠的诠释，造就了陈盛馨英勇气质。1937 年 8 月 13 日，日军大举侵犯上海，次日敌机入侵杭州上空，陈盛馨奉命驾机出击，痛歼敌机 2 架，8 月 15 日又击落敌机 2 架，给日本侵略者以迎头痛击。8 月 25 日，陈盛馨奉命出击上海大场日军炮兵阵地，及在川沙口登陆的日军。我空军恶战中，击落敌机 6 架，9 月他升任为 21 分队副分队长。1939 年 3 月，奉命保卫武汉，在队长李桂丹率领下，陈盛馨与战友共击落敌机 12 架，身负重伤。11 月他升任为 21 分队正队长。12 月 30 日他率队参加柳州空中大会战，以击落敌机 8 架，而我机无一伤亡的战绩，荣获空军总部特令嘉奖。并以陈盛馨作战英勇，指挥有方，下令调 21 分队到重庆保卫陪都。1940 年敌机屡屡空袭重庆。陈盛馨身先垂范，多次临空指挥作战，当年集体共击落敌机 39 架。1941 年 5 月 20 日，敌机侵袭兰州，陈盛馨率战机奋勇迎敌，独歼敌机 2 架，所率战机全部安全返航 。陈盛馨屡立战功，于同年 12 月擢升荣任第四大队副大队长代行大队长职务，晋级中校，荣获三星奖章。他深感责任重大，"余任此职，实感兴奋与光荣，愿与大家共同勉力，为国立功！"众飞行员为盛馨慷慨陈词所感动，决心奋勇杀敌报国。战场上生离死别是一种现象，"话别情"这话似是对送一同上前线的人说的。也似是自

陈盛馨故居

勉。语言蕴藉而豪迈。体现了作者为国牺牲，视死如归的乐观精神和豪迈的壮志。

诗歌记载了陈盛馨心迹的点点滴滴，也记载了坎坎坷坷的生命轨迹。1942 年 8 月 3 日，陈盛馨驾驶俄式战机试飞，因机械失灵，不幸以身殉职。国民政府授予"烈士"称号，陈盛馨的名字庄严地镌刻在南京"抗日航空烈士纪念碑"上；陈盛馨的英雄精神永垂不朽！蒋介石亲题"英勇可嘉"匾牌予以表彰。1996 年 11 月中共《福建党史》发表了《中华战鹰威震敌胆——记抗日空战英雄陈盛馨》文章，肯定陈盛馨的壮烈一生，不愧为抗日民族英雄！

陈盛馨投笔从戎，他抗战诗抄表明诗人虽然沉痛，但自信。他坚信总有一天中国人民定能光复失地。会把日本鬼子赶出国门。诗的情调悲壮且激昂。品读陈诗用笔曲折，情真意切地表达了诗人驾机出征时复杂的思想情绪和他忧国忧民的爱国情怀，既有对日寇的无穷痛恨，也有对神圣事业必胜的坚定信念。全诗有悲的成分，但基调是激昂的。诗的语言浑然天成，没有丝毫雕琢，全是真情的自然流露，真诚而有力地打动我们的心。

（本文 2015 年获福州市"兴榕杯"暨"纪念抗战胜利 70 周年"征文一等奖。）

不待扬鞭自奋蹄

江旭升

浦口镇有一位"80后"，几十年如一日热心于家乡的公益事业，尤其对少年儿童教育事业的夯实与发展倾注了大量的心血，他以春风化雨、冬日暖阳般的大爱，呵护祖国花朵智、富、立、强。他就是拥有 50 年党龄，退而不休的老干部——陈增佺。

仲夏，一场豪雨浇灭了连日来的燥热，满架蔷薇一院香的假日下午，我们来到浦口镇浦东社区公益事业理事会办公室。怎么事先已电话约好的陈老先生不在呢？正当我们疑惑之际，从外面走进来一位寸头短发、国字脸、身材硬朗、精神矍铄的长者，我心想这位应该就是我今天要采访的对象。只见他一边擦拭脸上的汗珠一边说："小区公园里的几盏照明灯坏了，刚才去换了个新的，耽误了点时间，让你们久等了……"

陈增佺，1943 年出生，浦口中心小学校友。他 1963 年参军入伍，历任铁道兵战士、班长，1968 年退伍返乡，任浦口大队支部书记。

浦口街地处敖江北岸入海口，地势低洼，人口密集，群众日常饮用水不是井里打，就是江里挑，每逢旱季，井水枯竭，江水浑浊，群众就得四处寻找水源，既不方便，又不卫生。看到这一情况，陈增佺想，要彻底解决群众饮用水的问题，唯一的办法是兴修水库，引水入户。于是，他与大队两委一班成员查找资料，制定可行性方案，用自己坚实的脚步，丈量浦口的山山水水。库区选好了，资金缺口怎么解决？技术上的难关怎么攻克？物资上的匮乏怎么保障？这一道道坎，都需要陈增佺一一去破解。白天与工人们忙于工地，夜晚挑灯夜战寻求解决问题的途径。功夫不负有心人，经过一年多的艰苦奋战，水库终于建成，甘甜清澈的自来水引入千家万户，群众拍手称赞，连当初表示质疑甚至反对的小部分村民，也对这位年轻的支部书记刮目相看。

浦口街人口最多时达 2 万多人，在校小学生就超过 2000 多人。每年台风季节，江水暴涨，海水倒灌，敖江下游一片水乡泽国。浦口小学属于重灾区，洪水所到之处，道路被淹，教室、课桌椅等教学设施浸泡在洪水中，损坏严重。洪水退去，到处一片狼藉，同时还存在一定安全隐患，严重影响学校的正常教学工作。如何能让孩子们有个舒心安心的学习教育环境？再穷不能穷孩子，陈增佺通过多次实地调查研究，决定将浦口小学整体搬迁至后山一地势较高处。这一地方原是村办的畜牧场，个别人觉得这样一来，村集体财产将会受到损失，而陈增佺却认为，教育乃百年大计，这点小损失算不了什么，因此他大胆决策搬迁，提申请，忙设计，跑上级党委政府，联系乡贤能人……1987 年，浦口中心小学终于完美竣工。此时此刻，我们一行走在校园里，宽敞的体育场，亮丽的教学楼，四处绿树红花，一阵朗朗读书声随风飘来，成了炎热夏天里一串最美的音符。

社区公益事业理事会办公室墙壁上一面"公益无疆，善德永存"的锦旗，引起笔者的注意。据了解，送锦旗者是浦东社区的一对夫妻，两人都身有残疾，家里经济条件不宽裕，19 岁的小孩前几天不幸查出脑出血，急需巨额医疗费，对于这样一个特殊的家庭来说，这无疑似晴天响起了一声惊雷。正当夫妻俩万分着急之际，理事会成员获知这一情况，立即启动响应机制，发出募捐通知，接待热心人士。

陈增佺不仅鼓励群众踊跃认捐，而且还带头捐款 2000 元。众人拾柴火焰高，不到一周的时间里，理事会就募集到资金 8 万多元，并将款项送到夫妻俩手中，孩子的病得到及时医治，现已转危为安。"下一步，理事会将持续跟进这一家人的生活工作，争取多方力量帮扶，让他们尽快闯过难关，走出困境。"陈增佺老先生如是说。

浦口街历来人多地少，能拥有一座供居民休闲娱乐的街心公园，成了当地人的期盼。利用废弃水闸水塘建立起来的浦东公园，历经三任村委班子都不能竣工，成了烂摊子。民之所愿，我之所向，陈增佺老先生积极协调沟通各方关系，努力筹措建设资金，经过多方奔走，一座小而美小而精的浦东公园呈现在人们眼前。公园建好了，对日常光电、绿植、卫生等的维护管理，陈增佺老先生总是身体力行，亲力亲为， 只要自己动手能办好的事，绝不请工代劳，不乱花一分钱，因此公园里每天都能见到他忙碌的身影。

入夜，华灯初上，浦东公园凉风习习，两棵百年大榕树如两位神态安详的老人，静候周边村民的蜂拥而至。伴随着动感十足的音乐节拍，村民们踏着轻盈的步伐，将这里当作他们的舞台……

一抔乡土育衷心 半生耕耘化春雨

——记浦口中心小学原校长滕国秀

孙子衿

滕国秀校长

　　许多年前的浦口中心小学，长期借用民房与宗祠办学，教学环境简陋艰苦，然而浦口辖下各村落，乃至临近乡镇的民众，却争相将子女送入该校就读。原因只有一个，那就是浦口中心小学的教学质量，遥遥领先其他乡镇，是十里八乡的百姓眼中，最值得托付孩子的地方。

20 世纪 80 到 90 年代，有一位传奇校长，开启了浦口中心小学的黄金时代，他就是已故的优秀教育工作者滕国秀，1983 年至 1997 年任浦口中心小学校长。

治学务真 治学务严

20 世纪 80 年代，浦口中心小学的学生数量突破 2700 人高峰，省教育厅初教处处长曾言："全省农村小学，就数霞浦县某小学和连江浦口中心小学学生数量最大，确是桃李满天下。"

这样一艘"巨轮"，却并不笨重，反而能在百舸争流中拔得头筹，连续七年荣登全县农村小学初考成绩榜首。县局下派工作组来校巡视，始知该校教学质量名不虚传。1988 年，全县教育质量大会选在浦小召开现场会，一时间引起轰动。

而浦小"七连冠"的荣誉，就是在滕校长任内获得的。他一上任，就锐意革新，狠抓教学质量。每个年段，小到平时小考，大到期中期末考试都严格把关，同年段教师交叉监考，力求考出学生真实的学习成果，作为评估教师业绩的准绳。如此一来，教师之间形成良性竞争，对学生的学习真正负起责任。

同时，滕校长也不忘加强行政班子建设，任职期间，每周召开行政班子会议和教师大会，明确班子成员分工，使各项工作落实到位。内部稳定的行政班子、高水平的工作效率，为学校教学质量保驾护航。

软件过硬 硬件升级

过硬的教学质量，证明浦小办学的"软件"已然优越，但仍需硬件升级，这艘"巨轮"才能行稳致远。

长久以来，各级领导干部心系浦口教育事业发展。陈希明、陈高书、王祯祥、滕国淦、滕国清等浦口籍领导同志，退休后心系家乡，想为家乡做一番贡献，造福子孙后代，遂决定在浦口中心小学兴建新校舍。

于是，在浦口党委、政府的领导下，以离退休干部及其他有经济能力者为骨干的浦口中心校新校舍筹建组成立了。他们决定集八方之力，在浦小建设一座多功能的现代化教学综合大楼。

筹建期间，滕校长东奔西走，为校舍建设事宜殚精竭虑。为了征地，他花费大量时间精力，下沉各个乡村，做通群众的思想工作；为了筹资，他放弃与家人团圆，中秋节遍访浦口乡贤及县域各部门浦口籍人士，共筹得资金 200 余万元，这在 20 世纪 90 年代，是一笔相当可观的数目。

1997 年，浦小新校舍动工，标志着浦口镇的教育事业步入新的发展阶段。

建设期间，滕校长深入工地一线，每日一顶草帽，亲力亲为参与施工与监工。他极重视工程质量，亲身参与工程材料采购，要求工程建设自始至终必须有人全程看管，确保工程质量万无一失，经得起各级台风、暴雨和长久年月的考验。

经过 18 个月的艰苦建设，一栋 6 层、含 40 多间教室，融合电教、音乐、美术、阅览等功能为一体的多功能综合大楼拔地而起。浦小的孩子们终于能像县城的孩子一样，用上现代化的教学设施。从此，浦小的发展翻开崭新的篇章。

硬件升级后的浦小，很快迎来了一次难得的机会：代表连江县参加全省体育教育检查。当时，坐拥 400 米专业跑道的小学，在我县凤毛麟角，浦小又一次给浦口镇和连江县增了一分光！

其人其事 其心其德

滕校长为浦口的教育发展做了许多实事。他平日的工作事项多如牛毛，却从不会蛮干，总会抓住关键点和中心任务，以清晰的思路和以直接有效的方法，让问题迎刃而解。滕校长的治校之道，不只蕴涵了为人处事的智慧，更蕴涵了细致入微的人文关怀。

曾经，选派教师支边是各校公认的难题，有的教师不愿背井离乡，与学校产生矛盾。但在浦小，却有许多老师自愿报名加入支边队伍，原因只有一个：他们非常信任滕校长。

滕校长做动员工作，总能深入人心，并且充分尊重教师意见，对每个人的难处都予以理解，并尽力为他们排忧解难。临行前，支边的老师都会收到滕校长暖意融融的礼物——一碗饯行的太平面。在连江，太平面不仅意味着对远行者的祝福，更寄托着家中亲人的牵挂，职场上，这份情谊何其难得。一个可以成为亲人的校长，一所可以成为家园的学校，是远行支边老师们难舍的乡愁。

滕校长不只擅长做动员工作，更是切实维护教师的切身利益。职称评聘，他历来秉持公平公正的原则，一丝不苟。有一回，有位老师的职称评聘材料因故报送不及，滕校长二话不说出门去，亲自帮这位教师将材料送至县局。返程途中，所乘的摩托车发生意外，他从车上摔落，受了伤。浦小曾有一位教师患了精神疾病，滕校长对他十分关心，帮助他解决了孩子的就学问题。有的年轻教师有了家庭纠纷，滕校长也会从中调和，帮助化解。学校一旦获得各类荣誉，他永远不居功，而是将荣誉让给行政班子成员以及下属各分校，自己不贪恋一分一毫。

这样的校长，就像大家庭中的大家长，刚正不阿，又亲切可靠，师生们受其感召，无不努力认真，团结向上。因此，滕校长任内，浦小从未出现过大的矛盾，大到学校整体维稳工作，小到各班级的建设，全部有条不紊、平安祥和地进行着。这一切都源于滕校长的人格魅力，源于他工作与处世的智慧，更源于他有一颗真正关怀人、尊重人的良善之心。

不舍讲台 不忘初心

滕校长毕业于闽侯师范，因成绩优异，毕业后留校任教，后又辗转回到故乡浦口，担任教导主任三年之后，升任浦口中心小学校长。滕校长留给许多人最深刻的一个印象，是他的普通话发音非常标准，且语音悦耳，能吸引人认真聆听。滕校长的博闻强记，更是令人佩服，他记得语文课本上的每一篇课文，甚至在重病之后，忘了家里的事，忘了家人，对课文内容也能对答如流。有一回，他的儿子听他在念叨什么，上网一查，原来父亲在一字不错地背诵一篇课文。

非是将教育事业热爱到骨子里，非是对教师职业怀有最大最真的热忱，定然做不到在承受病魔侵袭过程中，仍对三尺讲台的点点滴滴念念不忘。

斯人已逝 斯魂不灭

滕国秀校长就是这样一位令人尊敬、令人景仰的教育者。病重期间，他教过的许多学生纷纷从各地赶来探望，他们当中许多业已年迈，有的身居要职，但仍不忘这位和蔼可亲的老师，这位曾对他们的童年产生不可替代意义的老师。他不仅给浦口中心小学带来了众多荣誉，也为该校锚定了未来的方向，推动浦小这艘"巨轮"，在无涯的学海中，长风破浪，勇往直前。

斯人已逝，浦口百姓会永远铭记这位朴实而伟大的乡亲，连江教育界会永远怀念这位杰出的教育工作者。

一枝盛开的花

——记浦口中心小学第一位女校长邱灵芳

陈道先

成吉思汗说过："越不可越之山，则登其颠，渡不可渡之河，则达彼岸。"

2018年8月，浦口中心小学迎来了百年校史上的第一位女校长——邱灵芳。2022年4月，她离开浦口中心小学，荣升为县三附小校长。

邱灵芳优雅美丽，端庄干练，如一枝盛开在浦口敖江边的花，馨香馥郁。前后不到四年的时间里，她是如何把浦口中心小学打造成连续三年获得全县民众瞩目的"连江县教育质量标兵学校"呢？

邱灵芳校长

抓教学，从常规开始

曾经的浦口中心小学及辖区的几所村校，大都在村里的祠堂或庙宇教学与办公，办学环境极差。在各级党委政府、各界有识之士和浦口乡贤的帮助下，浦口中心小学先后于 1985 年、1998 年和 2011 年，历经三度兴修，校容校貌焕然一新，教学设施大幅升级，"硬件"条件已经走在全县前列，但教师的教育教学常规、敬业精神等"软件"似乎依然原地踏步，跟不上时代的步伐。

初到浦小，邱灵芳就发现近几年"连江县教学质量标兵学校"评选中，都没有浦口中心小学的名字。她还发现教职工中普遍存在作息时间比较随意的现象，在校工作时间不严谨、办公效率不够高，教学质量何以提升？学校缺乏效能高、执行严的作息制度，监管的缺位更是滋生懒散之风的温床。

要想改变这种现状，必须从根源解决问题。她到任的第一件事，就是严管教师出勤，狠杀懒散之风，下达了一系列出勤规定，要求教师必须早上 7：50 分前到校，下午第三节课结束后方可下班离校。所有教职工，包括行政人员在内，出校门必须经过书面批准。

一剂猛药突如其来，沉疴自然有所反应。个别教师表示不理解且无法坦然接受：学校几年来的出勤都做得好好的，凭什么到你当校长了就提出这么严苛的要求？甚至极个别教师还扬言，如果校长坚持这样管理，他就要给校长点颜色看看，让校长下不了台。

面对一些教师的不理解与抗议，邱灵芳沉着思考，冷静分析：抓教学质量没有错，为百姓孩子的未来着想没有错，办群众满意的教育更没有错。浦口中心小学教学质量也有过辉煌历史，为什么现在一些教师有"异议"呢？她向有经验的校长请教，向教育局领导汇报，向学校行政班子成员了解，向社会乡贤、家长、老师咨询，虚心讨教问题解决之道。

"多少事，从来急，一万年太久，只争朝夕。"有了各方的"良方秘籍"，她更有信心了，快马加鞭进行"攻关"。

一方面，她组织全体行政人员分工负责，找教师"一对一"谈心，统一思想，统一认识。她说："教师要树立高尚的师德师风，要全心全意抓教学质量，要舍'小我'为'大局'，学校的生命在教学质量，教师没有抓好教学质量，就是师德师风不过关，就是愧对教师这个神圣的职业！"

另一方面，她严格要求自己，身先士卒。她深知，校长是一所学校的领路人，校长的优秀程度，决定着学校发展的高度，正所谓"一位好校长就是一所好学校"。从此，她成为浦小最早到校最迟离开的人。晨曦中，她站在校门口迎接孩子们的到来；早会课，她徐步于各教室，检查孩子早读情况；上课间，她常常坐在各个教室的最后一排聆听老师上课；晚霞下，她与参加课后延时服务的学生一一挥手告别；夜幕里，她总是在办公室披星戴月地加班。

"其身正，不令而行。"她的真诚与努力，感动了所有教师。行政班子中的督学孙青、副校长陈潮、副校长兼工会主席颜铭亮、副校长郑明芳等人，率先垂范，各司其职，鼓励带动教师，遵守作息制度，抓好教育教学工作；教师队伍中张露霖、蒋燕萍、翁小苏等人，积极响应，准时上班，认真备课，精心上课，带好学生。

团队的力量是无穷的，经过全体教师的共同努力，浦口中心小学的教学质量不断提升：2018—2019学年毕业生在教学质量检测中终于进入全县农村小学前六名，荣获"连江县教学质量标兵学校"；仅2020年，在各级各类比赛中，共获得5个集体项目类奖项，40多人次的师生在德、智、体、美等方面获得个人奖项。

在她的领导下，浦口中心小学的知名度和影响力提升了！教师的干劲也更足了！

建文化，让上善精神入心

在浦小工作一段时间后，邱灵芳又一番思考：学校正处于机遇与挑战并存的关键时期，如何能在风口浪尖上站稳脚跟，谋求可持续发展呢？很快，她寻得了良方：抓校园文化建设，提升教师精气神，为学校可持续发展提供不竭的"源水"！

校园文化，是学校发展的灵魂。她深知，科学的校园文化，不是学校领导拍拍脑袋就能想出来的，也不是专家闭门造车写在纸上的，而是要充分发动各方面的力量，汲取大家的智慧。白天，她走访家长、拜访浦口乡贤、了解浦口地域特色与风土人情——浦口镇地处连江县敖江北岸入海处，交通发达，历史悠久、资源丰富、产业多元、教育完备；晚间，她彻夜翻阅学校发展历程与管理制度资料——浦小有超过百年的办学历史，桃李满天下。几个月来，在回顾学校历史的基础上，她进行全面系统的诊断，从而明确学校的办学方向和发展目标，制定相应发展规划，敲定浦小校园文化的核心关键词，并多番拜访各个领域的教授，请其帮忙规划。

几经周折，灵感不期而至，浦小校园文化核心"关键词"——上善，进入她的视野。

"上善"，取之于思想大家老子的至理名言"上善若水"，意思是，最高境界的善行就像水的品性一样，"水润万物而不争"。学校办学理念即以"水"为主题，以"敖江"为寄托，以"浦口"为承载，从中发掘"水性"教育价值，体会水的情愫、情怀、情致，要求做人良善、做事向善、追求至善至美。至此，"上善若水"成为浦口中心小学的办学理念首选，也成为浦口中心小学校园文化的核心。而后，她组织学校行政人员，经过几轮讨论，明确学校精神为"上善若水"，敲定"追求和谐、教育创新、上善若水"的办学理念，确立校训为"向善向上"，校风为"谦和勇毅"，教风为"博爱博识"，学风为"善思灵动"。

一个先进的办学理念，表达了师生家长共同的愿望和憧憬，描绘了学校自主发展的美好蓝图，不仅仅具有文本意义，更具有实践价值。而践行办学理念，需要全体教职员工协同作战，否则再先进的理念，也会沦为纸上谈兵、空中楼阁。基于此，2020年5月13日，她再次邀请知名教授走进浦小，为浦口中心小学及辖区各村完小校的全体教师带来了一场高质量的专题讲座：《办学理念与校园文化的价值指向》。教授高水平、重体系、接地气的精彩讲座让教师们醍醐灌顶，对校园文化的价值有了全新的认知。

为了落实校园文化精神，邱灵芳对学校各方面进行大刀阔斧的改革，确定"构建上善校园文化，推进五育并举教育"总方针，外塑形象，内强素质，不断提升学校办学内涵与质量。这一方案得到全校上下一致认同，为顺利开展教学工作奠定了基础。

邱灵芳注重教师管理的同时，也更加尊重和信任教师。她知道，只有满足教师的合理需要，关注每个人的价值和奉献，让每一位教师都有自己的发展空间，办学理念才会是涓涓活水，充满生命力。任职期间，她多次邀请福建省刘仁增名师工作室、连江县蔡诗莺小学数学优秀教师工作室、连江县陈丽香小学英语优秀教师工作室、连江县小学科学中心组等名师来校"送教送培"，组织教师开展课题研究，以深化新课改为中心，大力提升教师业务水平。她将"实践+反思+理论"作为教师的成长公式，做好常规与创新工作，做到极致，达到创新，再把创新做成常规。她采取"帮辅"的办法，让有经验的教师带后进的教师，通过星级教师评比、星级学年组评比，在教师队伍中营造比、学、赶、帮、超的良好氛围。

邱灵芳十分重视学生管理。在管理中服务学生，在服务中提高学生素养，培养学生的主动意识，开拓学生的创造性思维，不断引导学生在发掘兴趣和潜能的基础上全面发展。她组织举办首届上善科技节、首届上善体育节、首届上善读书节、棋类竞赛、曳步舞、军训等活动，开展"八礼教育"德育系列活动，丰富校园文化，促进学校内涵发展，全面提升学生综合素养。

在全体教师及学生的努力下，上善精神深入人心，在浦口大地生根发芽，绽放出强大的生命力。

讲团结，让校园温馨和谐

一所有温度的学校应该是什么样的？这是邱灵芳常常思考的一个问题。她想到学校要发展，需要各方力量与资源的整合，需要团结一切可以团结的力量。

邱灵芳以女性特有的温柔，关怀校园里每个师生，把教师当作亲人。每逢教师节、三八节、七夕节、"520"等传统与非传统节日，她都会别具一格地设计一份精美礼物送给教师；每次出差回来，她都会买一些当地特产小礼品，给全体教师一份惊喜。

浦口中心小学取得如此大的发展，有一个人功不可没，他就是浦口杰出乡贤、著名企业家郑兴先生。邱灵芳多次拜访郑先生，与其沟通学校发展问题，沟通如何激发教师的积极性与创造性，如何提升学校教学质量。郑先生心系桑梓教育，感动之余，于2018年底组织成立了浦口镇振兴教育促进会，为使家乡多出人才、出好人才而捐资设立教育奖励基金，奖励对象为在浦口地区教育教学工作中取得优秀业绩的教师，这是郑兴先生继捐资1300多万元建设浦小新校区后振兴家乡教育事业的又一善举。2019年2月18日，浦口镇振兴教育促进会首次在浦口中心小学会议室隆重举行奖教基金发放仪式，12万余元人民币奖励73名教职工。自2019年起，浦口镇振兴教育促进会持续奖励优秀的教师，鼓励教师全心全意投入教育事业，有力促进了浦口教育事业发展。

为了促进教师专业成长，邱灵芳充分利用自己在名师工作室里的资源，于2018年9月促成了浦口中心小学作为"刘仁增名师工作室实践基地"，定期为教师培训业务。

2019年2月，春季开学不久，浦口中心小学有了一处同学们竞相前往的校外专属综合实践教育基地——龙山湾花园。龙山湾花园属于著名乡贤郑兴先生所有，与浦口中心小学仅一栏之隔，两地隔栏相望，景观通透，树果互见，花草相闻。郑先生心系家乡学子，为园内的所有树木制作了花树牌，并将花园无偿开放给浦口中心小学的孩子们，让孩子们在此一方天地游学实践。在这里，同学们可以读树赏花、踏桥憩亭、凭栏观鱼、陶冶情操；也可以观察体验、动手劳动、增长见识。将课堂学习与实践活动相结合，龙山湾花园成为孩子们的"玩学大本营"，成为学校立德树人的一个重要平台。

2019年9月9日，连江县首个"钱学森班"落户浦口中心小学，学校举行隆重的揭牌仪式。同时，2019年度全国钱学森学校（班、院）、雷锋学校开学第一课以及中国航天系统科学与工程研究院学位授予仪式系列活动也在学校举行。中国航天系统科学与工程研究院薛惠锋院士等一行领导、专家、嘉宾29人，时任连江县委周应忠书记等政府领导以及时任连江县教育局倪锦平局长等莅临现场，浦口中心小学全体师生通过网络同步观看了全程活动，中央电视台、《光明日报》《雷锋》杂志、《网信军民融合》杂志及省市县新闻媒体记者现场报道。活动以"为了祖国的强大时刻准备着"为主题，把"开学第一课"与传承大成智慧教育、继承和发扬光荣传统和优良作风紧密结合，激励师生不忘初心，砥砺奋进，投身新时代，为实现中国梦贡献力量。

2019 年，浦口中心小学首届家委会在学校成立，通过家委会这个平台，家长与学校保持良好沟通，形成合力，齐心协力同抓共管教育教学质量。

此外，她还带领全体师生创建市级文明校园，于 2021 年顺利通过"福州市文明学校"评估。

近四年的任职时间，她充分把握机遇，积极作为，校内团结同事，校外拓展资源，认真谋划，大胆创新，科学管理，着力推进项目建设，使学校布局不断优化，校园环境日益美化，学校与家庭、教师与学生、教师与教师之间温馨和谐，向上向善的力量日渐蓬勃，教学质量也像芝麻开花节节高。

从教以来，邱灵芳跻身连江县十佳教学能手、福州市骨干教师、福州市学科带头人、连江县刘仁增名优教师工作室成员、福建省黄艳枫名优工作室成员，成绩斐然。她带领浦小开创新的天地，也将带领三附小走向辉煌的明天。她是开在敖水之畔，馨香一方的美丽之花。

播种向上向善的希望

马　格

陈增龙，小学数学高级教师，连江县小学骨干教师，1991 年 8 月毕业于福州师范，1999 年加入中国共产党。他一直秉承"忠诚党和人民的教育事业"这一信念，从教以来，不断加强政治理论学习，用其武装头脑、指导实践、推动工作，牢记"播种希望，收获明天"的初心，不忘育人使命，始终奋斗在教育教学第一线，勤勤恳恳，兢兢业业。他的努力也获得了认可，1996、2011 年两次被评为"福州市教育系统先进工作者"，1998 年被中共连江县委、县人民政府评为"先进工作者"，同年又荣获"县小学优秀青年教师"称号。

敢担当，勤实践

陈增龙深知教育也应当紧跟时代大潮，从教以来从未松懈，不因教龄的日渐增长而自我满足、故步自封，在教育改革事业深入推进的今天，勤于学习、钻研业务，不断精进自己的教学水平，将学习到的新理论运用到教学实践中，不断改进教学方法，提高教学效率，巩固教学成果。2016 年 6 月至 2018 年 6 月，参与课题《自主探索教学模式在农村课堂的实践与策略》研究，获得专家好评；2018 年 4 月，论文《浅析小学数学有效课堂教学模式》在 CN 级刊物《学校教育研究》发表；《浅谈小学概念教学的教学策略》《提升小学高年级数学教学质量的有效策略》等多篇论文，在《连江教科研》上先后发表。

乐教学，喜收获

对于教学工作，陈增龙乐在其中，一丝不苟地备课，学习使用教学新设备，争取做到与时俱进。如今，教育改革正全面开展，他积极投身其中，承担乡村学校少年宫象棋兴趣班教学任务，2020年带领浦口中心小学代表队参加福州市首届中小学象棋锦标赛，荣获福州市"小学组女子团体第二名"，他本人也被市教育局、体育局评为"优秀指导教师"。

坚信爱，播种爱

爱岗敬业，师表为本；春风化雨，师爱为魂；寓研于教，师道为勤；刻苦钻研，爱心育德。陈增龙坚信爱可以点亮学生们的心灵，潜心教学可以创造佳绩。热爱学生就要理解尊重学生：对学习基础较差的学生，在平常的教学过程，他会多加以关注，在他们身边多站会，对他们不会的问题耐心讲解。某一个问题，如果某些学生理解得不错，他就让他们上讲台发言，然后号召全班同学给予热烈的掌声。课余时间，他经常穿梭于教室里，认真辅导后进生，倾听学生困惑，与学生谈心，为学生排忧解难。30多年来，学生走了一批，来了一批，然后又走了，留守在他身边的还是那颗经久未变的爱心。每当翻阅毕业后的学生给他送来的微信、信件、贺卡时，他就如同沐浴在春天的第一缕阳光里，那里面写尽的是学生对他的爱，还有对他工作的认可与支持。三尺讲台，承载着青年的梦想，播种向上向善的希望，终将收获美好的明天。

陈增龙很喜欢哲学家雅斯贝尔斯说过的一句话："真正的教育是用一棵树去摇动另一棵树，用一朵云去推动另一朵云，用一个灵魂去唤醒另一个灵魂。"爱无价，情永恒，教育工作是一门艺术，为了学生的发展，使他们羽翼丰满，使他们飞得更高更远，让他们成为蓝天的骄傲，他用心中的爱去点亮学生心灵的灯光，在热爱中提高，在敬畏中前行，无畏风雪，不认输、不放弃！用一句话来表达他真实的想法，那就是："选择他所爱的，爱他所选择的！"

忠心映照 报效家国

——记浦口中心小学优秀校友、医学科学家滕忠照

陈道忠

由于当过教师，我对学校情有独钟，对优秀学子尤为关注。今年连江一中百年校庆，浦口中心小学一百一十周年校庆，优秀校友中不约而同出现了滕忠照的名字。滕忠照，浦口中心小学 88 届小学校友，连江一中 91 届初中、94 届高中校友，复旦大学和英国剑桥大学双博士，剑桥大学放射系心脑血管影像研究组负责人，浙江大学和南京大学特聘教授。20 年来，他致力于心脑血管成

滕忠照博士

像技术和血液动力学研究，及其临床意义探索，在大量研究积累的基础上，将此应用于临床脑梗和心梗的精准预防和脑健康评估。——原来是个医学科学家！

为采访滕忠照博士，我通过他的堂兄、也是我的好朋友滕忠东董事长牵线搭桥。当时，滕博士刚刚回到剑桥大学，我们互加微信，文字交流不过瘾，干脆语音通话，聊家乡浦口，聊他幼儿园、小学时的趣事，聊连江一中的寄宿生活，聊中考、高考的难忘经历，还有他丰富多彩的大学生活、国外留学经历、科研、理想、志向……

好奇尚异　求知若渴

滕忠照 1975 年出生，幼时既聪明又调皮，充满强烈的求知欲和探索未知世界的兴趣。幼儿园办在滕氏祠堂里，称旧校舍，他扛着小板凳上学，想知道什么叫学习。第一节课，一个叫秀玉的老师讲卫生，教小朋友怎么洗手，老师比画，学生模仿——原来模仿就是学习。那时煮饭烧菜用柴火，小忠照被火烫过，他想：为什么煮饭要用火？火是什么东西？自己碰到了就疼，哥哥碰到了会不会疼？我的感知同他人是不是一样？他让其他人也试试，原来也疼，知道了尝试也是学习，不过还是不知道别人的疼与他感知到的疼是否相同。一个人的时候，他想我叫滕忠照，世界上有没有其他人也叫滕忠照？小朋友骑木马，坐跷跷板，小忠照觉得特好玩，蹦蹦跳跳玩新花样，结果坐在另一头的小朋友掉下来，哇哇大哭……幼儿园一年，小忠照的调皮出了名。

上了小学一年级，小忠照依旧扛着板凳到旧校舍上学，只是班主任换成了石娟老师。石老师说他是好学生，选他当班长，小忠照受宠若惊，后来在连江石娟老师家里得知，原来是秀玉老师觉得他聪明，有前途，为戒掉他调皮的毛病，特意交代石娟老师让他当班长——班长要以身作则，成为同学模范。从此，小忠照不再调皮，知道不浪费时间，要努力学习，要成为同学们的好榜样。从小学一年级到三年级，他一直是班长。小学四年级，忠照调到一班，依然是班长，班主任换成了陈由德老师。陈老师是个负责任的优秀教师，每个学期每个学生家访至少一次，到忠照家就多次了，鼓励他要刻苦要努力，将来要成为一个有用的人才，当诸如科学家、文学家此类的人物。在老师的鼓励下，小忠照隐隐约约知道自己将来的目标方向，教室外贴着"为中华之崛起而读书"至今记忆深刻。

小学考初中，连江一中来浦口学区招生，语文和数学两科总分200分，忠照考了193分，成为考上连江一中的优秀学生之一。可他母亲想儿子才十岁出头，年龄太小了，担心生活不能自理，不同意上一中学习。由德老师苦口婆心做思想工作，成功说服忠照的母亲。

上了连江一中，滕忠照仿佛一下子长大了，成熟了，不但适应了独立的寄宿生活，学习还蒸蒸日上，从初中到高中毕业，成绩都能维持年级前十名。他喜欢参加各种学科竞赛，并屡屡获奖，从数学、物理、化学、历史、地理到语文，都有获奖记录：初一参加全市中学生作文比赛，获一等奖；初三参加全国物理竞赛，获三等奖；高二参加全省作文比赛，获一等奖……念初二时，忠照从校图书馆借了《中外十大著名科学家》（上下册），看完后就立志要当一个保家卫国的人，梦想以后成为弹道科学家。高考填报志愿，他选择复旦大学力学与工程科学系（现在的航空航天系），并被录取。

继续深造　勇攀高峰

复旦力学与工程科学系是从数学系的力学专业分离出来的，专门培养航空航天方面的人才。进入复旦大学的第一天，滕忠照就开始重新审视自己的志向。他认为健康是人类未来最大的挑战，为此，逐渐转向生命科学领域。除了努力学习本专业的数学和力学课程外，他还旁听和自学了多门生命科学相关基础和专业课。大学二年级时，他主动跑去找柳兆荣教授（中国生物力学的创始人之一），表示想当他的研究助手。柳教授问了他学习情况后，让他再好好学一年。大三下学期，滕忠照顺利进入柳教授的实验室，做些辅助研究工作。柳老师学识渊博、治学严谨、诲人不倦，引导滕忠照进入研究领域，从事血管材料性质和血液动力学方面的研究。2003 年，滕忠照取得流体力学博士学位。

做研究，失败是常见的，成功才是少见的。读本科期间，滕忠照每个月都会读一本医学书籍。在读研究生期间，随着研究的深入，需要寻求专家的合作，丰富的生理和病理知识使得他与不同领域的医学专家讨论时，事半功倍。他觉得只有每天多花一个小时，每周多一天，坚持二十年，才能比别人多懂得一些知识。他感悟到，成功没有捷径，世界上的任何事情，只要做到极致了，才有可能成功，所以开始的时候，不能急功近利，而是要循序渐进，一步一个脚印把工作做好。

滕忠照博士毕业后到西班牙萨拉戈萨大学从事博士后研究；2007年在美国伍斯特工学院做助理教授，从事教学和科研工作；2009 年

滕忠照博士在英国剑桥大学

进入剑桥大学，2014年取得博士学位（专业是放射学）。他的研究集中在动脉粥样硬化斑块影像技术研发和血液动力学分析，发表学术论文近150篇，走在这项医学技术的国际最前端。

动脉粥样硬化斑块是威胁人类健康的最大敌人。世界范围内，32%的死亡是由于这个疾病引起的，我国则占到42%。斑块脱落会堵塞血管，最为常见的，导致中风或心肌梗死，斑块脱落风险（即斑块稳定性/易损性）评估一直是国际性难题。滕忠照领导的团队研发了先进的磁共振成像和血液动力学分析技术，基于斑块的形态、组分、炎症和受力来判断中风的风险，通过监控斑块的演化，筛查出高风险病人，并提供及时治疗，从而达到预防中风的目的。

经过团队多年积累和攻坚，磁共振成像耗时已从原来的60分钟缩短到10—15分钟，血液动力学分析时长也从几天缩短到30分钟，并且多个临床研究表明，整合高分辨磁共振成像和血液动力学分析能极大提高评估粥样硬化斑块稳定性的准确率。

滕忠照从事研究特别专注并持之以恒。二十多年来，他一直专注于粥样斑块稳定性评估，从影像学、病理、材料性质和行为、微观结构等方面进行深入且系统的研究。其间，遭遇过很多常人难以想象的挫折，包括论文被杂志拒稿、基金申请被驳回等，但是他都很乐观地对待这些挫折，没有轻易言败。专注研究的同时，滕忠照非常注重科研转化，会在条件成熟的第一时间把技术推向市场，造福人类。

学成归来 报效家国

自出国起，滕忠照就希望能学有所成，报效祖国。他多次应邀在国际学术会议上做专题报告，在欧洲、北美和中国等研究机构做学术交流，但最想的是如何把这最新技术带回中国，造福祖国人民。

脑健康的评估和预防关系到社会可持续发展。滕忠照考虑到国内人口老龄化加剧的情况下，中风和老年痴呆发病率居全世界之首，是国人致残的最主要原因，给个人和家庭带来沉重的经济和人力负担。2017 年 12 月，他注册了南京景三医疗科技有限公司，并兼任首席科学家，将血管成像和血液动力学分析相结合进行临床转化，为精准诊断提供科学依据；并在血管评估和脑组织评估的基础上，通过结合基因、血液生化指标、个人生活工作和认知反应等，使用人工智能和大数据分析技术，从多维度和多尺度评估个人的脑健康水平。得益于国家政策扶持，景三科技顺利入选各级别创新扶持计划，并获得国家高新技术企业认定，多款产品获得国家药监局审批，产品和服务已被国内近 700 家医疗机构采用。

滕忠照的目标是做强做优做大脑健康产业，为千万同胞的身体健康和延长高质量生命做贡献。目前，美年大健康集团旗下的 600 多家体检中心都可以进行"脑检"——脑睿佳，背后的人工智能和大数据平台系统，正是滕忠照领衔的国家高新技术企业景三科技科研团队长期攻关的成果。

除了科研和产业转化，滕忠照也热心于社会公共事业。鉴于杰出的科研成就和成果转化，2020—2021 年，滕忠照当选为历史悠久的全英华人生命科学学会主席，并多次与学会院士和教授成员，在教育部"春晖计划"的号召下，访问国内西部高校，深入开展交流和合作。他的突出贡献也引起中央电视台的关注，2019 年作为海外杰出华人推出专题报道。近期，福州晚报也专题报道了滕忠照的事迹。

祝福母校 欣欣向荣

教育是国家的基础和未来。滕忠照谈他对教育的理解：教育是门艺术，学生的智商、情商、德商、志商等，主要靠后天的培养。这些培养不仅仅来自课本，更多的是来自父母和老师的言传身教、同学间的交流，以及日常生活的实践和感知。家长和老师不能低估每一个学生的心智复杂度，要细心发掘每一个学生的长处和爱好，并针对性地进行培养。家长和老师对学生的爱护要多样化，既要正确引导，要宽容，也要有要求，不能过度保护，适度的惩罚是应该的。古代有戒尺，现在有教鞭，就像人不能总是吃甜的一样，也要让孩子吃些苦和辣的食物。我国幅员辽阔，地区间、城乡间的教育水平和资源差异巨大，城市的课堂外有公园、博物馆、科技馆、大型商场等，农村的课堂外有山川和田野，这两者都是学习和增长知识的好去处，如何让学生进行全方位有效体验和认知，是一个有待解决的课题。虽然国家对城乡的基础教育投入巨大，硬件建设见效快，但软件建设还需要一个漫长过程。现阶段，城市和农村的教育资源和水平差距仍然很大，提升城乡教育水平是新农村建设的重要环节，其中一个可能的有效方法是充分用好信息技术。教育管理部门和老师可以考虑采用5G、VR等高科技手段，让农村和城市课堂同步，从而在一定程度上缩小教育资源的差距。

乡音不改、乡情殷殷，滕忠照的话像浦江的水，滔滔不绝，这一聊足足两个小时。最后，滕忠照深情地说："浦口中心小学一直在我心中，是我梦想开始的地方。母校一百一十周年华诞之际，祝愿母校——积历史之厚蕴，更展宏图，再谱华章！"

勤奋延誉　前程烨然

——校友王延烨风采

张新兴

王延烨

　　浦口中心小学校友王延烨，男，1996 年出生，2007 年毕业于浦口中心小学，此后在浦口中学、连江一中学习。2013 年，王延烨考入郑州大学临床医学专业，2018 年在天津医科大学胸外科读研深造，2021 年至今在浙江大学攻读学术型医学博士，师从浙江大学医学院附属第一医院胸外科胡坚教授，曾被评为浙江大学优秀学生干部、优秀研究生、优秀三好生，荣获一等奖学金。

好习惯，养成益终身

王延烨出生书香门第，父母分别是中、小学教师，生活即教育，打小父母就特别重视培养他养成良好的习惯。王延烨记忆比较深刻的一件事是，小时候母亲就经常对他说："男子汉流血不流泪！"第一次摔倒，母亲鼓励他要自己站起来，并夸他"真勇敢"那一刻他即使疼痛也不掉眼泪。于是，成长路上，王延烨尽管会遇到不少困难或挫折，还是坚韧不拔、勇往直前。家长是孩子的第一任老师，在他牙牙学语的时候，母亲就经常在他面前声情并茂反复诵读一首古诗，读到一半时会突然停住，示意他把后半句接上去。王延烨就会兴致勃勃地对接，只要正确，就能受到母亲的表扬。久而久之，他就喜欢上了背诵古诗词。五年级时，他参加学校举办的一分钟背诵古诗词竞赛，获得最高级别的荣誉（五星级奖章）。王延烨的父亲平常喜欢打篮球，课余时间就带他去学校操场投篮。他经常会和父亲进行一对一"切磋"，因此培养了他热爱运动、劳逸结合的好习惯！

立志向，行善能致远

小学期间，王延烨最喜欢语文课，他难忘的是富有亲和力的庄老师。庄瑜老师是王延烨一、二年级的语文老师兼班主任，每天都会让学生一起诵读《弟子规》《三字经》。有一次，王延烨在课堂上开小差，庄老师面带微笑地看了看他，继续不动声色地讲课，课后才私下找他谈话，先让他背诵《弟子规》，然后相机强调了几句："理服人，方无言；读书法，有三到；蔽聪明，坏心志。"并解析了其中蕴涵的道理。王延烨对庄老师的那番话记忆犹新："庄老师教学有方，她'博爱'的教风如春雨润物无声地感化了我，开启了我对传统美德懵懂的心智！我至今仍能滔滔不绝地背诵《弟子规》，并以此严于律己、处事为人，母校'向善、向上'的校训也时刻激励我善思、勤奋、勇毅、前进。我感谢母校和科任老师传承中华优秀传统文化，滋养并塑造我的人格——知礼、谦虚、向善、务实。"

正所谓：种树者必培其根，种德者必养其心。浦口中心小学的教育像清泉一般，以温润的力量滋养着每一位学子。王延烨在母校的老校区度过了8年的学习时光。显然，他读博选择的专业与母校富有情怀的文化底蕴有着紧密的联系。家风和校风的双重熏陶，使王延烨热爱学习、积极进取、乐观向上、心存宏志，追求美好！考取大学后，他读硕士三年，能知微见著、持之以恒地努力解决临床问题；如今读博研究课题，他能总结经验教训，充分发挥主观能动性攻坚克难。他说："求学路上，无论我身处何地，或学术探讨，或科研求真，我所拥有的底气和勇气，都源自母校的培养！"

勤奋练，学业优则秀

韩愈说：读书勤乃有，不勤腹中虚。在浦口中心小学读书期间，王延烨勤学苦练、讲求方法、不耻下问，每门功课都很优异，这源于母校百年传承的优良校训、校风、教风、学风，以及严格践行新课程教改精神和素质教育理念。知之者不如好之者，好之者不如乐之者，王延烨课余热爱阅读经典名著，积极参加硬笔和软笔书法培训、少儿绘画培训等，毛笔书法作品还获得浦口中心小学书法比赛一等奖。他热心班级工作，乐于助人，担任少先队干部，为辅导员分忧解难，年年获得县市"三好生"或"优秀学生干部"等荣誉称号。每一次的鼓励和荣誉，都让王延烨深深体会到，成功的大门总是为勤奋自信的人敞开。

浦水泱泱，滋养有方；母校情怀，诗意悠长！王延烨时常回忆起浦口中心小学校门口日月星的石雕造型，勉励自己一定要学有所成，为祖国争荣光，为人民谋幸福。作为一名优秀的学者，王延烨觉得小学阶段除了学习规定的课程，还要培养学生乐于阅读的好习惯，坚持参加体育锻炼，努力做到德智体美劳全面发展。

时逢浦口中心小学诞辰一百一十周年，他表达肺腑之言："在母校诞辰一百一十周年之际，作为校友，我衷心感谢周高隆校长对我的邀请和赏识！我为母校有这群富有教育情怀的领导班子感到骄傲！相信在周校长的领导下，浦口中心小学的明天会更辉煌！我也把我的座右铭送给正在求学的每一位学弟学妹：越努力，越幸运！"

浦口中心小学经历一百一十年的历史沧桑，演绎着一曲曲催人奋进的歌声；浦口中心小学历久弥新的文化传承，滋养着每一个孩子的身心健康成长。青春由磨砺而出彩，人生因奋斗而升华。在人生的道路上，王延烨不负韶华，不负时代，专攻有术，才华烨然，定能绽放最好的自己。

海纳百川　欣欣向荣

——记滕用庄与他的海欣食品股份有限公司

陈　旸

中国鱼丸看福州，福州鱼丸看连江。2021 年 11 月，首届福州鱼丸文化节在连江县筱埕镇定海湾山海运动小镇举行。开幕式台上，富含鱼丸元素的精彩节目轮番上演，涵盖鱼丸歌舞表演、鱼丸评选名单公布、鱼丸文创产品发布等。台下鱼丸美食集市、开海丰收宴、千人鱼丸大火锅、创世界纪录的巨型鱼丸、鱼丸非遗技术展示等，为广大市民呈现一场美食与文化的饕餮盛宴。主席台上，省市县领导致辞后，一位儒雅大气的年轻人发布福州鱼丸发展规划。他西装革履、意气风发、侃侃而谈，成为这场鱼丸文化节的一个焦点。

他是滕用庄，福建省金凤经济发展促进会副会长、福州市鱼丸协会会长、中国速冻鱼肉制品第一股海欣食品的掌门人、海欣食品股份有限公司实际控制人兼董事长。沿街叫卖、价格低廉的小小鱼丸，竟在资本市场中构建出 30 多亿市值的鱼丸帝国，用短短的 16 年做到上市，并成为火锅料行业上市第一股，海欣公司是怎么做到的呢？鱼丸文化节落幕不久，我借随金凤促进会会员到海欣食品公司参观考察的机会来到海欣公司总部，探究其中奥秘。

百年品牌 四代传承

鱼丸在中国的历史，要追溯到秦始皇时期。传说秦始皇很爱吃鱼，但是不想吃到鱼刺。一天，一位御厨睡过了头，来不及准备食物，面临被砍头的风险，万念俱灰，便拿起菜刀不停地用力拍打眼前砧板上的鱼，以发泄愤怒。结果，意外发现鱼肉和鱼刺竟然分离了。这时候，锅里的高汤正好煮开了，御厨急忙将鱼肉用手搓成丸子投入沸腾的高汤中……这道菜，秦始皇吃得特别满意，这位御厨因此得到了丰厚的赏赐。后来，这种皇家贵族餐桌上的美味鱼丸，流传到了民间。

清光绪二十九年（1903），连江浦口的一个小渔村，一个叫滕依水的汉子开设了一家"海欣鱼丸店"。他不仅选料精细，制作考究，煮出来的鱼丸鱼香芬馥，色泽洁白，汤汁饱满，食之爽脆而闻名遐迩。

滕依水就是滕用庄的曾祖父，"海欣鱼丸"的第一代人。他制作的鱼丸不仅好吃，拿在手上摇晃还会发出响铃声，被称作"响铃鱼丸"，远近闻名，是"海欣鱼丸"的品牌创始人。一直到今天，滕氏家族一直专注鱼丸的研发与制作，成为当今行业内历史最悠久的百年鱼丸世家。

滕用庄的爷爷是"海欣鱼丸"的第二代人。他继承了父亲选料精细、制作考究的特点，并加以改进，用新鲜的海鳗、鲨鱼等上等鱼类作鱼浆，以猪瘦肉、虾仁等作馅，煮出来的鱼丸，汤汁荤香不腻，口感更佳。由于海欣鱼丸历史悠长、久负盛名，连江县城的商家客人慕名而来，或大宗采购或满足味蕾。滕用庄的爷爷也经常到县城销售鱼丸，"海欣鱼丸"走出了浦口，走进连江县城，品牌效应进一步扩大。

20 世纪 70 年代末，中国迎来了改革开放的曙光。"海欣鱼丸"的第三代传人，滕用庄的父亲滕国铿洞察到曙光后一定是市场经济的艳阳天。他带着家人，毅然决然离开浦口，来到福州城。福州是福建省会城市，几百万人口，消费市场巨大，并且福州人"无鱼丸不成席"，岁时节庆，婚丧嫁娶，鱼丸是宴席上一道必不可少的佳肴。滕家人从流动摊贩做起，走街串巷，流动经营，收入颇丰，终于在福州扎下了根。

随着国家扩大改革开放，市场经济日渐繁荣，滕国铿不满足于小富即安，带领家人以手工作坊方式走南闯北，走出福州，走向厦门；冲出福建，远赴苏州、广州；接着进军上海，成为在上海销售"连江鱼丸"的第一批经营者之一。福建人以爱拼敢赢闻名世界，大城市里的许多福建人，一碗鱼丸，一份浓浓的乡愁，不仅能满足口欲，更能唤起思乡之情。十几年间，苏州、广州、上海等地都留下手工海欣鱼丸的美名。

"海欣鱼丸"的第四代传承人是滕用雄、滕用伟、滕用庄、滕用严四兄弟。1996 年，老大滕用雄领头成立海欣冷冻厂，在福州外贸冷冻厂租了一个破旧的厂房，买了一条三手的生产线，专业从事速冻鱼糜制品和速冻肉制品研发、生产和销售。他带领兄弟及一批年轻人不断创新，让鱼丸行业告别了手工作坊时代。2004 年，公司在福州金山买地建立自己的基地，梦想从此启航。

2005 年，海欣冷冻厂改制成为股份有限公司，跻身火锅料行业的第一梯队。由于鱼丸不适合大规模工业化制作，2008 年，海欣公司组织了一批专家，花费两年时间，研发出鱼丸自动生产机械的专利，实现鱼丸的自动化、机械化、规模化生产。经过四兄弟几年奋力拼搏，海欣公司迈向高效产业化时代，2012 年 10 月 11 日，海欣食品股份有限公司在深交所中小企业板上市（证券代码：002702，证券简称：海欣食品）。滕氏四兄弟终于让鱼丸飞上了中小板，成为火锅料行业上市第一股，坐上了中国鱼糜行业龙头老大的座位。

兄弟同心 走向辉煌

"海欣食品"既是上市公司，也是家族企业。老大滕用雄是公司董事长、掌舵人，2017年辞去董事长职位后，专门负责公司的发展战略。老二滕用伟是公司董事、公司浙江基地负责人。老三滕用庄27岁起任公司生产部负责人、技术副总监，39岁接替滕用雄担任"海欣食品"董事长，掌管帅印，扛起"海欣食品"大旗。老四滕用严担任总裁。四兄弟深受中国传统文化和家族传统熏陶，风雨同舟，又有现代企业管理理念，胸怀全国，放眼世界。

海欣的企业LOGO，造型创意来源于海洋，大海、浪花、鱼，组成一个圆形，也是鱼丸的传统形状，表明公司从事的行业。"海欣"以"海纳百川，欣欣向荣"为主旨，吸纳五湖四海、各行各业的人才，表示公司对人才的重视。红色LOGO，代表公司激情与活力，上下两条鱼形成迴游的形态，造型源自中国的太极八卦图，代表海欣的发展生生不息。

登陆资本市场后，海欣加快了发展步伐。2014年1月收购了台湾嘉福兄弟公司，同时收购了台湾的工艺，在浙江嘉兴打造中国最高端的鱼极生产基地。同年，投资2.3亿人民币建成的东山基地也正式投产，产能是福州金山基地的5倍。

"海欣食品"上市后，投入巨资加大技术研发，不断进行创新，建立"中科院海洋功能食品联合实验室""院士专家工作站""国家鱼糜制品加工技术研发分中心"等科研平台。通过联合国家级研发中心的专家进行产品研发，引进各国进口设备生产线，海欣领先推出行业很多大单品，领先开拓高端市场，引领行业的良性发展；积极参与国家标准、行业标准的制修订工作，引领行业健康发展。

目前，海欣在全国拥有四大生产基地：福建2个，分别在福州金山和漳州东山；浙江2个，分别在舟山和嘉兴。海欣鱼丸所用的鱼都是深海鱼，为了保证海鱼的新鲜度，公司将东山和舟山两大基地建在大海边，保证了原材料的新鲜品质。大海欣系列在福建的金山和东山生产，东山同时生产休闲食品系列。浙江嘉兴基地生产中国最高端的鱼极系列，舟山是该系列主要原材料供应地。

现在海欣在全国拥有7个营销大区，30个省区，84个工作站，和沃尔玛、家乐福、大润发、永辉等大型实力卖场合作，全国大小销售合作网点达3万多家。从"鱼丸作坊"到"现代工厂"，海欣的快速发展，也是鱼丸行业演变的一个缩影。

2017年后，公司在滕用庄董事长的领导下，"海欣"品牌荣获"中国名牌产品"称号，被世界品牌实验室评选为"2018年中国500最具价值品牌""2018年亚洲品牌500强""2019年亚洲品牌500强"。公司于2019年12月，入选"农业产业化国家重点龙头企业名单"；2020年6月，海欣食品股份有限公司入选"2020年福建省工业和信息化省级龙头企业名单"。滕家四兄弟缔造了一个鱼丸帝国，成就了家族百年梦想。

滕用庄既是一个企业家，同时也是一个音乐家。他有一首自己作词、作曲并演唱的《才高八斗好兄弟》。歌中唱道："好兄弟一起梦，好兄弟一起走。好兄弟一起闯，好兄弟肩并肩。是你跟我风雨同舟，是你跟我奋力拼搏。是你跟我不罢不休，是你跟我万众瞩目。风流倜傥爱说爱笑，才高八斗也要谦虚低调。英俊潇洒爱唱爱跳，功成名就也要谦虚低调。"歌曲唱出了兄弟四人创业过程中风雨同舟、奋力拼搏的艰辛和快意，告诫自己成功后还要谦虚低调。

歌词富含哲理，歌声激昂豪迈。我听了滕用庄董事长饱含深情又荡气回肠的演唱后，找到了"海欣鱼丸"成功的秘密所在。

凝心聚力　放眼世界

　　福州被誉为"中国鱼丸之都"。2020年数据显示，福州鱼丸年产量15.7万吨，年产值70亿元，年销售鱼丸30亿粒，实现一"丸"惊人。福州鱼丸正在加快走向全国、全世界，但因缺少统一的行业标准和行业规范，导致鱼丸行业同质化严重，各企业竞争激烈，容易形成内耗，不利于行业健康发展。

　　为做大做强福州鱼丸特色品牌，打响"海上福州"国际品牌，福州市委市政府高度重视鱼丸行业发展。2021年8月5日，在市民政局、市海洋与渔业局大力支持下，福州市鱼丸协会成立，海欣食品股份有限公司董事长滕用庄众望所归，当选为会长。这意味着福州鱼丸企业从"单打独斗"迈向"组团发展"，向鱼丸产业高质量发展超越迈出重要一步。

　　目前，协会首批吸纳了30个单位会员，涵盖了福州市绝大部分鱼丸加工企业及鱼丸相关餐饮企业，制订并表决通过了《福州市鱼丸协会章程》及《福州市鱼丸协会会费缴纳和管理办法》等相关文件，为行业有序发展提供了制度保障。

　　福州市鱼丸协会的成立，让鱼丸产业从业者拥有了共享共创的统一平台，也让产业信息共享步入良性循环。现在，鱼丸企业有着共同的目标——助力"海上福州"建设，将福州鱼丸打造成福建的一张名片。作为协会掌门人的滕用庄，为及时反映会员企业的建议和要求，为政府制定政策措施提供参考，畅通福州鱼丸生产与科研、教学、推广等环节，投入大量时间、精力，向会员企业提供经营管理、技术培训、展览、产品和技术示范推广及信息交流、金融支持等服务。

　　滕用庄对鱼丸行业未来的发展胸有成竹。他说："协会要发挥桥梁纽带作用，共同推动鱼丸产业规模化、品牌化发展，为市民提供多元、优质的鱼丸产品，从而实现企业、政府、消费者等多方共赢。下一步，协会将牵头制定福州鱼丸相关行业或团体标准，不断提升福州鱼丸整体工艺，为全国人民带来更好的产品体验，争取获得消费者的认可并提高会员单位的整体销售收入。鼓励会员企业产品出口，在全球范围内提升福州鱼丸品牌影响力。通过不断提升福州鱼丸品牌影响力，继而更好地提升鱼丸产品的销售，带动经济增长。"

滕用庄表示：作为会长单位的海欣食品将加大对福州鱼丸的宣传力度，研究福州鱼丸文化开发和推广工作，加强对福州鱼丸非遗项目的传承和保护，并带领协会聚焦国内国外两个市场，致力于打通鱼丸产业上下游，打造鱼丸产业的主力军。借鉴沙县小吃模式，发展轻餐饮和连锁店，加快推进鱼丸标准化、规模化建设。

雷厉风行、说到做到是滕用庄的工作风格。2021年10月1日，福州市鱼丸协会举行"福州鱼丸"首家企业授牌店、秋官郎上下杭店、江南水都店揭牌仪式，福州市政府、福州市海洋与渔业局、福州市农业农村局、台江区政府、仓山区政府等有关领导出席并致辞。在授牌店揭牌仪式上，滕用庄接受采访时说："福州市鱼丸协会首家授权'福州鱼丸'店正式开业，对协会推进标准化战略具有里程碑意义。"协会成立两个月以来，已经推动启动"福州鱼丸"地理商标转移、"福州鱼丸"团体标准申报等工作。滕用庄表示，未来三年，协会还将推动在全国范围内打造一千家"福州鱼丸"标准门店。

连江是福州鱼丸的发源地。连江浦口滕氏家族四代人，百年传承，从小渔村出发，走出连江，走进福州，走向全国，把小小的鱼丸，"丸"转全国，还要"丸"转世界。

做一个有良知的企业家

——记福州富佳机电制造有限公司董事长、县企联副会长陈惠

王大荣

"要做一个有良知的企业家。"这是富佳机电制造有限公司董事长陈惠经常强调的一句话。所谓有良知的企业家，在陈惠看来，至少应当做到以下三点。一是对国家要有感恩之心，遵纪守法，积极纳税；二是对职工要有温度，要关心他们的冷暖安危，视他们为亲人，尽可能提高他们的工作和生活待遇；三是对社会要有奉献，当一个企业家不能只想着自己赚钱发财，有条件的情况下，要热心公益事业，积极回馈社会。

"我是一个追求完美的人。"他不仅是嘴上这么说的，更是在日常的生活和工作中努力践行着自己所追求的"做一个有良知的企业家"的人生准则。陈惠，出生于福建省连江县浦口镇上浦街。浦口镇历史悠久、人文荟萃，当地人素有敢于开拓进取的传统；上浦街道紧挨着敖江水畔，浩浩荡荡的敖江水奔流而过，这里物产丰饶，江流开阔，从而滋养了他博大的胸襟和宽广的视野。

陈惠的创业和成长经历颇具传奇色彩。1981年，正是我国改革开放风起云涌，祖国发展日新月异的大好年代。当时，刚刚二十出头，血气方刚、意气飞扬的他，凭着一股初生牛犊不怕虎的狠劲和敢

为天下先的闯劲，和原浦口农渔具厂签订了生产承包责任制。经过一番优化组合，利用厂里当时仅有的 5 台陈旧的冲压设备，以及不足 5000 元的流动资金，他带领着 15 名员工，在一间 60 平方米的旧厂房里，开始了最初的艰苦创业。这是一个十分大胆的改革试验，在当时全县乃至全省都尚无先例。凭着过人的才识和勇气，他就是硬生生地迈出了这艰难却又充满希望的第一步。在这决定着企业未来命运的一年时间里，陈惠和 15 名员工心往一处想，劲往一处使，汗往一处流。经过没日没夜的加班加点拼搏，年底统计结果一出来，把他和员工都乐坏了。他们承包的第一年，竟然创下了十几万元的产值。在当年，对于他们这样一个只有十几人的小工厂来说，已经是一个非常了不起的业绩，这给了他和员工们极大的鼓舞和激励。

首战告捷，陈惠信心大增。他带领着员工们再接再厉，艰苦创业，不断攀登新的高峰。经过二十几年奋勇拼搏和不懈努力，企业年产值由创业初期的十几万，一路攀升到 5000 多万元，取得了令人瞩目成就。企业也由当初默默无闻作坊式的小厂，进入了连江县知名大企业行列。

整个企业在发展过程中经历了两次历史性的跨越。

第一次是在 1985 年，陈惠以其独特眼光，看到了自行车零配件市场巨大潜力和广阔市场，经过一番周密考察和市场调查，陈惠果断租赁下了原浦口街幼托工艺厂 1600 平方米的厂房，创办了"连江县车辆配件厂"，并高薪聘请了上海凤凰自行车厂的高级工程师前来指导技术和生产工艺，使企业有了良好的开端，在短短数年，生产出"冷剂中接头"等一系列创新产品，畅销上海、浙江、江苏、江西等各省市，年产值突破了百万元大关，并与省内外各大知名自行车生产厂家建立了稳定持久的战略协作关系，奠定了在福建省自行车零配件生产企业中的领军地位。这不但凸显了陈惠卓越的企业管理能力和领导能力，也使他的企业跨越进入了良性发展的黄金时期。20 世纪 80

年代末，随着国内自行车市场行情变化，陈惠适时调整企业发展战略，将发展眼光投向更为广阔的国外自行车市场。机缘巧合，一家德国厂商看中了陈惠这家"明星乡镇企业"名声和实力，并对陈惠个人能力和魅力充满信心，于是主动前来寻求合作。陈惠抓住这难得的机遇，下决心将企业做大做强。他果断出手，投入300多万元资金，在连黄公路边的马笼口下，新征土地4700平方米，建成面积2360平方米的三座标准车间和一座三层综合楼。他不惜重金新购置了冲压金切、热处理等机械设备200多台，进一步扩大了生产规模。短短三年，其轴承产品从原来月产5万件单一产品，发展到月产200万件、30多个系列产品，全部打入国际市场，畅销德国、日本、美国、加拿大等国家，再次彰显了陈惠洞察市场的才能和远见卓识的战略眼光。

第二次是在20世纪90年代初。1993年11月，陈惠抓住企业顺利发展的大好时机，再接再厉，再创辉煌，与香港永辉公司合资创办了"中外合资福州富佳机电制造有限公司"。在敖江工业聚集区征地40亩，投资1000万元，建设标准厂房及配套设施。根据国际市场的需求，适时研发出了"火车自动调节杆"等龙头产品，以及合页铰链、自动化输送链条、脚轮架、绝缘钉等系列创新产品，畅销美国、日本等地，每年为企业新增上千万元的产值。到2009年，这家中外合资公司为社会安置了300多劳动力就业，拥有固定资产5000万元，年产值4000万元，年创利税300多万元。许多省市领导，包括当年在福州市任市委书记的习近平同志都前来公司调研视察，对这家明星企业给予了充分的肯定和赞扬。

二十多年的商海拼搏中，陈惠才华横溢，眼光独特，创造了乡镇企业快速发展的奇迹。同时，他也收获了众多荣誉和赞赏。他集"全国优秀企业家""省企业家协会副会长""省优秀企业家""福州市人大代表""连江县人大常委""连江县企业家协会副会长"等职务和荣誉于一身。然而，他对自己却有着严格要求和清醒认识。他清楚地知道，自己多年来所取得的一系列成绩，除了自身努力之外，还得益于国家改革开放的大好形势和各级党和政府对企业的扶持与帮助。他对国家怀着深深的感恩之心。自己的企业发展了，就要在力所能及的范围内去报效国家。作为一个企业家，足额纳税是自己回报国家的本分。因此，在创业发展的这些年里，他总是再三交代财会人员，一定要严格、及时、足额地向国家交纳各种税费，该交的一分都不能少。另外，他的公司每年都有新的产品研发出来，按道理他可以得到很多的专利补贴。但是，他却从来不去申领这些费用。他和气地说："虽然我去申请新产品专利补贴是天经地义的，可是我觉得现在有能力了，就没必要再拿国家这些补贴了。国家要用钱的地方很多，这也是我回报国家的一点小小心意吧。"

　　关爱员工，这是陈惠作为老板受到员工拥戴，被人称道的优点，也是他践行自己"做一个有良知的企业家"诺言的一个着力点。从创业当初和员工同甘共苦、拼搏奋斗，直到后来发展成为拥有几百员工的规模企业，他和员工之间结下了深厚感情。谈起他和员工的关系，他总是说，"我从来没有觉得自己是高高在上的老板，而是始终把他们当作自己的兄弟姐妹。"正因为有这份情感所在，陈惠对员工可谓是关爱有加，视同亲人。他想方设法，为员工创造了良好的工作和生活环境，尤其对外来员工，更是精心为他们安排住宿，提供便利的生活条件。甚至，在员工饮食方面，他也予以了很大的关注，不但要让职工吃饱吃好，更要让员工吃得健康。他根据自己对饮食方面的研究，每天亲自下食堂，精心为员工配置了营养均衡、健康美味的饮食菜单，让员工们大饱口福。至于员工的报酬，陈惠也毫不吝啬。他公司员工的薪酬，相对于同等条件的其他公司，都要略高一筹。陈惠常说："当老板不要老想着自己多赚钱，而是要尽量提高员工的收入，激励他们精神舒畅地为企业效力，这是一举两得的好事。"这就是一个有温度的企业家的胸怀。

"来自社会，回归社会，奉献社会。"这是陈惠的一句箴言。创业以来，随着企业发展，陈惠也越来越重视对社会的回报和贡献。他积极参与社会公益活动，只要是有利于社会公益的事，他都"随叫随到，有求必应"。在家乡，他慷慨解囊，兴教助学，铺路修桥，救灾扶贫，热心公益慈善事业，每年捐款都不少于十万元。有一次，他在连江县玉泉山风景区登山，忽然下雨，看到游客在半山腰无处躲雨。他立即联系相关部门，捐出 10 多万元，在半山腰修建了一座"漱玉亭"，极大地方便了游客的避雨、遮阳和途中休息，广受众人好评。他还踊跃参加了"百人爱心助孤团"活动，每年都捐出一定数额资金，专项用于资助孤儿慈善事业。他的想法很简单，有钱就捐。他觉得能够帮助别人，能为社会做点奉献，就是最好不过的善举。为此，他曾荣获福州慈善事业"突出贡献奖"，并被推选为连江县慈善总会副会长。

感恩国家、关爱员工、回馈社会，作为有良知的企业家，陈惠一直在践行着这三条标准。

滕忠东：匠心安全茶 健康你我他

方 圆

滕忠东:云南朴境茶叶有限公司董事长、福州市晋安区政协委员、福建省第十三届政协列席委员、墨西哥中华企业协会副会长、普洱茶资深鉴赏与收藏家。

我国是世界上最早发现、栽培、利用茶叶的国家，茶是生活之茶，也是文化之茶。传承优秀传统文化，是满足人民日益增长的精神文化需求的迫切需要，而创造高品质生活是根本目的。因此，对茶的传承也提出了高质量要求，朴境认为符合欧盟食品安全检测标准，是其重要指标之一。

吃安全茶，让人吃出健康

滕忠东的朴境古茶，是目前中国普洱茶领域一个迅速崛起的新兴品牌。领悟于品饮几十年的号级老茶，启发于微生物学家陈杰研究员的指导，滕忠东洞察当前茶界状况，发现在普洱熟茶领域有很大的作为空间。朴境古茶以欧标为准，以非凡胆识采用树龄百年以上的乔木大茶树春料渥堆发酵为原料，辅以年份茶作拼配，敢为行业先！

本着"踏遍千山寻好茶"的宗旨，精益求精，匠心制茶，朴境古茶严选古树优质原料，坚持古法制茶——依时采摘、适度摊晾、柴烧锅炒、轻抛重揉、阳光晾晒等传统工艺，复刻历史上有口碑有价值的普洱珍品，并以生产达欧标、茶性温和、让人吃得健康的茶品为己任，继承和发扬古法工艺，努力学习和探索，收藏、分享中老期茶的同时，复刻有口碑有价值的普洱珍品，让消费者安心品味经典的味道。

朴境古茶创始人滕忠东认为："安全、好喝是每一款茶必须达到的质量标准。茶作为食品，安全是基本的要求，朴境研制的每一款茶，都经过权威机构最严格的欧盟食品安全标准检测，510多项指标全部合格。朴境古茶顺应时代对健康食品的追求方向，以'制安全、健康好茶'为目标，以为消费者供应健康安全的好茶为己任。"

截至目前，朴境古茶年产销茶产品 50 余吨，产品体系基本完善——新制普洱生熟茶 15 种，加上中老期茶，共有品类 30 余种，可以满足不同消费层级的需求。朴境倡导"吃安全茶、吃出健康"的理念，突出发酵茶品养胃润肠、降血脂等功效。

乌金方砖（熟茶），因茶结缘

谈到印象深刻与"茶"相关的故事，滕忠东分享了因朴境茶品乌金方砖结缘福建登山协会会长朱韶明的过程：2020年疫情期间，朱韶明在家将乌金方砖当日常茶饮用，一段时间后感觉肠胃功能明显改善，大大提高了综合免疫力，首趟下山出门便到朴境处，与朴境团队一起交流、分享品饮心得。朱会长感同身受朴境"制安全茶、吃出健康"的事茶理念，当获知朴境茶品达欧盟食品安全标准时，便热邀朴境茶品上石鼓别苑，希望让更多有缘人享用高品质的茶品，满足人们对健康、美好生活的追求。

在与朱会长深入交往后，滕忠东越受触动。"在朱会长积极倡导及推动下，登山运动成为一项增强人民体质的日常活动。其组建的山地救援队，十几年如一日坚持公益救助，挽救了几百人的生命。2014年，朱会长荣获'全国学雷锋先进个人'，他领导的福建登山协会山地救援队获'感动福建十大道德模范'殊荣。在众多荣誉面前，朱会长仍初心不改，他身上帮危扶困、救人于危难的中华民族精神，是当代学雷锋的好榜样。"滕忠东接着说道："这一切让我动容，并下定决心以他为榜样。同时，我把这份精神带入到我从事的茶产业中，要生产'安全达欧标、茶性温和、让人吃得健康'的好茶品，以利社会。朴境茶企现虽小，但安全健康无小事，我们一定认真负责任，承担起'吃得健康'的社会责任。"

"新"是机遇，也是挑战

随着脱贫攻坚战的胜利，政府非常重视茶产业的发展，充分发挥了茶产业在脱贫攻坚和乡村振兴中的积极作用，茶产业迎来新机遇。

而大家对美好生活向往的新消费环境，亦敦促我国茶产业往更高质量发展。

滕忠东认为："在政策和消费环境的大背景下，不难看出，中国的茶行业正在面临着巨大的机遇与挑战。资源整合、新理念、新模式、创新技术等，以及品牌百家齐放、跨界融合都是新趋势，都推动着茶产业的多元化发展。与此同时，这也意味着对茶企业提出了更高的要求，在注重茶品牌建设与市场拓展的同时，不能忽略茶品本身的质量问题；茶产业的'新'，是新消费动力，也是文化自信的新驱动。蕴含着浓厚中国文化基因的茶叶，在'一带一路'倡议深入推进的历史机遇中，完全有能力更好地走出去，向全世界展示我们的文化价值。"

"正在突破与发展的茶产业，促使茶企不断升级企业理念。朴境作为茶产业中的一分子，重视茶品安全健康问题，制喝得起的放心茶。一杯茶，能对人的健康带来帮助，也就是我们信守的一片叶子能带来的福祉。"滕忠东坚定地说。

我的浦小生活

浦口中心小学 金 霄

再回首，恍如昨日。茫茫然走进浦口中心小学，便开启了我的语文教学生涯。这里有我和同事们、孩子们共同的故事，每个故事都是我成长的足迹。在这四年里，浦小带给我许多收获，是孩子们的天真与烂漫、成长与进步、疑惑与豁然开朗，同事们的拼搏与上进、团结与互助，让我感受到职业的魅力和工作的乐趣。

校园景色

2021年8月，第一次搭乘前往浦口中心小学的公交。穿过村庄，左转右拐，到达校门口，这便是我往后好几年来来返返的路途。一路平坦，走进校园，眼前浮现的便是校园的半貌，灰蓝黄三色构成了一栋别具一格的教学楼，转角遇上红绿相间的大操场。"小学竟也有如此大的操场。"心中默默惊叹。

在南瓜里度日，就成圆形；在竹子里生活，就成长形。在浦小里生活，初具雏形。浦小的景色，美到不行。小小的学校中藏着大大的景点：可阅千年的红石书、意境高远的学子桥、潺流不绝的锦溪流音、悠闲阅读的无界书吧、紫藤垂挂的览径、眺望云天的窑江亭、承载历史的碗模窗……这宛如一幅连绵的画卷，令人流连忘返。安静、和谐、优雅的环境，犹如细雨润物，营造良好的心境。

校园关怀

学校的校训是"向善，向上"。我们的日常也恪守校训，备课、上课、教研，让自己越来越好。刚到学校，对工作还不熟悉，总感觉每天都像驴拉磨，费劲又无效率，对自己的选择感到彷徨。从初来乍到时的迷茫、彷徨到如今的清晰、明朗，这四年的时光里，多亏周围的同事们。他们总是在我疑惑时，为我排忧解难；在我无助时，为我出谋划策；在我停止不前时，默默递上一份"加油"……从他们身上，我学到了拼搏、努力、上进，也收获了珍贵的情谊。

学校这个大家庭也为我们提供了很多温暖，比如教职工生日会、团队活动等。印象最深刻的是那年冬至——这是连江当地极具特色的一个节日，冬至的前一晚，他们就会聚在一起捏元宵、搓搓丸，还会有人演唱民谣——学校在中午时段为我们过"冬至"，老师们宛如一家人共聚一堂，捏元宵、搓搓丸。年长的老师将半干的面团截成小节，再揉搓成一个个小小的丸子，类似于汤圆的形态，年轻的老师有样学样。不一会儿工夫，桌上便堆满了形态各异的元宵：饺子样、金元宝样、小泥人样……中间放上一个红橘，寓意吉祥如意。这个不起眼的活动，深藏着暖心的味道。

校园气息

每个老师都喜欢优秀的孩子，在教育过程中难免把自己的好恶不经意表现出来。"心怀柔软上讲台，归来眼里常有光"是作为新教师的我想做却又常常抛掷脑后的一份初心，直到四年前那次——

那天课上，A同学多次说话、搞小动作，被我怒斥，从他的怒目圆睁中可以感受到他的不满。跑操时间已到，我领着队伍到操场，却迟迟不见 A 同学。众同学纷纷说道："他就在班级，不打算下来。"我心想如何是好，我也不能放着全班同学，单独找他沟通。此时 B 同学自告奋勇，前去说服，想到 B 同学平日里也是调皮捣蛋鬼，我十分不放心地让他去了。万万没想到，最后他竟然成功而返，我便问他是如何做到的。他回答道："老师，您平时怎么劝说我的，我觉得有道理的话，我也和他说了一遍，他就想通了。"

一时间，我呆住了。我反省了自己，在处理 A 同学的事情上，是不是选择的方法不对。同样的话，为什么我说就不如 B 同学说有效？课后，A 同学找到我，向我表达了歉意。原来道理他都知道，但是在课上被批评，总感觉面子过不去，便有了这样的反应——他们的身上散发着不服输和青春的气息。从此，在处理学生问题时，我会更注重场合，讲究方法。

虽有时的心情也因为他们的成绩波澜起伏，但一次次的活动，一次次的竞赛，让我看见了他们各自身上的光。课堂上，我享受着全身心授课的快乐，喜欢他们听讲时专注的神情，喜欢课上碰撞的思维的火花，也喜欢他们簇拥在一起认真讨论的样子。他们的乖巧听话，让我觉得自己是幸运的。

春风暖暖嫩绿芽，初入杏坛感悟深

浦口中心小学　陈云婷

　　2020 年，我怀着对教育事业的无限憧憬，如愿以偿成为浦口中心小学的一名教师，这令我感到无比光荣与自豪。年华似水，岁月飞逝，回顾过去的三年，有过迷茫无助，也有过逐步成长，是身边前辈们的悉心呵护与指导，鞭策着年轻的我，告别稚嫩，一步步成长。

　　三年前的那个夏天，我满怀憧憬，走进了孩子们的童年。我重新置身于校园，却不再以一名学生的身份。因此，这个校园对我而言，物理意义是一个新场景，心理意义上更是一个新天地。听着陌生而又熟悉的上课铃和下课铃，看着孩子们朝气蓬勃的面孔，还有那迎面而来的一句句"老师好"，我都感触颇深。第一次教研，第一次上公开课，第一次带学生参加研学活动……许多个"第一次"融汇成我对教师这个职业的新奇体验。诚然，教师这个职业远非我们想象中那般简单，它既考验体力，又考验脑力，既需要认真勤奋，又需要积极动脑，参加岗前培训的时候，我甚至不理解为什么说教师是一份"苦差事"，直到我真正走上工作岗位才有了深刻体会。刚入职的第一年，我就当上了班主任，工作事无巨细，刚开始我常常倍感苦恼，压力如泰山压顶般袭来，作为新人的我懵懂无知，只能不断学习。面对新环境，除却紧张与不安，更多的是对未知的茫然。

人心向暖，岁月情长。最令我感动的是学校有经验的老师，他们总是雪中送炭，在班级管理和学生管理的工作上，给了我很多建议与帮助。班主任工作，有苦有累，有笑有甜，做了这份工作，你才知道自己肩上所担负的重任。我从中体会到了教育的快乐以及与学生相处的快乐，在快乐中找到了自我，也从中悟出了很多道理。俗话说："谁爱孩子，孩子就会爱她，只有爱才能教育孩子。"让每一个学生全面发展，是每一位班主任的最大愿望。作为一名班主任，在工作中，我平等对待每一位学生，学生之间发生了摩擦，学生与家长之间出现了问题，他们找我寻求解决办法，我总是认真倾听，尽力帮助，因为我知道，"教育无小事"。如今的我已由最初的心怀忐忑到渐趋从容。如果时光有味道，我想那便是过程虽有苦涩，但成长却有回甘。

在浦口中心小学的三年，我感受到了温暖和幸福，也感受到了个人专业的成长。犹记得我的导师告诉我，扎实的课堂才能使知识点落地生根，只有每天精心准备才不怕"突然袭击"，只有每天用心用情学生才能品行受益。这些适时的指导与鼓励拨云见日，总会驱散我心头的阴霾。在学校里，我旁听了不少节课，老师们风格各异，又兼具对课堂的掌控力，例如我的指导老师，每节课都幽默风趣地勾起学生们对学习的兴趣，又脚踏实地让学生们能够考出好成绩。同时，我也参观并参加了学校的不少活动。在学生表彰大会上，我见到了老师对学生们的殷殷期许，也见到了学生由内而外的蓬勃朝气。

在这三年里，我感受到，自己的进步是因为我们背靠学校这样强大的后盾。学校的老师们也都非常热情地把经验和知识传授给我们，丝毫没有藏私的意思。我深知，成长之路漫长，奋斗之心不能丢。世界上有两种最耀眼的光：一种是太阳，一种便是我们努力成长的模样。要努力靠近光、追随光、成为光、散发光。在追光而行的过程中，有热血，有感动，有同事的帮助，也有自我的艰辛努力。学校为我们提供了各种成长途径，通过各种公开课以及助力青年教师成长的师徒帮扶，让我们在教学方面茅塞顿开，学习到了不少经验。学校还组织召开教师经验交流大会，优秀教师们将自己的班级管理经验倾囊相授，大家各取所长。

教育是一条很长很长的路，或许前路仍有太多的不确定，但同时也意味着太多的可能，等着我去探索、去发现、去收获，不知疲倦的跋涉让我的青春变得厚重而美丽。在教育这块热土上，我愿挥洒我的青春，倾注我的热情，心怀感恩，继续努力，主动成长。

浦口中心小学

我和浦小的故事

浦口中心小学六年一班　吴芷涵

　　浪漫的清晨携着温暖的阳光奔赴而至，又是一年夏天，一如六年前那般，热情而莽撞，在我的生命中挥下了浓墨重彩的一笔。

　　忆起初见，惊鸿一瞥，乱我心曲。我怀揣着一颗未知的好奇之心，踏进校门，镀金的校训，青翠参天的大树，洁净古朴的教学楼，老师亲切和蔼的笑脸，井然有序的进班流程，一切的一切，都在向我表达你对我的欢迎。

　　步入校园，孔子像、善浦书苑、碗模窗，这些我未曾见过的建筑都在吸引我去了解你的过往。孔子塑像庄严肃穆，是你丰富儒学内涵的载体，濡养我身心；碗模窗，洒辉煌，阳光折射下，熠熠生辉，尽显你的底蕴；善浦书苑，让我浸润于书香气息中，在知识中流连忘返。

　　后来，我与你慢慢熟识。你将一个个可爱的同学和尽职尽责的老师送到我的身边，让我同他们一路成长。每日早晨，我们朗朗的读书声与你同奏，一起开启美好的一天。梧桐树上，绿叶乘着微风，摩擦出"沙沙"的音乐，鸟儿站在枝梢上，和着音乐的拍子翩翩起舞；树下，银铃般的清脆笑声响荡在空气中，为你也送去一方欢歌笑语。

　　考场里，我挥洒汗水，奋笔疾书，将所有的努力书写在一方答卷上，你将铃声拉响，我交上试卷，伸个舒展的懒腰，自信一笑，心中暗想自己这次又能进步多少。你默默凝望着我，那星星点点的阳光透过绿荫，为我带来一树繁星。

操场上，我曾望着鲜红的五星红旗热血沸腾，也曾为奔跑的同学助威呐喊，也曾在这里为同学的友谊而红过眼，还曾穿着新球鞋绕着跑道走了一圈又一圈，向你诉说少年的困惑与迷茫，你记得吗？

不经意间，六年的悠悠岁月，已经如同手中紧握的沙子，无声无息地流逝。如今距离分离的倒计时仅剩几天，放飞的纸飞机来不及去捡，我和浦小的故事也到了尾声，将要落幕，遗憾回不去昨天，只能将美好的回忆一路珍藏。

我和浦小的故事简单且平凡，但值得我铭记一生。

美丽浦小我的"家"

浦口中心小学六年二班 滕鑫蕾

我所在的学校——连江县浦口中心小学，它可是全县首屈一指的钱学森学校呢。我们学校不仅有优美整洁的环境，让人流连忘返，更有独树一帜的学风校风，像温馨的家一样滋养着我们的身心。

红石书

走进校园，率先映入眼帘的是整块印度红雕刻而成的校史石书，古朴典雅又充满书香之韵。其上为浦小往日今生辉煌荣耀的详细记载，而今已然成为新浦小新的图腾。听，广播室正播放"红石书，阅千年……"聆听着广播声，一股自豪感由心而发，想必，这就是浦小学子的一种默契，也是一种不变的敬仰！

锦溪流音与"三座桥"

啊，还记得我当小小导游时，就站在这三座桥上，为来宾介绍景点。古时学子登科有三甲之谓，寓意浦小学子学业有成的三孔石桥，如长虹卧波，气势磅礴……三座桥下的"锦溪流音"，长达150米的水渠流经校园，终年不竭，桥跨其上，云浮水面，绿树掩衬，鱼游水中，构成了校园独具魅力的"锦溪流音"水文化。经过翻修，如今的锦溪流音新添了水风车，清澈的流水潺潺而行，红白色的鲤鱼在水中嬉戏，别有一番情趣！

操 场

看，少年们在新绿的草坪上尽情奔跑。"射门！""球进了！耶！"他们在球场上挥洒汗水，青春肆意又张狂。"啪啪啪啪……"隔壁的篮球场正在进行一场激烈的比赛！一名穿红色球衣的少年弯着腰，篮球在他的手下前后左右不停跳动，他的双眼溜溜地转动，寻找"突围"的机会。突然，他加快了步伐，一会左拐，一会右拐，冲过了两层防线，来到篮下，一个虎跳，转身投篮，篮球在空中划过一条美丽的弧线后，不偏不倚落进筐里。

教学楼

在我眼里，母校最特别、最吸引人的地方，是大家再熟悉不过的教学楼，那是校园里最神圣的地方，始终庄严地矗立在校园里，像一位士兵。天空染上一丝白，我们从睡梦中醒来，开始了一天的学习生活，走进校园，琅琅的读书声响彻校园。教学楼包含多功能室、教师办公室、会议室等，我们每天必经的楼梯墙壁上，贴挂着历史名人（钱学森）、历史故事（孔融让梨）、神话故事等，还有学生的绘画书法作品，熏陶着学生的艺术细胞。

绿荫葱葱，石书古亭，小桥流水，溪音潺潺……这就是我的校园！它因悠久的历史而厚重，因真挚的情感而温暖，因多彩的颜色而美丽，让我怎能不爱她？

青青园中草

陈烁阳

不舍校园青青草，难忘款款恩师情。

——题记

叶片间的丝丝光辉，争先恐后涌入教室，映射在孩童稚嫩的脸上，泼在老师讲课的黑板上，溅起缕缕碎辉，轻轻飘落在图书角的草盆儿里。随着琅琅的读书声响起，这一天，在阳光中开始了。

校园角落的那盆草，是童梦无忧的切片。在儿童的生涯中，那株草，总是低垂着，一下子扎进记忆的小溪，挑出一颗颗彩色珍珠。

记得，阳光散落的舞台上，我与同学在台上肆意起舞，虽然笨拙无比，像角落里那株随风而动的小草，但灿烂的笑容传至每个角落，温暖着周围的老师、家长、同学。那歌的节拍像水一样柔和，那青春的舞姿像火一般热烈，只要沾上那股少年气，一切就充满了活力。

校园六月，最是忙碌。夏至的蝉鸣，微波炉式的热浪把整个校园都烘烤出了书香。那草长高了许多，花儿开得茂盛。无论谁，都在夏天有了收获。虽不复往日的天真，大家伙却收获了几分成熟，不再像那株随风凌乱无章摇摆的小草，像翩翩公子，像款款少女，顺着风，轻轻地、沙沙地摇曳。草，赶着太阳长；人，赶着时间学。虽说大家少了无忧无虑的纯真，却多了芬芳馥郁的书香气息。

我们确实长大了，卷面上的数字不再轻飘飘，虽仍旧是园中草，却有了更骄人的成绩和更高远的梦想。

校园的草，投影在园丁脸上，留下了岁月的皱纹。阳光下，记忆中，熟悉的声音，疲惫的背影，温暖的风拂过脸颊，阳光嵌进教室，老师总爱拿着水壶，为校园的草播撒养分。在我们这群大孩子眼里，老师洒下的不仅是甘露，更是伟大的爱。

回首六年，第一次做操的笨拙，第一次得奖的自豪，第一次考试的紧张，第一次考到一百的骄傲……这六年，有风，也有雨；有阳，也有雷；六年一晃而过，教室后面的那株草，也渐渐变得青紫，它见证了我们的成长。时光不再像河水了，他仿佛变成激流，一瞬就溜走了。校园的草，也就成了不变的回忆。忘不了，校园草；忘不了，校园根。

叶片间的丝丝光辉，映射在课桌上，照在少年朝气的脸上，照在黑板昔日的字迹上，依旧银光闪闪。六年，犹如一杯清茶，浸润了我的心。我亲爱的母校，我会把你深深珍藏。

朝夕为草，终身留根；难忘校园，不忘师恩。

故 乡

林兆全

我再一次写到我的故乡
这个汉语中最最熟悉的
沾满泥巴与汗渍味的名词
它是从薄明的翅翼上方升起的
那一轮暖暖的日头

它总是以切入骨髓般的
那种疼痛在时时锥刺着
我的灵魂，连同一大堆
跟自己有关的人、事、物
貌似平铺直叙地浮现在视野里

我走过的远方其实并不遥远
而我写下的所有履历
唯一的落脚点无一例外地

都落在了这个最谦卑的字眼
让我一辈子为之俯首和遵从

感谢生活，感谢自己
诚实的命运使我一次又一次
得以从时间的水火中
去提取日久弥新的记忆
获得一种梦境苏醒后的重生

我需要回到后现代的故乡
在那条四十多年以前的小溪边
如淬火的炉膛熄灭最后一颗火星
落日，晚霞，还有弯曲的彩虹
此情此景均构成了我对明天的追问

庆贺浦口中心小学成立 110 周年

(1) 阮道明

百载图强气势昂，一腔热血育金梁。
良师授业传薪火，众志倾情注学堂。
桃李争春相竞秀，人文上善尽流芳。
浦江破浪宏图展，奋发耕耘再远航。

(2) 毕成龙

一任文风畅，征程奋箸鞭。
心田培杞梓，汗雨化芳妍。
水起凌云势，鹏飞戴德天。
门墙尤上善，功业赋诗篇。

(3) 陈玉华

直从丕址浦江边，百载还添一十年。
春物育才怀远志，弦歌进德著先鞭。
人文照眼辉煌路，桃李成林灿烂天。
代有明星班主任，昌期迭岁侑诗篇。

（4）陈增信
蝶恋花

立定龙山望浦水。花木桥亭，直把园林比。早有贤声传百里，倾囊助学真无几。　　不特今人呈意气。百十年间，屡见迁新址。寄语莘莘诸学子，胸怀家国当如此。

（5）林辉应

百年精舍溢清华，不尽人才焕彩霞。
理念标新崇教化，秉承上善自堪夸。

（6）王祯国

百馀年史历沧桑，学子莘莘意气扬。
笃志攻书生景象，潜心磨剑露锋芒。
春风化雨滋桃李，蜡炬成灰育栋梁。
以德树才犹上善，未来料更显荣光。

（7）何宗玉

左学欣逢百一周，弘扬上善创名流。
敖江浪势奔沧海，浦口书声展远猷。
育德培才桃李秀，探源启智栋梁优。
满园弟子芬芳日，蜡烛精神世代讴。

（8）高娟秀

错落楼台景色妍，溪流缓缓学园穿。
历经岁月还清澈，培育栋梁尤静专。

上善教风滋厚德，谨严校训护蓝天。

百年涌见多才俊，若水精神累代传。

(9) 林中生

沧桑岁历百余年，远近皆碑誉领先。

理念开宗循上善，设施接续具超前。

教鞭挥处精神奋，佳绩传频锣鼓阗。

喜看向荣新气象，明朝笃定更芳妍。

(10) 李淑娇

满江红

背倚侖山，凭风雨、潜心办学。欣树德、培桃育李，琨瑶雕琢。若水精神扬上善，腾龙愿望勤中搏。百十年、不断展才华，今超昨。

严治教，求先觉。研文理，分清浊。让童颜欢悦、机灵宏绰。绛帐资深环境美，攻书励志图渊博。植好苗、赞业绩辉煌，歌英卓。

(11) 郑家敬

园丁接力究根源，辈出英才德泽存。

百载胶黉逢大庆，莘莘学子感师恩。

(12) 杨弘青

百年黉宇阅沧桑，展望未来光景祥。

文苑学楼皆耀彩，校园芝草亦飘香。

尊师重教心存善，立德育人儿自强。

勇毅谦和怀博爱，追求卓越创辉煌。

（13）何文昌

浦江锦岸树成林，流水潺潺宛澍霖。
百载含辛花竟发，诸生苦读意精忱。
校园培育雄才志，佳绩弘扬骏业心。
立德创新同奋进，图强重教报佳音。

（14）林爱珍

百载碧梧栖彩凤，甘泉滋养孕芳洲。
逢春化雨培花秀，润物无声办学优。
上善怀情勤琢玉，温良施教久经秋。
韶华不负强团队，贺创黉门第一流。

（15）李建恩

滚滚窑江向海流，喜看浦小泛飞舟。
追求上善滋桃李，辈出人才百十秋。

（16）陈珍娟

百年浦小蕴芬芳，四季勤耕育栋梁。
恭祝辉煌华诞庆，前程锦绣美名扬。

卜算子

襟抱蕴朝曦，无惧坑洼路。苦砺纤毫铸剑锋，终获参天树。 百载阅风云，今日群英聚。共祝辉煌再启航，领梦云霄翥。

(17) 柳智英

浦江水碧浪波融，一派风光朝气蓬。
百载向荣频折桂，千花竞秀每争雄。
育人立品飞龙凤，树德怀仁启鹄鸿。
学海扬帆歌盛代，争辉椽笔写长空。

沁园春

浦小风光，雅阁楼亭，和谐大方。看满园桃李，幽林秀丽；应时比美，文采琳琅。岁月循环，培才重教，百载旬年续诞芳。举杯祝，愿前程似锦，德业绵长。　　几经兴旺沧桑。承继往、开来愈赫煌。看投身教改，创新理念；树人上善，特色张扬。运智求精，书山化雨，润物无声兴未央。圆好梦，让初心不改，再创辉煌。

(18) 张聿存

百年黉校底根深，叶茂枝繁万木林。
教育领先名远播，人才辈出世同钦。
建功立业显身手，效力兴邦献赤心。
且喜今朝临校庆，师生欢聚举觞斟。

(19) 阮如花

开基拓土百余年，授业辛勤尽出贤。
锦绣校园桃李艳，名扬四海谱新篇。

(20) 李彦宇

浦小荣光百载悠，源于上善自风流。
立人树德情怀远，敦品怀仁意境优。

专业精研皆气尚，师资博学尽风猷。
攀登路上花如锦，誉满敖江喜胜收。

(21) 张学宇

国民教育仰前贤，浦口中心小学先。
百载馀年隆庆典，培英用世再挥鞭。

(22) 徐新文

文化精神上善风，育人高手在乡中。
百年多有天才出，接力交班世代雄。

(23) 陈统炳

浦江小学百余年，培育良才任在肩。
崇善德承歌盛世，而今桃李出名贤。

(24) 张冠聪

钟毓贤才誉八闽，浦江黉诞百余春。
育承启德功劳大，教助兴科质量真。
郁郁校园新气象，莘莘学子倍精神。
宵分秉烛攻书者，将是清华北大人。

(25) 林长成

画堂春

百年创校赞丰功，追求教育良风。传承文化育人衷，师德尊崇。　　上善精神理念，名言梦想相通。校园环境造巅峰，价值无穷。

(26) 方松峰

建校于今百一年，乡关焕彩美空前。
水渠台阁云中绕，花圃楼亭地上连。
胜境钟灵培博士，黉堂毓秀育高贤。
欢歌一路蓝图绘，上善精神代代延。

(27) 王官钗

薪火相传逾百年，园丁代代自扬鞭。
丹心掏尽新苗壮，满眼春风桃李妍。

(28) 林美芳

校庆欢歌不夜天，鲜花绽放百余年。
弘扬上善培桃李，沥血呕心硕果妍。

(29) 章艺林

八方人颂好园丁，灌溉辛勤树德馨。
绛帐恩敷桃李茂，兹逢庆典合碑铭。

(30) 翁长忠
卜算子

浦小似园林，曲径通幽处。雅致楼亭错落间，胜过名山旅。
心境水深沉，永进应无阻。建校欣欣百一年，不乏高才举！

勇毅争先的拓海人

吴其法

一块块生态浮板,通过水下台架连接成浮筏,整齐排列,勾勒出数万亩海上田垅,宛如阡陌纵横,平行分布的苗绳上挂满了一株株硕大的海带。

一粒粒塑胶浮球,挂着一笼笼鲍鱼和肥美的生蚝,纵横串联,从岸边向外海延伸,如同五彩珍珠镶嵌在黄岐湾海面上,随波轻盈摇动,构成一道道流动的风景线。

一座座乡村"小洋楼",错落有致,彩虹堤坝、海上牧场,交相辉映,呈现出一幅海洋版的当代"富村山居图",引来游人无数,流连忘返,现已成为远近闻名的网红打卡地。

这里,就是福建省连江县官坞村。

可谁曾想到,20 世纪七八十年代,靠种海带为生的官坞人,个个是穷得出了名。当年流传着这样一句民谚:"有脚不踩官坞角,有女不嫁官坞男。"

其中的变化离不开一位普普通通的渔民,改革开放后,尤其是近十年来,他凭着自己对振兴家乡的梦想,依靠科技创新,敢为争先,勇闯勇试,撬动了官坞村乃至全县现代渔业的发展,有力地推动了乡村振兴,助燃了千千万万个沿海渔民增收致富的新希望。他,就是连江县官坞村村民、第十、十一届全国人大代表、全国劳动模范、全国优秀退伍军人、全国科技致富带头人林哲龙。

培育海带"芯片" 带动乡村振兴

"官坞",顾名思义,是个官船停泊的地方。1956 年,林哲龙出生在这里,1974 年,他主动报名参军,报效祖国,1978 年退伍返乡。20 世纪 80 年代初,勤奋多思又有奉献精神的林哲龙被推选为官坞村村民委员会主任、村党委书记。每当徜徉海边,面朝大海,他就会陷入沉思:难道官坞村就这样穷下去吗?难道官坞人就像铁铺里的钻子——就是挨打的命吗?

好强好胜不甘沉寂的林哲龙,下定了决心,乘着改革开放的春风,带领村民们开辟深海田园,希望通过扩大海带种植面积,增加村民收入。然而,当时大家种植的海带苗都是从其他地区购买的,普遍

5 米长的海带

产量不高，亩产不到 5 吨，增收效果并不明显，一些年轻的村民开始外出打工。1994 年，全国出现暖冬，海带苗下海后全部烂掉，养殖户面临绝收，林哲龙做出一个大胆的决定："从山东空运苗种回村养殖。"这史无前例的勇敢作为，让全村当年的海带种植重新焕发出勃勃生机。

"种海带没有品种，靠人家，肯定得受人家制约，哪一年没有苗种了，就没有办法养下去了，必须自己育苗，把苗种牢牢掌握在自己的手里。"遭受上述"飞机苗"事件之后，林哲龙告诉村民，"科学技术是第一生产力"，他要带领大家培育海带苗，开展科技创新，做好科技兴海这篇文章。

"育苗是专家的事，一个农民能培育出海带苗？"

"不自量力，肯定是竹篮子打水一场空！"

质疑的声音在全村弥漫，但敢为争先的林哲龙依然踔厉奋发，勇毅前行。他带领几个村民成立了官坞村海水养殖研究会，专门从事海带育苗养殖试验，不懂的地方，就去请教海带育苗专家，并与中国水产科学院、黄海水产研究所、福建省水产研究所等国内一流科研院所开展深度合作。试验期间，他经常挑灯夜战，反复叮嘱大家："培育海带苗就像做一道菜，水温、光线、流速等诸多元素就是这道菜的调味料，要不断地调试，在实践当中去摸索、去总结，最后达到高产高优高效。"

功夫不负有心人。经过反复试验，林哲龙带领的团队成功培育出耐高温、生长快、抗病能力强、叶片宽长、产量高的"黄官"系列以及"闽优"系列高优海带苗，亩产量可达 25 吨以上，获得国家科技进步二等奖、福建省科技进步一等奖。他带领的连江官坞海产开发有限公司，2017 年被农业农村部列入国家级海带良种基地，2021 年被农业农村部评为中国水产种业育繁推一体化优势企业，2022 年被农业农村部评为水产种业强优势阵型企业。

目前，连江官坞村每年育出的海带苗约 20 万亩，供应给辽宁、山东、江苏、福建、广西及日本、韩国、朝鲜等 9 个省、4 个国家养殖，解决了全国 70% 的优质海带苗供应。在辽东半岛，广大渔民和养殖企业主由衷地称颂道："中国水稻袁隆平，中国海带林哲龙。"

在解决海带种苗"卡脖子"问题后，林哲龙带领官坞人从一根海带做起，做成了全国最大的海带育苗基地、全国最大的村级海带养殖基地，全村海带产量大幅增长，成了远近闻名的"海带之乡"。然而，全村海带产量上去了，林哲龙发现，新的问题又来了：到了 5 月海带收获的季节，村民们除了将一部分海带卖给鲍鱼养殖户作为鲍鱼饵料外，其余的都是拉到村后的山头上晾晒做成干海带出售，可这个时候恰遇南方雨季，很多海带还没晒干就烂掉了。

看到这种辛酸的结果，林哲龙深知，只有开展海带深加工，才能改变这种靠天吃饭的现状。于是，他组织村民在村里建立起海带加工厂，每年三月份开始，加工幼嫩海带，拉长海带收获时间，延长海带产业链，同时不断创新加工产品，将海带做成海带丝、海带结、海带饼、压缩海带、烘干海带、腌制海带、即食海带、海带多糖等，深受消费者青睐，极大地提升了海带附加值。

目前，官坞村已成为全国最大的盐渍海带加工基地，形成了以科技为依托，以市场为导向，以效益为中心，集育苗、养殖、加工、开发、销售为一体的农业产业化发展模式，全村 80% 的农户从事种养业，其中有 80% 的渔户家庭年收入达 30 万元以上，60% 的渔户家庭年收入达 50 万元以上，有的家庭年收入可达 100 多万元，村财年收入达数百万元。"经济基础决定上层建筑"，2005 年 9 月，官坞村率先实行农村免费义务教育，建立了奖学奖教基金，后来又建起敬老院、官坞纪念馆、临海公园、村工业园区等，村容村貌焕然一新。官坞村先后被评为全国小康建设明星村、全国十大魅力乡村、全国敬老模范村、福建省乡村振兴实绩突出村。林哲龙本人也先后荣获全国劳动模范、全国优秀党务工作者、全国优秀退伍军人、全国科技致富带头人等荣誉称号，受到江泽民、胡锦涛、习近平、温家宝、李克强等党和国家领导人的亲切接见。

培育鲍鱼"芯片" 撬动渔业发展

连江县养殖鲍鱼已有20多年历史，养殖品种主要为传统的皱纹盘鲍，是福州乃至福建最大的鲍鱼养殖产区，被誉为"中国鲍鱼之乡"，年产量占全国的三分之一，业内有"中国鲍鱼看福建，福建鲍鱼看连江"之说。但长期的近亲繁育，出现了鲍鱼遗传力减弱、抗逆性差、性状退化等问题，生长速度减缓，个头小，死亡率高，养殖成活率只有3至5成，渔民养殖效益受到极大影响。

作为全国人大代表的林哲龙，在一线调研过程中，看到渔民们辛辛苦苦一年下来，赚不了几个钱。他敏锐地意识到，鲍鱼产业要实现高质量发展，必须解决良种"芯片"问题。

接下来的日子里，林哲龙四处寻找鲍鱼优质种源并向有关部门不断建议："乡村要振兴，产业得振兴，产业要振兴，种子得创新。只有鲍鱼的良种问题解决了，这样才能促进现代渔业良性发展。"

2011年，全国两会期间，作为十一届全国人大代表中唯一的一位渔民代表，林哲龙建议国家关注沿海渔村经济社会发展面临的难题，加大扶持力度。他的建议，得到国家领导人及有关部门的高度重视和鼓励。

"行胜于言"。2015年10月，在上级有关部门的支持下，年近六旬的林哲龙从官坞村党委书记任上退休后，一心扑在鲍鱼新品种研发上，并与厦门大学海洋与地球学院合作，对引进的美国绿鲍新品种进行本土驯化，将其作为公鲍，将传统的皱纹盘鲍作为母鲍，与其杂交，着手培育绿盘鲍，引领鲍鱼苗种向更高领域拓展。

全国科技致富带头人林哲龙

在有关专家的指导下，林哲龙经过不懈努力，攻克了一个个技术性难题，2019年11月最终培育出绿盘鲍幼苗。随后，他每天天一亮就穿梭在一个个面积近千平方米的养殖棚内，在300多个长约8米、宽约2米、高约1米的鲍鱼育苗池中捞起一个个特制的黑色塑料板，认真观察吸附其上的绿盘鲍幼苗的长势和活动状态，并用直尺抽样测量幼苗的长度和宽度，记录下数据，然后轻轻放到水中，像呵护婴儿一样呵护绿盘鲍幼苗，让它们健康成长。

过度的辛劳，让军人出身、身体健壮的林哲龙也累倒了，住进了福州一家医院，动了手术。住院期间，他念念不忘的还是绿盘鲍幼苗，经常通过微信视频观察池中的水体增氧和幼苗生长情况。出院当天，他一头扎进苗棚里，开展技术攻关。

几年下来，林哲龙带领的团队掌握了鲍鱼育苗核心技术，培育出来的绿盘鲍幼苗，经过渔民试养，明显具有耐高温、成活率高、生长速度快、个头大、肉质好、市场售价高、经济效益成倍增长等优点，于是他向国家有关部门申请，将培育出来的绿盘鲍，注册命名为"福鲍1号"。如今，官坞村已实现了绿盘鲍规模化育苗，成为国家鲍鱼良种基地，其中"福鲍1号"原种被农业农村部列入种质资源库，获评国家海洋局新品种培育及养殖推广二等奖等荣誉。目前，"福鲍1号"鲍鱼苗不仅供应连江本地，还备受宁德、东山、漳浦以及山东等省内外养殖户的青睐，有效解决了省内乃至全国鲍鱼种质退化问题，为福州十四五期间鲍鱼千亿产业提供了良好的种源保障。

习近平总书记在党的二十大报告中，擘画了向海图强的宏伟蓝图："发展海洋经济，保护海洋生态环境，加快建设海洋强国。""树立大食物观，发展设施农业，构建多元化食物供给体系。"今年中央一号文件提出："建设现代海洋牧场，发展深水网箱、养殖工船等深远海养殖。"林哲龙备受鼓舞，作为一名劳模、一名党员，能为社会做贡献，是他的本职，也是他的荣耀。他满怀信心，将在未来5年内，带领技术人员争取每年培育出5亿粒绿盘鲍幼苗下海养殖，让连江鲍鱼产业实现质的提升，带动全国鲍鱼产业供给侧结构性改革，实现其高质量发展。

同时，勇于创新、敢为争先的林哲龙又把眼光投向新的领域，着眼国家粮食安全，瞄准大食物观，带领技术人员开展三倍体牡蛎育苗研发，目前官坞村年可培育三万亩三倍体牡蛎苗种。眼下，林哲龙还着手开展大竹荚鱼育苗技术攻关，致力于为海洋产业结构调整开辟新路，为福建省"百台万吨"深远海养殖平台提供优质苗种保证，助推福建"海上粮仓"以及"海上福州"建设迈上新的台阶。

新锐萃

诗意家乡

夏芳太

丹阳三落厝

秋分时节，十里草木，共浴清风，千程山水，共享月明，而我此刻只想与你，分享三落厝诗意盈盈！

一场秋雨一场凉，阴雨连江，远山含绿，白水生烟。走在鼓头山下，蝴蝶谷畔，张莹故里。阴雨朦胧中的三落厝，让你流连忘返。

三落厝，位于连江县丹阳镇板顶杜堂自然村，占地总面积约十五亩，房屋占地面积三千多平方米，有大小房屋二百多间。曾经是（唐）大顺年间的礼部尚书张莹的故里，明代时火灾被毁，后来由郑氏先祖按原貌重建至今。前些年，厦门企业朗乡集团注资改造，成为今天的网红民宿。

辛丑秋分午后，伴着秋雨，带着丝丝凉意，再次走进三落厝。我在古厝南面车场下车。眼前，屋脊高挑，小瓦铺顶，结构自然、古朴纯美的古厝，在阴雨中静谧以待。此时，我手持雨伞，漫步清幽的小道，缓缓踏过古朴的石板桥，如若再来一袭长袍，是否有一股唐代遗风？

咯吱一声，一扇一米见宽，两米多高的木门，把我迎到前台大堂。柔和的灯光下，一股古朴的朽木清香扑鼻而来。大堂设计现代优

丹阳三落厝

雅，除了几根修旧如旧的立柱，一应布设均为现代家居。左边，布艺沙发围着方桌，可以品茶，可享西餐。右边，静静的书角旁一口喷泉细细流淌，彰显古厝不俗的品位和风格。

大堂后侧是客房区。客房区内以三座水平排列的古厝为主体，将原有两百多间木屋，拆除了内部隔墙，改造成四十套现代酒店式客房。通过钢构等现代材料重新搭建内部空间，保留内部的梁柱，在与外部传统空间呼应的同时，保证度假的舒适性。在客房之间，用木格栏栅将原有过道隔挡成每间客房的入户小院，既增添了小扣柴扉的古意，又在门前多了一方自由天地，旅客可以在房间里窃窃私语，也可以在小院内望着天空发呆。

古香古色的三落厝，每座厝院有上下两层房，厅堂楼院，下埕后座，廊轩藻井，梁坊立柱，均各具备。还有美人靠、观景阁、纳凉凳等可供休闲小憩。古厝间溪流相隔，过雨亭相连，又迎山泉入院，让院中有溪、溪上有厝的独特景观，给你享受私密空间之余，又能感受无限的温馨和惬意。

走出客房区，雨知趣地停了。古厝正门朝西，外围是青砖及夯土构造的厚墙，墙上"毛主席语录"，朱笔未褪，那是特意保留着历史见证。正门外是一片宽阔的草坪。夜晚，在星空下，在草坪上，来一场邂逅，看一场《庐山恋》，那是何等浪漫和激情！

转过身，古厝的身后，依托之前的旧址，设计师应用传统工艺加以重建，恢复了村落的水街、戏台、广场，使之成为村民和游客共享的叙事空间。古厝周边的民居被改造成了餐厅、书店、茶吧等，而在水街南则，置入陶艺、古法磨豆浆、古法造纸、扎染、叶拓、绘画等，让艺术丰富了业态。

古老的三落厝，在自然废湮和毁隳之外，找到了在保留风貌筋骨的同时，实现文化的有机演进，让文明得以延续，让古厝充满诗意。

转了一圈，回到停车场，雨后的鼓头山，青山绿叶，一片苍翠，满目清新，一览无遗。偷得浮生半日闲，我心不禁陶陶然！

贝里蟹谷

从连江出发，到沈海高速丹阳出口处，按路标指示，约 2 公里就到了丹阳镇上周村与新洋村交界处的贝里蟹谷景区。我们下了车，正东面是高峻挺拔、连绵起伏、群山侧列的鼓头山脉。山脚下一块巨大的风景石矗立在碧波荡漾的小湖畔，淙淙的溪水缓缓流淌，美丽的蟹谷宛如一位害羞的少女正静谧以待。

蟹谷，因盛产天然毛蟹而得名。这些年经过开发、点缀、润色，古老的蟹谷越发有了品位，有了新意，有了内涵。门口的广告语"红色引领，古色熏陶，绿色发展"，形象地概括了景区特色。它的红，红于革命时期这里是闽东游击队的演练场；它的古，宋朝理学大师朱熹曾在这里讲学授业；它的绿，绿于青山如黛，碧波千里。

步入景区大门，一股深谷的幽香扑鼻而来，那是山野中自然青草与薄荷的清香，淡雅、幽远。寻着清香，一条林荫小道沿着溪畔缓缓而行，两侧亭台楼阁相望、长廊栈道穿行，古香古色。

长廊连接着拦溪坝。坝下是层层叠叠新修着半月形人工池塘，让本是平静的溪水荡起妩媚的浪花，无限婀娜。坝上是蟹王潭。儿时，这里是邻近村民的避暑胜地。自记事起，每年夏天我都会和同伴们泡在这潭中，戏水打闹；冬季会和伙伴们来这蟹谷捉蟹野营。我们也常常因戏水、因提蟹和邻村的孩子干架，蟹谷飘荡着我们儿时的欢声笑语，也在我脸上刻下干架的伤疤。如今，散乱地隆起几块巨石依旧，时而依然可见毛蟹在石头上追逐嬉戏，但游泳戏水的不只是邻近的村民，而是十里八乡的丹阳乡亲，这绿色的水潭更加和谐友爱了。

潭边一块小平地，是朱熹广场，立着朱子手握书卷，气宇轩昂的铜像。铜像边一首楷体《春日》十分显目，穿越千年，我依然寻思哲人："胜日寻芳泗水滨，无边光景一时新"，是怎样的一种心境？

丹阳贝里蟹谷

绕过蟹王谷，穿过状元道、樱花谷、炭窑，在城墙边有一口涵洞——"牛鼻穿"。涵洞，不及人高，1 米多宽，水深至小腿处，长约 20 米，人要躬身缓行，小心翼翼。穿过涵洞，眼前是一片开阔的溪谷河滩，嶙峋怪石，堆积着整个河道。历经溪水冲刷的石，在河谷中根骨磐安，那是一种伟岸，亦显阳刚。经由沙石过滤的水，在石缝中，在石头下，潺潺而流，碧色招人，那是一种柔和，亦显温情。绿茵曲溪，让人清心明目。这里，有我青春的萌动，有我温柔的回忆！

　　拾级而上，绕过"孝女桥"便是"省昨亭"，这里已到达景区中心。乡亲们为纪念朱子，在这小山头上修建了"回望亭"，凭栏而立，回望山谷，茫茫苍苍，云雾缥缈间，仿佛可见先贤："深省昨非，细寻今是"的孤独身影。

　　贝里蟹谷，自西向东，由浅入深，海拔渐高，10 多处精致景点层层叠叠散落在溪谷中。走一段溪谷，上一层悬崖，赏一处美景，然后再走一段平缓溪谷，再上一级悬崖，再赏一处美景，反反复复。一路跋石涉水。平缓处，溪谷河床较宽阔，水流缓缓，溪水清可见底，水下水草丛生，在阳光下五彩斑斓，十分绚丽。悬崖处，溪谷狭小，高崖之下有深潭，地势险要，立于潭边仰望，高崖上白浪鼓啸，水幕垂帘，十分壮观。而脚跟前，碧波荡漾，山峰倒影，水天一色，十分美妙。

　　蟹谷的美，一步一景，一石一状，一潭一色，每一脚踏出，都是不同的步伐，每一步跨越，都有不一样的身心体验，转头侧目间，总有不一样的视觉享受。就这样，蟹谷在苍茫的原野中蛰伏着静美与悠然，不需要任何的花哨点缀，不奢求有什么附托装扮，简简单单，美的透彻。

　　如果有闲，贝里蟹谷，溯水而上，可走一天。它的源头连接上周岭古道。那一条道，是衣食所在，这一条溪是生命之源，一上一下，丹山碧水，那是我的乡愁……

故乡上周岭

清晨，上周岭上，回望上周村，薄纱般的晨雾，罩着泛白的大地，居高俯视，蛰伏在雾下的民居、作物，以及赶牛的农夫，悠闲地走在村庄上，一幅隐若现的画面，伴着回荡的赶早声，宛如一幅绣刻在记忆深处的水墨画，幻化成童年对故乡画面的印象。

我的家乡——连江丹阳上周村，出福州东北约 50 公里处，鼓头山脚下的一个小山村，背靠鼓头山脉，面朝丹蓼小盆地。鼓头山高山密林的良好植被，赋予丹蓼盆地肥沃的农田一年四季瓜果飘香，其中丹阳西瓜不知不觉盛名远扬，丹阳肉燕不小心荣登了国宴，还有丹阳线面、丹阳豆腐……这些特产都是大山滋养下纯朴百姓最真切的心意表达。而通往大山的那道岭就是上周岭。从我老家后山山脚下出发，到岭头山门处，石头台阶小道沿着山脊缓缓上升至海拔 700 余米，约 3 公里路程。

20 世纪 80 年代以前，乡亲们进山都要先翻过这道岭，进入到鼓头山下那片绵延起伏的群山峻岭间，采、伐、耕、种。那一片片散落在山谷河道边的层层梯田，我的父辈们世世代代在这里辛勤地播种与收获。上周那道山岭几百年来，伴随着乡亲们度过了无数灾荒之年，在那饥馑的岁月里，上周村民依靠上周岭丰富的物产得以生存与发展。如今公路直达山顶，山谷中的田地却早已荒废，成了白鹇的家园，牛羊的牧场。上周岭，成了邻近乡亲清晨或傍晚登山健身的古道。曾经的那条生存之道，如今成了健康之道，这是时代赋予这道山岭的不同使命，更是大山以不同的方式给予人们的厚爱。

重走上周岭古道，从"福建省丹阳白鹇自然保护区"显目石碑起。这里才是上周岭的真正起点。我们先走了一段公路就登上了古道。记得，我八岁时就随父母踏上这条进山古道，采摘山杨梅和野柿子等山果。十八岁时，可以从山里扛一担柴火下山。时隔三十年，这道山岭的每一级台阶与我依然那么亲切，古道两旁的一树一草都是那么熟悉。所以说，尽管时光飞逝，生活中注定有些东西永恒不变。如这古道、故乡以及那熟悉的味道，这些元素将维系着一个人的情感。也由此，回家使在外漂泊的辛苦有了意义！

我们攀行在林荫山道上，从幽林深处轻飘而来的水灵灵而清鲜的山风，拂面而来，虽已汗流浃背，但那山风袭来，是彻骨的凉爽，伴随着悦耳动听的虫鸣鸟叫，让这酷热盛夏登山成为一种由衷的向往。清新的山野，总是以最纯粹的方式拥抱亲近它的人们。

上午 9 时许，我们到达亭坪，汗水早已浸透了衣服。我们穿过"真天大觉门"进入玄帝庙准备小憩。玄帝庙位于上周岭上山路程的三分之二处，原来只是一间石头切成的低矮瓦房小庙，为进山和回家的村民提供挡风遮雨的一处小屋，如今香火兴旺，信众遍及十里八乡，小庙不断扩建，已初具寺院规模。守庙的是本村的一位周姓大伯，鹤发童颜的老者，七十多岁了，精神十分矍铄。他热情接待了我们，一杯家乡的清明茶，开始给我们娓娓道来上周岭的前世今生，随着时代的变迁，上周岭依然发挥着它为乡亲们服务的使命。

茶过三巡，我绕过正殿登上北禅房，禅房里一尘不染，蒲团，木鱼，经书，诉说着佛的寂寞，却也是看透红尘的空灵冷静。听着一声声梵音，看着刻满梵文的钟，我的心不知不觉受到感染，变得清澈，宁静。我想，前世的我一定是这上周岭玄帝庙佛堂里的一粒尘埃，每天听着梵音，听着佛祖的教诲，于是心为菩提，受尽尘世苦，仍可浅笑如初。

望 海

陈珍娟

马头石

　　"大海呀！大海，是我生长的地方，海边出生，海里成长……"
海洋与乡愁交织，萦绕我的心田，缠绵缱绻。

　　我的故乡在连江县马鼻镇玉井村，面朝大海，背靠龟山。据志书
记载：龟峰山下，望海楼前，有石若神马，雄踞瀚海边，饥餐日月精
华，渴饮玉井甘露，一任风吹海遏，依然昂首向天，汐落潮又涨，沧
海变桑田，石马历劫自岿然。因此而得名——马鼻镇玉井村。

　　我家原在玉井村中段。当时村中只有一条狭窄的旧街道，后经勤

劳、智慧的村民们填海拓地，玉井村从一个逐海而居的小渔村，现在蜕变成了一条条道路宽敞、一座座高楼林立的滨海集镇。

我妈新家建在马头石公园旁，站在五层楼的露天阳台上俯瞰，楼下是马头石公园，公园延伸过去连接观海楼，观海楼下是村出口过道，过道出来是一条环村路，路边是长长的防水堤岸，堤岸边上有一座石凉亭，亭首匾上题"和韵亭"三个字，红柱擎顶，青瓦翘檐，优雅而庄严。穿过堤岸口，跨上石拱桥走出去就到马头石，马头石是有一些巨大的石头层叠而成的，远远望去，恰似一马头，且昂首向天，故称马头石。马头石上有一棵大树，任风吹雨打，几十年了，依然屹立着，既像是对着大海呢喃它的艰辛和不易；又像是一位刚毅的守岗战士，游客来了，它似乎微笑着招手致意，在那自成一道风景，游客争相拍照留影。马头石下就是茫茫的大海，大海对面是罗源湾和可门港。

一天晴朗的早晨，我早早起床，跑到露天阳台上放眼远眺，天空晨影初露，海上烟波浩渺。东方欲晓，海日将出。只见一抹红晕在酝酿着、积蓄着，经过一段孕育和挣扎之后，海天之间，一轮红日喷薄而出，瞬间金光万道，像无数枚利剑刺向大海，大海毫无畏惧，把一枚枚利剑折断后，依然和颜悦色且波光粼粼。此时，海和天浑然一体，交相辉映，温馨而喜悦。

到了傍晚时分，我顺手带上一杯开水，坐在露天阳台上，看着夕阳一点一点地向西移步，渐渐地，夕阳的余晖布满了整个天空，天空变成了红色，我桌上的玻璃杯里的开水也成橙黄色了。我兴奋得把视线投向马头石，马头石也被镀上了

金黄色，像一堆金矿，闪闪发光。此时的海面，像是褐色和赭色在肆意泼墨，尽管再纯熟的丹青手法也描绘不出这般粗狂和豪迈。远处海面星星点点的船帆在闪烁。眼前俨然是一个梦幻般的世界，着实令人陶醉。

吃完晚饭，一轮皎洁的圆月挂在苍穹上，我又迫不及待地跑到露

台上，放眼远眺，玉宇澄清，海浪起伏着幽幽月光，每一方波浪里，都倒映着一缕清辉，宛若海波里有无数颗月亮在跳动着、翻腾着。此刻，我真想跑下去，到海水里捞一个月亮，捞一个大大的月亮捧在手心里把玩。

正当我倚在露台边缘的石栏杆上想着、望着。突然，起风了，波浪愤怒了，一浪推着一浪向岸边涌来，向马头石涌来。有的像一座座滚动的小山，此起彼伏，绵延不断；有的气冲冲地撞向马头石，溅起一朵朵浪花，发出美妙悦耳的歌声；有的像一群顽皮的小孩你推我搡，转眼间，不见了。接着，风越来越大，浪也越来越高，咆哮着，怒吼着。狂风卷起一层层波浪恶狠狠地摔向马头石，而马头石岿然不动，却像一位饱经岁月沧桑的老者，沉着、勇敢。此时，我坚信马头石就是一堆"活化石"，诉说着几百年来，村民们历经风吹雨打的坚韧和顽强；也是一座海上灯塔，为远航者指引着回家的方向。更令我领略大自然的底色，震慑于大海的威力，敬畏之心油然而生。

现在镇政府正筹备搞旅游开发，在岸边建设货运码头，建成后，涨潮时，游客可以坐船到深海里体验渔民生活。我似乎看到了码头一派欣欣向荣的景象：游客如织，人人脸上洋溢着温馨的笑容，海港的灯火灿如星辰，海面倒映着万家灯火的繁华；一代代子孙安居乐业，生生不息，繁荣昌盛。

大海呀！大海，你有博大的胸怀，时而豪放、时而温柔；你有母亲般的情怀，是我心灵永远的依恋。

荷花池

致追梦的你

连江县第一中学 高三（3）班 高泓烨

"辛亥革命敲响了复兴的第一声擂鼓，红船会议荡漾起真理的第一道水花，开国大典引燃那独立后第一声欢呼。回望浩荡百年，在这片古老而又年轻的土地上，奴役与愚昧被炙热的鲜血分离出去，希望与激情由滚烫的理想接生出来。百年之前的青年，用血浇筑雄伟的人民英雄纪念碑；数十年前的青年，用干钉筑牢了现代化的基石；刚步入新千年的青年，让创新闪耀在中国梦的尖塔上，而处于同样年龄的我，能否接住你们用生命燃烧的十分光明的火炬，再将它传承下去呢？"

这是你的作文《青年有梦，不应止于心动》的开头，你曾经是我家隔壁的一位大哥哥。从十岁的我遇见十四岁的你起，到你上大学后再次搬家，我们之间有五年的相处岁月。正是那白驹过隙的数年时光，你的梦从一株朝气蓬勃的嫩芽生长成无惧风雨的大树，而我的梦也像是被现实淹没在土壤中的种子破顶而处。青年们为理想而抛头颅洒热血的历史似烟火般绽放于昨日，我曾感伤于无缘目睹他们的光辉。幸好我遇见了你。你的理想，让我的前路被青年的志气与骄傲照耀；你的实干，让我的激情从柴米油盐里被点燃。

梦想无论怎样模糊，总潜藏在我们心底。

窗外的一声闷雷响起，铺天盖地的大雨从天空潸然而下，也淋湿了你的心。那是我第一次见你闷闷不乐地坐在门前台檐的石椅上沉思。上小学四年级的我并不理解，刚上初中就考了年级前十的你，即将要到市里参加作文比赛的你，为什么要在这对着白茫茫的天空发呆？不识趣的我像往常一样"英勇"地冲过大雨，来到你面前，试图给这哭丧似的气氛带来一抹亮色。然而你没有笑，只是打开你的手机。点开弹出的新闻："天津 8 月 13 日电，昨日天津港发生重大安全事故……"悲伤的你看着惊愕的我，我忽地感觉到一阵恍惚。对"450 吨 TNT"没有概念的我真真切切地被"25 位消防员全部牺牲"所震撼。原来潸然而下的不是雨，竟是国人的泪。这声惊天动地的哭喊在暴雨中孕育了你的第一个理想：考上化学专业，研究出更安全的化工产品，不让这样无谓的损失再发生在这片土地上。"我也不知道自己是不是真的想搞化学，但是无论以后做什么，我都想给我们国家做些事，你也要这样想，好吗？"你既是对自己说，也是对我说。我似懂非懂地点点头，这是你在我心里第一次播下"梦想"这个概念的种子。

如果不是在海市蜃楼中求胜，那就必须脚踏实地去跋涉。

那个疲倦的夏天，心中的煎熬仿佛溢出池塘的水。临近中考的生活好像是一部拙劣的乐章，没有高低起伏，没有婉转升平，有的只是日复一日的试卷与叮咛。这时的我也有了自己对未来的梦想。然而与你不同，我每天不是在懒散的噩梦中惊惶，就是被题海淹没现实的枯燥里挣扎。直到那天，好久没见的我们在"五一"放假能够同时回家——既是出于叙旧，也是为了询问如何解决精神内耗，我又走进你家敲响你房间的门。"请进"一声熟悉又陌生的回应，我应声进入。又见到你，你似乎瘦了很多。高三一年，你多次拿下年段第一，还没高考就被名校递出橄榄枝，体育成绩在实验班也名列前茅，毫无疑问，你是不少同龄人遥不可及的"天才"。你高兴地和我打招呼，我也兴冲冲地坐到你旁边，就像还未远去的童年一样。不同的是，这次你的面前不再是新奇的航模,而是成堆的书。我打趣道:"怎么天才还要刷这么多题啊。"你笑笑,带着揶揄的语气回答:"所以我不是天才,不过是比别人先动笔的笨鸟。"说着,就把面前那本小小方方的挂历本给我看——满满当当填满一整个"五一"日程,早上五点半到晚上十点半,下面是一行纤细而坚定的字"把希望和理想挂在嘴上,就会跌进希望的枯井"。我的问题有了答案。我再次与你告别,你也再次起笔为青春和理想而继续奋斗。"脚踏实地"支撑我走完了初中剩下的时光。

要使一个人显示他的本质,叫他承担一种责任是最有效的办法。

那年的高考后,查分的喜报像金凤凰一样从你们家里飞出,你不出意料取得了令人羡煞的成绩,成功雁塔题名,圆梦燕园。那个高考完后的暑假,你本可以畅意挥洒青春的激情,走遍大江南北,体验繁忙学习后的欢愉。但是那是 2020 年的暑假,新冠病毒还在神州大地乃至全世界范围内张牙舞爪,肆无忌惮,所以寸步难行的你只好向现实妥协。同样要妥协的还有中考完的我。看着纸上在心中盘算了无数次的旅游路线,它们此时不过是浸满了黑色墨水的白面小丑,只能逗我发出空洞而自嘲的苦笑。于是乎,颇有些心灰意冷的我埋头进入了虚拟世界的海洋,把自己押进了狭隘的监狱。当然,你没有像我一样沉沦,而是选择成为一名核酸志愿者——也是在那天核酸检测碰到你时,我才知道你的想法:"上大学之后我们家就要搬离这里了,我想趁这个暑假,给这个自己生活了五年的小地方尽一份自己的责任。"听到他要离开,我的内心更是跌入谷底。"不过就算我们以后见不到了,你也要找到你的榜样好好学习,成为一个负责任的人。"你笑着劝慰我。即使不久就要离开,你还是每次都坚持在志愿者的位置上发光发热,而我又如何能对外面的世界不理不睬呢?你的说,你的做,你的责任感,打破了我给自己画地而成的牢房。

不知不觉间,与你已经分别两年,曾经你住过的房子,也早已住进了新的邻居。我多想告诉他们，这里有过一个多么高尚而朝气蓬勃的青年。听说，你最近在大学里已经取得了参加与国外交换的资格，很快就要代表国家与世界上最优秀的那些人一起学习，我对你表示十足的信心，你会让他们看到中国青年最美好的样子，让他们看到中国复兴路上最坚实的力量。

"青年一代不怕苦、不畏难、不惧牺牲，用臂膀扛起如山的责任，展现出青春激昂的风采，展现出中华民族的希望。"这是习近平总书记对我们这一代的殷切希望，也是我们肩上不可推卸的责任。你在你的作文中问过自己"能否接住你们用生命燃烧的十分光明的火炬，再将它传承下去呢"？

而今天，在这里，我来回答曾经的你：你能。而同样是在这里，我也发出我的盼望：愿我也能。

少年有梦 笃行不怠

连江县文笔中学高三 蔡雯烨

时序轮替中，始终不变的是奋斗者的身姿；历史坐标上，始终清晰的是奋斗者的步伐。砥砺奋斗，勇毅前行，不负韶华，强国有我，这是中国人的志气。在 2022 年《开学第一课》中，无数奋斗者的娓娓讲述使我更深刻地理解了奋斗的真谛。少年有梦，自当笃行不怠。

为者常成，行者常至。任何一个美好的愿望，想要变成现实，都需要我们付出不懈的努力和奋斗。从奥运冠军到科学院士，从三代造林人到青藏科考队，从舰载机英雄飞行员到中国载人航天工程设计师。他们在磨砺中奋勇前进，在砥砺中勇敢突破，只为了心中那一方梦土，日复一日地坚守着属于自己的赛道。

面对梦想，我们不仅要有"虽千万人，吾往矣"的勇气决心，更要以坚持不懈的奋斗为舟楫，乘风破浪，勇往直前。82 岁育种院士谢华安，因为经历过饥饿，所以更懂得为何奋斗。50 年来不停奔走在田间，只为让无数中国人端牢自己的饭碗。"四朝元老"徐梦桃，圆梦北京，"406 张预案战术表"功不可没。每次冲冠的背后，都有无数次应对意外的预案准备，步步为营，方可步步为赢，她清楚地知道如何奋斗。

诚然，并非每一分努力都有即时的收获。然而，当小流汇聚成大海，奋斗的力量才会喷涌而出。正如陶行知先生言："欲载岳岳千仞之气概，必先具谡谡松风之德操。"奋斗的征途从不平坦，前进的道路充满着挑战。舰载战斗机飞行员张超曾说："为了祖国的航母事业，我愿意做革命的先驱，哪怕粉身碎骨。"为了梦想，许多的奋斗者默默无闻地付出，甚至牺牲，但奋斗的脚步从未停止。我们能够做的，唯有坚定信念，不断努力，持续让最好的自己绽放在每一时刻。

然而，揆诸当下，"躺平""摆烂"的消极思想侵蚀着少部分人，他们在奋斗的道路上按下了暂停键。而此时坚定信念，平和心态，奋勇拼搏才是他们最好的答案。春风浩荡满目新，砥砺奋进正当时。历史前行的每一步，都需要精神的滋养。风雨无阻的每一程，都饱含精神的磨砺。每一个中华儿女都应砥砺前行，不断进步，成为中华民族的顶梁柱，为中华民族创造源源不绝的底气，铺就绵绵不断的道路。好在中国的灿烂星河里，有无数默默无闻的奋斗之星，为了成就中国梦而努力奋斗，用自己的光芒璀璨星河。

吾辈青年更应是荡起奋斗的舟楫，去奔赴梦想的彼岸。少年有梦，笃行不怠！

向阳而生，岂为蓬蒿

连江县黄如论中学高二（3）班　陈婕婷

青春，如梦，似花。我们青年便是这二字最好的诠释。正值青春花季，我们要向阳而生，青春的我们，岂为蓬蒿！

而对于青春，不同人持不同看法——有人认为，青春是用来挥霍的，因为我们正值青春年华，有大把大把的时间，以后再努力也不迟；也有人认为，青春是人生最宝贵的时光，稍纵即逝，要好好珍惜，才不会辜负大好时光……而我认为青春是用来奋斗的！

每一个青年人都肩负着责任、担当和历史使命。习近平总书记曾言："青年一代有理想、有本领、有担当，国家就有前途，民族就有希望。"兢兢业业，无时无刻为着国家着想的周总理就是这样的人，早在青少年时代就立下了"为中华之崛起而读书！"这个伟大的志向；为了让我国的科研技术更上一层楼，对着一串串数字度过无数个夜晚的北斗定位的技术科研人员们，大部分是各个领域的优秀青年之中的精英；一批揣着"明知山有虎，偏往山中行"的"逆行者"们，绝大多数是"90后"甚至是"00后"，在抗疫这段看似静好的岁月，是他们在替我们负重前行。他们之中，有的离我们很遥远，有的就在我们身旁，但他们都有一个共同点——在他们花儿一样的青春，向阳而生，绽放属于他们的光彩。

而正值青春，有的人却自称蓬蒿，"躺平""佛系"等网络热词，表现他们背后的"懒散"。他们麻痹着自己：总有人替他们发明、创造，他们只要坐享其成。甚至有的人去贬低那些为自己的青春而努力的人，说他们"不聪明"。而事实真的如此吗？或许努力的青春不一定就能成功，但虚度的青春注定遗憾终生。"花有重开日，人无再少年"，无论是你还是我，都应该趁正值青春放手一搏！青春无悔，人生才无憾！

我们是一群怀着向阳之心的青年，是连江黄如论中学的一名高中生，更是中国14亿人口中的一员，我们有这个能力，有这个信心去拼搏！你所站立的这个地方，正是你的中国。你怎么样，中国便怎么样。你是什么，中国便是什么。你有光明，中国便不黑暗！中国少年强，祖国山河更壮丽。从现在开始，我们也是追梦人，就像本届卡塔尔世界杯开幕式的那首歌一样——我们是一群追梦者，我们将实现梦想。我们努力学习，积极上进。我们拥有善良、勇敢、自信等品质，我们还拥有青春。在这样的年纪，我们也可以创造一个属于我们的"花样年华"！以花开始，以华结束。

作为连江山海学子，我们以《山海情》唱响我们的青春，高歌——我们是向阳而生的花，岂能自称蓬蒿。正如一名著名作家所说："正值青春的青年，正如一簇想着烈阳而生的花，比一切美酒都要芬芳。"

春之渴望

蓝　湾

流年，以一种特殊的悲怆
刻下运势，犹似寒冬
风刀霜剑层层相逼
在百无聊赖中匍匐爬行

于是有清醒真诚的渴望
渴望有一个明朗润心的慰藉

我们在经年恣意的最后冬日
邀约相聚，在微醺传导之中
灵感集体迸发
一个奇异的梦怦然诞生
憧憬满怀，严寒一扫而过
有一个晴朗的日子花香怡人
有一个你我等待的春天

一切如你我所愿
最后一张日历翻过了
再次启程，行色匆匆
以一种清雅的姿态款款前行
刹那间，双眸睁开

开始巡视故土与家园
满目葱茏，如花盈梦
前程铺锦的生机
集成愿望的序章

我们渴望的色彩
以温柔的力量
如绝代佳人
袅袅娜娜，如约而至

春天送你一首诗

东楠君

在那个桃红柳绿的路口
我不经意地喊出你的名字
美好而婉约

随一束春风穿过时光的等待
一切不老，依然如故
我坐在一米阳光的视线里

守住未曾逝去的诺言

送你一首诗吧
因为在的缘故
风霜和冷雨一路相随
绽放自己本来如初的样子
你想怎样那就怎样
岁月浅浅，容颜如歌

天气乍暖还寒
是对一种个性化忠贞的坚持

立春和雨水赶不上的
由惊蛰把闪电的行程拉近

此时与此地
仿佛已校订好时间的脚本
在暖暖的春阳下
蹓两个来回。在静静的茶室
轻微地发出品茗的声响
这一次我终于可以放下杯子
可以宽慰地说
"春天说来就来了"

初春感怀

静水流深

初雷试音过后
雨水乃不速之客，渐为主角
它风尘仆仆，饱经一个冬日的苦
污渍满身

雨，涤荡着雨
野玫瑰在墙角偷施粉黛
山桃花褪下嫁衣
四月的波涛丰满，河流冲动

绵延的海岸线，向外绵延
早起的流霞

落户不了青山
只好投奔无边的天边

田园荒芜多年，不如出一次远海
打捞失落的云朵，漂流的种子
不如归隐山林，听山风呼啸
陪杜鹃啼血，与孤月相依为命

一生漂泊的人，要向渔火行礼
然后挥手礁石、堤岸
最后交出名字、肉身
思想和灵魂还给梓乡

在春天，种下一棵树

陈义明

在春天，种下一棵树
我把经年故事细说你听
在邀约的刹那，直到春意阑珊
绿肥红瘦的那是一生钟爱的故里
只为你灿烂的笑意梦里的原野
总是守望模样，指引我随行永远
从村头到溪口，又从溪口到村头

在春天，种下一棵树
爷爷拾掇起春风韵脚，说可以远行了
哪怕山重水复，红颜送暖
成长的枝叶见证蜂蝶的如痴如狂
从此岁月无悔，今生可依
无数次梦醒都是你树下的无题诗行
从溪口到村头，又从村头到溪口

三月，麦田

林德来

春风是一剂良药
父亲腰腿痛奇迹般地好了
浇过返青水的麦苗
一天比一天长得迅猛

三月，燕子引领
小麦高举青涩之笔，练习锦上添花

母亲牵着我，教我结识了
一些老实巴交的穷孩子——

马齿苋、荠菜、胡葱、鼠曲草……

嘘，小声点
叫到名字的，快到我篮子里来
远山如锯齿。切割着
天边那块人人都想得到的红宝石
红色粉末撒在身上
落入篮子里
此刻，感觉自己是留车坂村
最幸福的孩子

村庄在春天里苏醒

高娟秀

村庄的老树日渐消瘦
埋进泥土深处的枯枝逐渐碳化
再难见往日模样
而木质香还在空气中沉浮
忘不了枝繁叶茂时
曾经的小桥流水人家
忘不了少年临行前
眷恋的目光

趁着此时春光正好
出发吧，到敖水边
到斗门山下
种下一棵树，种下

一串绿色的希望
恍惚间
夕阳西下塔影横江
当年的橹声咿呀响起
梵音清幽徐徐入了我的梦乡

村庄在春天里苏醒了
敖水欢唱着熟悉的童谣
绕城而过

劳作一天的人们漫步廊桥
信步听风，听虫鸣
一串串笑语洒落江堤上

春分辞

黄凤清

坚冰封冻多时
白昼与黑夜并肩
春光拆一为二
求得世间公平

春分伊始
而我的人生早已过半
好在涛声依旧
心跳如初

晚霞虽晚 春风拂过春分

尚能泅渡一片海天 谷雨即将启程

岁月的舟楫 心底的绿意

还在追逐我的梦想 也开始氤氲

春天，和一株梅花倾吐梦想

在春天，来到梅洋 我知道一朵梅花绚烂的绽放

抬起头，你就看到了漫山遍野的 需要付出无比巨大的勇气和力量

梅花 这才是另一种春天

阳光照射下来

温柔起来 在这个刚刚开始的春天

记忆也是啊 所有的感触都在发芽

总爱在诗情画意的花香中闹春 我愿意和一株梅花好好接纳阳光

朝着未来，与我们期许的花蕾一般

爱上一株梅花 让日子洋溢出纯正的花蜜

爱它在严冬中开放的姿态 我们一生要向幸福奔跑

从一滴水，一片云中走出来 花开花落，都沉醉于徐徐的光阴中

寒夜读诗

邹仕伟

寒意在夜色间　虚情假意献出妩媚 多么需要柴火燃烧的温度

我困在一座小渔村的边角 于是　我选择读诗

在空旷寂寥的时间里
我读到诗集《时光在路上》
一页一页翻动　不停歇赶路
鲜活的文字段落有序摆列

像在预演一些情节再现
像是掏出一段真相的告白
我读到关于故乡浦口
满眼凝望　眷恋　沉重的爱
凝望里有离乡的不舍？归来的狂
喜
有童年生生不息的欢乐

更有人间落日灿烂的霞
我不便太多逗留惊扰
原谅我　蹑手蹑脚退出

或许你早已睡意芬芳
抑或飞奔归乡的星光里
今夜　我的整个梦境一定会全是
故乡的模样
如此富足安康　欢愉
矗立在望得见的最高处

凌晨四点的月光

——致敬每一个夜起带娃的母亲

滕莉莉

鸟声渐鸣，谁家的小宝宝在哭泣
灯光微弱，是母亲伛偻着背
一点一滴，一分一秒
无数的夜，无数的清晨
慢慢熬，慢慢成长
小宝宝注视着母亲
母亲温柔的目光

将世间所有的爱汇聚
凌晨四点，窗外宁静月光洒落
小宝宝甜甜地笑了
母亲也笑了
伴随着清晨的微光
熬过去，就是黎明

观海帖

张冬青

祥云飞涌远山如黛
霞光曲里拐弯饶有兴致地
反复丈量
这条五百公里海岸线的最美身段
东壁海正在涨潮

海天是一色的蓝
远方的水族都朝这里赶来
无数的鸥鸟上下翻飞推波助澜
高潮迭起的海浪
前赴后继向海湾发起冲击
海岸沙滩的回应以逸代劳宽容且
痛快
有如火山喷涌岩浆
天空收容闪电
海与岸的交流互通有无
刚柔相济永不言倦

海有条不紊地缓缓蹲下身子
淘洗着那些不为人知的宝藏秘籍

只留一线眼波
逡巡着逶迤漫长的海岸

待到潮平两岸阔
海冷不丁打个哈欠
漫不经心地伸展四肢
站起身来
潮水就呼啦啦退去
露出大片大片的沙滩礁岩

海亘古如斯日复一日
听从月亮的召唤
每日里循环往复吐故纳新
保持着做海该有的节律底线
这就叫水落石出大道至简

讨小海的人们欢欣鼓舞
在潮涨潮落之间
翻拣波涛的碎片

贵安高尔夫球场

崔　虎

游子在故乡植下一方新鲜水土
在一个挥杆的距离里
落实此岸与彼岸的期待
此地
松林婆娑，白鹭蹁跹
花草闲适，骚客徜徉
青山在远处延绵，绿水在近处环绕
有风如诗，有诗如风

有些风总是在远处吹
有些风总是吹得很远很远
它们在新鲜空气里追逐
编织一场幻化
做云状，做雾状，做雨状
穿过森林，河谷，球场
让花草摇曳，让树叶招摇
让夕阳久久不想落去

我从喉管里轻轻释放出风这个字
让它在天空越升越高
遮蔽我的思虑
编织一个漫无，把我托起
进入夕阳，进入烟雨
倾听花草树木的微语
它们声线轻柔，用词委婉
携着香韵，细细汩汩，缥缥渺渺

我望见许多本该相关的事
就像远远近近的风
有些我知道，有些未知
它们在新鲜空气里追逐
做云状，做雾状，做雨状
穿过森林，河谷，球场
让花草摇曳，让树叶招摇
让夕阳久久不想落去

走进定海村

蓝 光

我惦念的村头大树没有低垂
大树等了许久
也看光了我的青春
岁月编织了桂冠成为生命的祭礼

古城苍老而沉默
影子匍匐于石板路
遥想定海湾沉船的遗址
古战场风烟滚滚
我一遍遍打捞海上丝绸之路的荣耀
一件件折好放入心房

如今，定海湾的航船仍在乘风破浪
石厝里的男子汉依然强壮
耕海牧渔，喊海的号子震天响
海植区七彩斑斓
海潮寺的钟声依旧苍茫

来定海村不会两手空空
我带走了海带
炸鳗鱼、鱼面、海蛎和鱼丸
听一听船老大的闲谈
烈士纪念碑的故事
和传奇的前哨海防

桅杆上的鸟儿

何明清

佩服这只鸟儿
眼睛如火，翅膀如铁
在秋天的烈阳下伫立，跳动
像一只奋动的皮球
海风萧萧，海浪喧哗
它环视周围，爪儿撬动桅杆

想冲进苍茫的海天

看惯了过眼云烟
胸中没有奢华冲撞
欲望已变成干瘪了的皮球
它一会儿梳理着羽毛

一会儿陷入了沉思　　　　　　　　顷刻间吞没整个大海

大海喧哗着由东向西　　　　　　　入夜，它等待着善良的星辰
夕阳也落在了桅杆的头顶　　　　　从崦嵫山送来的光
它危险的生存理念　　　　　　　　期盼诗人惬美的吟咏
摩挲着岩石拍出的油画　　　　　　带它进入平静的安眠

娘的记性

点　点

娘说，我的身份证　　　　　　　　她都能详细描述如数家珍
写错了出生月份日期　　　　　　　十月怀胎最铭心的是生产那一刻
1965年农历三月廿二的黎明
她短暂的阵痛就生下了我　　　　　娘已是鲐背之年，我却渐行渐远
　　　　　　　　　　　　　　　　她在电话里说今天是我的生日
我深信娘的记忆不会出错　　　　　我还听见娘的血脉里流行着
因为我们七个兄弟姐妹的生辰气象　孕育每一个子女的生命之歌

棋盘山

林耀琼

——题记：金秋十月，一行人赴连江定海湾登棋盘山偶感而作

我与黑暗对弈羽化成仙　　　　　　此刻，历史已将棋盘易手
两指挟住头顶的星辰　　　　　　　执盘者开始提子收官
执黑或执白都要打劫人间秋色　　　晨昏线在海平面显现楚河汉界

万盏渔火持矛冲上天幕　　　山峦的沟壑暗露玄机
群星惨败纷纷坠入大海　　　孔子率群鸦入世围困空城
海与天已无法收拾暗黑残局　鸽子纷纷逃往南山桃林

偷猎夜色者醉卧峰顶　　　　俯瞰山下的定海湾
悬崖留下仙人打坐履迹　　　大陆架延伸水域的岛屿
一轮残月行至北斗星阵　　　左青龙右白虎对峙相视

银甲拨动沉睡千年的古琴　　遥远处的海波涛汹涌
琴声如嵇康挥舞的锤子　　　马祖岛如一艘不系之舟
击碎竹林七贤的梦幻　　　　在我的瞳仁里沉浮

镜中蝶

兰金顺

很久没有遇到你了　　　　　一只没有翅膀的枯叶蝶
今天总算邂逅你的背影　　　谁说没有幻觉就没有错觉
长发及腰的美女走起路来　　无论如何判断都不是简单粗暴的
那样风姿　　　　　　　　　操作
令人窒息。醉酒的灵魂　　　躲在角落里的夏天穿越时空
秋风萧瑟。拂面的感觉像飞吻　抛在半道上的秋天编织乡愁
轻轻地趴在墙壁上喘气　　　落叶知秋，蝶羽纷飞
这个季节的太阳不尚于伪装　跌入镜子里的凤尾蝶
月亮之上的季风变得躁动不安　宛如一个智障美女的初恋
诡异的镜子里居然飞出了　　热烈又陶醉，痴情又单纯

一指流沙

张绳敏

过隙白马，一指流沙
转身、回眸已是一世春华
滑动的齿轮，在手心里摩擦
蓬生了一场落英的潇洒
红尘三千，蓄满了你我彼此鬓发
一次次凝眸，一份份牵挂
俗缘皆在，相逢于指尖处抵达

岁月如水，大浪淘沙
荡涤着，经过无数个朝霞
勾绘出一幅幅四季分明的画
拼凑成青春的锦瑟年华
追溯沉溺在心湖底的浪花

总有一道波光，一个潋滟
是心中割舍不掉的涂鸦

清风拂柳，历练精沙
搁浅在涂滩上的韶华
渲染了一层从容的晚霞
任凭风雨冲刷；用一个温字
在清远的诗乡中传达

携着墨韵笔画；于一指葱茏
卷染着、唯美了天崖

指尖流沙，珍惜当下
愿你我无悔风华……

古韵声

植树节感吟

（一）阮道明

又是清明细雨翩，造林植树续鸿篇。

江南地北腾佳气，画意诗情映碧天。

绿化流年春永驻，情凝生态景无边。

山清水秀新时代，利在千秋岁月妍。

（二）毕成龙

节仗春风绿化忙，积阴造福早思量。

山青胜却摇钱树，水碧宜于夹岸杨。

岭上栽松能挂月，村前种竹可迎阳。

新苗待有参天日，壮我河山做栋梁。

（三）李淑娇

东风送暖好春来，此际全民乐种栽。

屋后山前新绿遍，十年苗壮自成材。

鹧鸪天

（四）柳智英

三月春风伴暖阳，栽杨插柳造林忙。
喜观城镇街街绿，更望乡村处处芳。
山野翠，燕莺翔。神州旧貌换新装。
防沙固土家园美，生态宜人福寿长。

春 望

陈玉华

豁眼云开逸兴飞，春曦着意照心扉。
诗天早许三生愿，莫向青灯道是非。

癸卯正月十二透堡正溪漫行

林辉应

午后向阳亲，青山映水滨。
乾坤生暖意，风物已知春。

梅 蕊

郑家敬

远眺枝头数点霜，近观粒粒气轩昂。
任凭大雪凌空压，蕾绽尧天满院香。

癸卯人日所感

王祯国

春迎玉兔归，万物蕴生机。
人日开工即，村庄远客稀。
寻芳晨露重，拾句夜灯微。
垂老诗书寄，怡然一布衣。

苏幕遮·访定海古城

林　宙

海连天，舟楫渡，乍到初来，临远登高仁。蹬道盘旋云里路。翠锁亭台，好景留人住。　　趁天晴，闲漫步。好个渔村，郭里苍榕树。穿越城门来又去。亭角千年，今日成胜处。

观图小吟

李建恩

冰姿玉骨映窗边，一缕清香逸兴牵。
犹记当年残腊里，吟朋邀约在花前。

忆 父

林爱珍

儿时岁计太穷酸，赖父勤劳得慰安。
带月耕田求饱暖，披星驾海忍饥寒。

含辛只为家多口，茹苦皆因子少餐。
已逝椿庭虽卅载，思亲依旧似刀剜。

触景老家
曾德熙

槛外敲门久未开，询邻访婶觅娘来。
前厅不见中青汉，里院无逢戏闹孩。
石缝从容芳小草，行廊寂静长苍苔。
抬头入望寻巢燕，欲去还留绕屋徊。

覆釜春晨

（一）叶小鹏
青藤拂袖晓风柔，紫竹环山曲径幽。
蝶引游人来又去，桃蹊深处白云悠。

（二）高娟秀
入眸薄雾罩新柔，只见叽啾更隐幽。
迈向生香花径去，襟怀清景自悠悠。

（三）冯美银
春晴覆釜曙光柔，拾级花阴鸟啭幽。
峰顶欣看凤城景，云天万里水悠悠。

（四）陈增信

曙晖映照翠微柔，晓露沾衣野趣幽。
覆釜峰巅倚栏听，松涛夹带寺钟悠。

（五）林中生

沿溪登陟晓光柔，伉俪言言自玩幽。
绝顶远眸谁解意，白云一片淡清悠。

暮春感吟
陈珍娟

醉向青山梦欲新，飞红滴翠抖精神。
相机摄下风云趣，定格烟霞绾住春。

颂东湖中学（藏头）
郑国华

东君化泽益千家，湖境宜人月映沙。
中矩文风擎巨笔，学涯一望满庭花。

习书有感
叶　晨

点划随心墨韵清，畅吾胸境浩然生。
羡其逸少笔中意，妙得锋雄傲九卿。

游陈宝琛故里感吟

陈统炳

帝师故里展如前，陈氏五楼依序编。

族训家风千古载，楹联佳句至今延。

亭台池阁镌雕美，府第名门气势先。

环境清幽游客赞，伯潜世代出良贤。